GOLDMANN

Buch

Der Ex-Sträfling Bob Hughes und seine »Braut« Diane sind ein alteingespieltes Gangsterpaar. Wie vordem Bonny und Clyde Banken ausraubten, so überfallen sie gewitzt und einfallsreich zusammen mit ihren Partnern Rick und Nadine Apotheken, auf der Suche nach Betäubungsmitteln, nach dem Stoff, aus dem die Träume sind. Von allen als ungekrönte Könige der »Drugstore Cowboys« im amerikanischen Westen betrachtet, führen sie ein ebenso unruhiges wie aufregendes Leben, bis sie eines Tages ihr sprichwörtliches Glück zu verlassen scheint. Denn seit Bob bei einem der Einbrüche erkannt worden ist, scheint plötzlich alles schiefzugehen. Von der Polizei gejagt, müssen sie in einen anderen Bundesstaat fliehen. Als dann auch noch Nadine an einer Überdosis Drogen stirbt, bricht die Bande auseinander. Bob versucht noch in letzter Sekunde »auszusteigen« und ein neues, solides Leben anzufangen – doch zu spät. Gerade als sich alles wieder zum Besseren zu wenden scheint, wird er überfallen und brutal ermordet.

Mit Matt Dillon, Kelly Lynch und William S. Burroughs verfilmt, ist *Drugstore Cowboy* in den USA schnell zum hochgehandelten Geheimtip und Publikumserfolg geworden. Der Film wurde von der National Society of Film Critics als »Bester Film des Jahres 1989« ausgezeichnet.

Autor

James Fogle stahl mit zwölf Jahren sein erstes Auto; mit dreizehn beging er den ersten Raubüberfall. Mit achtzehn Jahren saß er bereits erstmals in einem Gefängnis ein. Seitdem verbrachte er über fünfunddreißig Jahre hinter Gittern. Heute dreiundfünfzig Jahre alt, verbüßt er derzeit eine Haftstrafe im Washington State Penitentiary in Walla Walla. Im Gefängnis hat James Fogle auch Anfang der siebziger Jahre zu schreiben angefangen. *Drugstore Cowboy* ist sein erster Roman.

JAMES FOGLE

DRUGSTORE COWBOY

Aus dem Amerikanischen
von Joachim Körber

Goldmann Verlag

Deutsche Erstveröffentlichung
Titel der amerikanischen Originalausgabe:
»Drugstore Cowboy«

Der Goldmann Verlag
ist ein Unternehmen der Verlagsgruppe Bertelsmann

Made in Germany · 7/90 · 1. Auflage

Umschlaggestaltung: Design Team München
Umschlagfoto: Avenue Pictures/Arsenal Filmverleih
Satz: IBV Satz- und Datentechnik GmbH, Berlin
Druck: Elsnerdruck, Berlin
Verlagsnummer: 9864
Lektorat: Georg Reuchlein
Herstellung: Gisela Ernst
ISBN 3-442-09864-5

1. Teil

Bob lag auf dem Rücksitz des Autos und dachte an die vielen Möglichkeiten, Drugstores auszunehmen. Er hatte sie alle geschafft, ob die Arzneimittelschränke offen oder verschlossen waren, das spielte keine Rolle, abgesehen von der Technik. Bobs Arbeit war größtenteils reine Inspiration. Man las nichts darüber in Kriminalromanen oder sah sie in Polizeiserien im Fernsehen. Nein, dafür war sie zu gut, zu persönlich. Bob hielt sich für ausreichend qualifiziert, ein Buch zu schreiben, falls er dazu lange genug an einem Fleck sitzenbleiben konnte. Es würde den Titel *Das Drogenfreak-Handbuch für Drugstores* oder so ähnlich haben. Und der neugierige Leser würde darin Höhenflüge der Phantasie, Juwelen der Kreativität, Kunst und, ja, sogar wahrhaftige Poesie finden.

Selbstverständlich hatte Bob auch jede Menge Standardsachen gemacht, beispielsweise Schlösser aufbrechen oder Löcher in Dächer sägen. Ja, Löcher sägen, das gefiel Bob. Wenn er auf seine schnelle, zielstrebige Weise mit Handbohrern und Sägen und derlei arbeitete, hielt er sich manchmal sogar fast für einen ausgewachsenen Zimmermann.

Bob kicherte laut, als er an eine Unterhaltung mit einem Apotheker dachte, die er eines Abends im Haus seiner Mutter geführt hatte. Da behielt ihn seine Mutter wachsam im Auge und war allzeit bereit, ihm eine zu kleben, sollte es ihm einfallen, vor ihrem Freund und eingeladenen Gast eine krumme Tour abzuziehen, und der Typ hatte natürlich keinen Schimmer, daß sich in eben diesem Zimmer, in der Person des manierlich aussehenden Sohnes dieser reizenden Frau, einer der schlausten, gerissensten und berüchtigtsten Drogenfreaks und Drugstore Cowboys der gesamten Westküste, einschließlich Alaskas, befand.

Da war Bob also, stand da, nahm Anteil an der Leidensgeschichte des armen Mannes und tat so, als wüßte er nicht, wovon der Typ sprach, als er die wissenschaftlichen Bezeichnungen dieser oder jener Droge herunterleierte. Und der Mann sagte: »Klar, im alten Geschäft bin ich ein paarmal überfallen worden, aber hier noch nicht. Im alten Haus hatten wir ein Flachdach, und sie haben sich einfach durch dieses Dach gesägt, könnt ihr euch das vorstellen?« Und Bob konnte sich kaum beherrschen, obwohl seine Mutter ihn kritisch betrachtete, denn es war gar nicht so unwahrscheinlich, daß der Wahnsinnige mit der Säge im alten Geschäft in einer nebligen Küstennacht kein anderer als Bob selbst gewesen war, der Sohn dieser reizenden Mutter höchstpersönlich.

Bob kicherte noch einmal und schrie dann: »Ja, ich glaube, wir machen diesmal wieder die alte Biber-Nummer.«

Seine Partner auf dem Vordersitz wußten, daß er keine Antwort erwartete. Sie hatten sich daran gewöhnt, daß Bob da hinten in seiner eigenen Welt war, vor sich hin kicherte, sich entspannte und wahrscheinlich seelisch auf die bevorstehende Arbeit einstellte. In solchen Augenblicken behelligten sie ihn nicht, denn sie wußten, er war gerissen, und sie wußten auch, er war gut, und wenn er das Gefühl hatte, daß sich alles zum Besten für sie entwickelte, dann konnten sie dieses Gefühl auch haben.

Das Auto fuhr rechts ran und hielt an. Bob stieg als erster aus und schlenderte beiläufig den Gehweg entlang, als würde er das Wetter bewundern oder überlegen, ob er einem Sohn oder einer Tochter ein Spielzeug kaufen sollte. Mit den grauen Kordhosen, dem einfarbigen Sporthemd, seinem kurzgeschnittenen und ordentlich gekämmten hellbraunen Haar sah Bob ganz und gar nicht nach dem aus, was er war.

Eine alte Frau, die einen weißen Pudel an der Leine führte, kam näher. »Schöner Tag, was?« strahlte Bob im Vorbeigehen. Sein Lächeln war freundlich und verriet nicht, daß er seine Zeit in Schulen für Schwererziehbare, Besserungsinstitutionen und Strafanstalten abgesessen hatte. Die strahlend blauen Augen, das glatte Gesicht und die weißen Zähne zeigten nicht, daß er sich seit vielen Jahren Betäubungsmittel spritzte. Sein zurückhaltendes Benehmen verbarg den Genußmittelkonsum früherer Zeiten.

Bob war ein wandelndes Paradoxon, als er den Gehweg irgendwo im Zentrum einer großen Stadt im Nordwesten entlangschritt und eine Apotheke betrat. Er ging an der Registrierkasse und dem Arzneimitteltresen vorbei, bezog Posten vor den Veterinärartikeln und studierte stoisch die ausgestellten Stücke.

Als nächstes betrat eine Frau das Geschäft. Sie war, wie Bob, weder jung noch alt. Sie war nicht besonders hübsch, aber das machte sie durch ihr sorgfältig gepflegtes dunkelbraunes Haar wieder wett. Doch die Kleidung war das Beste an ihr. Sie verriet einen teuren, modebewußten Geschmack. Mit Bobs Worten: »So aufgetakelt sah sie aus wie eine durchschnittliche, hausbackene alte Schachtel mit etwas Kies.« Genau diesen Eindruck wollte sie vermitteln.

Aber Diane war alles andere. Sie war ein Drogenfreak erster Güte und hatte eine Vergangenheit wie etwa aus Ripleys *Believe It Or Not*. Sie mochte früher einmal hausbacken gewesen sein, immerhin hatte sie drei Kinder, aber die sah sie kaum noch, und ihre Gedanken an Mutterschaft waren gleichermaßen selten.

Diane hatte bekanntermaßen immer bekommen, was sie wollte, indem sie es einfach dem Apotheker aus der Hand gerissen hatte und gelaufen war, als wäre der Teufel hinter ihr her. Oder indem sie mit einer Waffe vor dem Gesicht des Mannes wedelte und die Drogen verlangte, als versuchte der Bursche boshafterweise, ihr etwas vorzuenthalten, das ihr rechtmäßig gehörte. Sie hatte im eiskalten Regen auf Dächern Schmiere gestanden, während sich ihr Partner den Weg in Arzneimittelabteilungen freisägte. Und sie hatte auch nicht gezögert, einen armen, arglosen Arzt in die Mangel zu nehmen, um ihr Ziel zu erreichen. Diane war ein Allroundtalent und bewies in Bobs Augen mit ihrer Intelligenz und ihrem eiskalten, professionellen Auftreten jeden Tag aufs neue ihren Wert in dieser kleinen Gruppe von Handlangern.

Danach betrat eine Blondine, die gerade einmal Anfang Zwanzig war, die Apotheke. Ihre Bluse war winzig, der Rock hörte ein gutes Stück über den Knien auf. Sie hatte alle richtigen Wölbungen an den richtigen Stellen. Sie war die einzige aus der Gruppe, die genau so aussah, wie sie war, eine junge, dumme Schlampe.

Nadine hatte keine Vorgeschichte. Sie fing gerade mit dem Lebensstil an, der schließlich zu ihrem Tod führen würde.

Das vierte Mitglied der Bande war Rick. Er stand noch am Anfang seiner Laufbahn mit Bob und Diane, und daher war er für sie ein unbeschriebenes Blatt, und genau das würde er bleiben, bis er geschnappt wurde, dichthielt und sich später wieder zu ihnen gesellte. Aber er war kein Novize im Verbrecherleben. Sein Führungszeugnis wies einen konstanten Aufstieg vom Jugendkriminellen bis zum kleineren Dieb auf.

Nadine schritt durch den Hauptgang des Geschäfts und blieb am Parfumstand stehen. Rick bezog seinen Posten beim Eingang, wo er so tat, als würde er die Glückwunschkarten durchsehen. Derweil verwickelte Diane den Apotheker in ein Gespräch über den Ladentisch hinweg. Sie hatte ihn gleich zu Anfang mit einer höchst irrationalen Frage verblüfft und brachte ihn mit Nebensächlichkeiten und unverständlichen Einwänden zunehmend zur Verzweiflung.

Bob gab das Signal, Diane gab es weiter, indem sie sich an der Kehrseite kratzte, und Nadine fing mit ihrer Vorstellung an. Sie schrie und ließ sich rückwärts gegen einen niederen Schaukasten fallen, wo sie den Körper wölbte, um auch ja die Tatsache recht zur Geltung zu bringen, daß sie unter dem kurzen Rock nichts anhatte. Sie fing an, sich zu winden und zu zucken, und versuchte, die Symptome eines epileptischen Anfalls nachzuahmen. Tatsächlich sah sie mehr wie eine gekrümmte Shimmytänzerin ohne Höschen aus. Ihre blonde, von Biberstoff umrahmte Vagina bäumte sich auf, zuckte und stieß vor und schrie scheinbar förmlich nach dem Scheinwerfer.

Der Apotheker vergaß auf der Stelle seine Probleme mit Diane und hastete um den Ladentisch herum. Ein paar Schritte von Nadine entfernt blieb er jedoch stehen, weil ihn ihre offenbare Krankheit verwirrte und ihre entblößten Geschlechtsteile faszinierten.

Bob handelte, tauchte rasch hinter den verlassenen Ladentisch und sank auf die Knie. Er wuselte daran entlang und suchte nach einer Schublade oder einem Schränkchen mit Schloß. In der Mitte der Theke fand er, was er gesucht hatte. Die große, cremefarbene Schublade war nicht abgeschlossen und ging mühelos auf. Bob wollte gerade den Kopf so weit heben, daß er hineinschauen konnte, als er aus dem Augenwinkel etwas Weißes aufblitzen sah. Zugleich hörte er Diane husten, das Zeichen, sein Unternehmen abzubrechen.

Bob hastete rasch zum Ende des Ladentischs und spähte um die Ecke. Er vergewisserte sich, daß das weiße Aufblitzen die Kassiererin gewesen war, die etwas brachte, um Nadines Unterleib zu bedecken, und eilte wieder zu der Schublade. Er richtete sich auf die Knie auf und durchsuchte den Inhalt der Schublade. Es dauerte nur Sekunden, aber Bob kamen sie wie Minuten vor. Schweiß brach ihm auf Stirn, Nacken und Brust aus. Seine Hände zitterten, die Knie bebten und zuckten, als er den Gang entlang wuselte, um die Tablettenregale und ins Hinterzimmer, wobei er stumm betete, daß die Hintertür mühelos aufgehen würde.

Er hörte Diane, die einen weiteren Hustenanfall hatte. Der Apotheker war zweifellos auf dem Weg zurück zum Ladentisch, um einen Krankenwagen oder so etwas zu rufen, dachte Bob. Na gut, es war nicht das erste Mal, daß er sich den Weg aus dem Hinterzimmer einer Apotheke freikämpfen mußte.

Er versuchte es an der Hintertür – abgeschlossen, mit einem dieser rüttel- und stoßfesten, einbruchsicheren Schlösser, der Typ mit drei Metallringen in einer Reihe, die von einem soliden Metallbolzen gehalten werden, bis der Schlüssel den Bolzen hochdrückt, so daß der mittlere Ring sich wegdrehen kann, wenn die Tür aufgemacht wird. Das alles nahm Bob mit einem Blick auf, dann studierte er die Scharniere. Er ging davon aus, daß sie ebenfalls gesichert sein würden, und war angenehm überrascht, daß dem nicht so war. Sie waren einfach und hatten nur einen Knopf an einem Ende.

Bob schob rasch einen Schraubenzieher zwischen den Knopf des Scharnierbolzens und das Oberteil des Scharniers und drückte nach oben. Eins, zwei, drei, sie glitten alle so mühelos wie ein geöltes Schwein heraus. Natürlich sah die Tür jetzt ein wenig komisch aus, irgendwie verzogen, und eine

Menge Licht schien zwischen den klaffenden Kanten hindurch.

Aber das war Bob einerlei; er war frei. Er ging gemächlich davon, die Straße entlang zum Auto, das um die Ecke beim nächsten Block geparkt war. Niemals laufen, das gehörte zu Bobs und Dianes Grundregeln. Was auch geschieht, nicht in Panik geraten, niemals laufen.

Im Drugstore fragte Diane, die sich heiser gehustet hatte, ob sie nicht zu beschäftigt wären, ihr eine Flasche Hustensaft abzuziehen, lächelte allen freundlich zu und verließ den Schauplatz. Nadine, die mittlerweile aufgehört hatte zu zukken, blieb über den Schaukasten gekrümmt und täuschte Erschöpfung vor, damit Diane einen kleinen Vorsprung bekam. Aber als sie die Sirene eines Krankenwagens hörte, bekam sie eine Gänsehaut, richtete sich auf, brachte rasch Kleidung und Haar in Ordnung, versuchte ohne großen Erfolg, verlegen auszusehen, befreite sich brüsk aus den Händen, die sie hielten, und ging zur Tür hinaus. Ihr folgte der immer noch grinsende Rick, der beim Kartenständer geblieben war und sich die ganze Vorstellung kichernd mit angesehen hatte.

Der Apotheker und die Kassiererin standen verblüfft da, als sie gingen. Für das Mädchen war es ein phänomenaler Vorfall, wie sie noch nie einen erlebt hatte. Aber sie kam nicht auf die Idee, daß etwas nicht in Ordnung sein könnte. Doch in dem Apotheker nagte der Argwohn, daß er übers Ohr gehauen worden war. Später sollte er den Beamten der Drogenfahndung sagen: »Aber es ist alles so schnell gegangen!«

Als Diane ins Auto einstieg, lag Bob flach auf dem Rücken und tat so, als schliefe er. Sie fragte sofort: »Wie ist es gelaufen?«

Bob grinste und zuckte die Achseln, so gut es in seiner liegenden Haltung ging. »So la la«, sagte er.

Diane ließ den Motor an und trommelte nervös mit den langen, spitz gefeilten Fingernägeln am Lenkrad. »Ich wünschte, die beiden würden sich etwas bewegen; Scheiße, ich habe ihnen immer wieder gesagt, sie sollen machen, daß sie abhauen, wenn wir unsere Sache durchgezogen haben.«

Bob stützte sich so weit ab, daß er zur Heckscheibe hinaussehen konnte. »Mein Gott, Diane, du solltest besser auf deine verdammte Ausdrucksweise achten. Für wen hältst du dich, zum Teufel, Ma Barker, oder was?«

Diane drehte sich auf dem Vordersitz herum und geiferte beinahe: »Und für wen hältst du dich, verdammt noch mal, meinen Vater? Wenn du fluchen kannst, dann kann ich es verdammt noch mal auch!«

Bob blieb aufgerichtet und sah zur Heckscheibe hinaus, bis er sie erblickte. Rick und Nadine schlenderten unauffällig Hand in Hand den Gehweg entlang Richtung Auto. Bob machte die Tür auf und rief hinaus: »Macht schon, macht schon, ich habe gesagt gehen, nicht kriechen!«

Während sie sich neben Diane auf den Vordersitz setzten, sagte Nadine, die Bob den Rücken zukehrte, auf ihre kleinmädchenhafte, garstige Art: »Du hast gesagt gehen, und das haben wir gemacht, wir sind gegangen, können wir dir überhaupt nichts recht machen?«

»Ja, ich habe gesagt gehen, aber ich habe nicht gemeint, daß ihr den ganzen Weg einen Einkaufsbummel machen sollt.«

Rick grinste einfach nur, als würde nicht mehr von ihm erwartet werden. Und mehr wurde auch nicht erwartet.

Kaum war Diane ein paar Blocks weit gefahren und befand sich mitten im Innenstadtverkehr, rief Bob vom Rücksitz: »Hat jemand da vorne ein Geschirr?«

Diane drehte sich um und achtete überhaupt nicht mehr auf den Verkehr. »Herrgott noch mal, Bob, mußt du unbedingt im Auto fixen? Kannst du nicht warten, bis wir zu Hause sind, wie alle anderen auch?«

Bob grinste sie an und sagte: »Sei still und paß auf den Verkehr auf.«

Er wollte nicht im Auto fixen. Er haßte es, in Fahrzeugen zu fixen, die sich bewegten. Er wollte nur etwas anfangen, weil er nichts zu tun hatte und sich langweilte und so ganz alleine auf dem Rücksitz allmählich unruhig wurde.

Aber die Erwähnung eines Fix – eines Schusses – erinnerte Bob an die Drogen, die er hatte. Er kratzte sich am Kopf, als ihm klar wurde, daß sie etwa eine Viertelmeile zurückgelegt hatten, ohne daß er einmal an den Zweck ihres kleinen geschäftlichen Ausflugs gedacht hatte. Herrgott, er konnte es kaum glauben! Doch nun verblaßte der Rest der Welt, als er sich zurücklegte und das gute Feeling strömen ließ.

Er war in Hochstimmung, weil er wieder einmal ein gutes Spiel durchgezogen hatte, weil er einen Plan gemacht, in Gang gebracht und gesehen hatte, wie er Früchte trug. Hinzu kam die Vorfreude auf den bevorstehenden großen Schuß. Es war einfach unbeschreiblich, wie gut das tat. Den Stoff in Händen zu haben und in ein paar Minuten... nichts ließ sich mit diesem Gefühl vergleichen, es sei denn, natürlich, die tatsächliche Erfahrung selbst.

Nach so einem Drogencoup war jeder der Gruppe bis zum Äußersten ausgelassen. Bob lachte in sich hinein, als er sich blaue Pillen und Dilaudid in so großen Mengen vorstellte, daß der Löffel buchstäblich überlaufen würde. Wenn sie in seine Ader gelangt war, würde die Droge ein warmes Kribbeln erzeugen, das sich ausbreitete, bis das Gehirn es mit einer sanften Explosion absorbierte, die im Nackenansatz anfing und rasch emporstieg, bis er ein solches Vergnügen empfand, daß die ganze Welt daran Anteil nahm und einen sanften, erhabenen Anschein bekam. Dann war alles großartig. Der schlimmste Feind war gar nicht mehr so übel. Die Ameisen im Gras, sie gingen eben ihrer Aufgabe nach. Alles bekam die Rosatönung grenzenlosen Erfolgs, man konnte nichts falsch machen, das Leben war herrlich.

Sobald die Wirkung der schweren Betäubungsmittel nachließ, würden er und die anderen auf Reizmittel umsteigen und noch einmal soviel einpfeifen, wie ihre Löffel und Geschirre zuließen. Dann war die Reaktion anders, sie brannte die Arme und den Hals hinauf, bis sich buchstäblich die Nackenhärchen aufrichteten, und ließ sich im Mund nieder. So schlecht die Lösung auch mit dem Löffel schmecken mochte, sie war immer gelinde angenehm für die Geschmacksknospen. Gleichzeitig nahm ein warmes Gefühl des Wohlseins allmählich zu, begleitet von einem hämmernden Puls und kurzen Lustschauern, die sich in verschiedene Richtungen ausbreiteten (normalerweise die Beine hinunter, nachdem sie in der Lendengegend angefangen hatten), bis Haare, Haut und Kleidung buchstäblich vor lauter Wonne schweißgetränkt waren.

Sobald das abklang, ging es wieder zurück an die harten Sachen, Dilaudid, Ny-Morphan oder Morphium. Wenn der Vorrat nicht ausginge, überlegte Bob, könnte man sein ganzes Leben in einem Bad oder einer Küche verbringen und drauf und wieder runter kommen. Er selbst hatte genau das schon tagelang gemacht, sich selbst soviel geschossen, wie er verkraften konnte, ohne sich dabei umzubringen.

Auf dem Vordersitz kämpfte sich Diane durch den Verkehr und fluchte wie ein Soldat. Ein paar nachdrückliche Schimpfworte drangen in Bobs Bewußtsein und störten seine Konzentration. Er richtete seine Aufmerksamkeit auf Diane und schimpfte sie verspielt wegen ihrer schlimmen Kraftausdrücke; und was bildete sie sich überhaupt ein, dem Nachwuchs so ein verflucht schlechtes Beispiel zu geben? Und Diane ging voll darauf ein und sagte, er hätte verdammtes Glück, daß sie die Augen auf der Straße und die Hände am Lenkrad lassen mußte, denn andernfalls wäre er wahrscheinlich ein Kandidat fürs Erwürgen gewesen. Woraufhin Bob sie daran erinnerte, daß sie die Augen auf der Straße und die Hände am Lenkrad lassen sollte, weil er nicht den Eindruck hatte, als würde sie das besonders gut machen, und immerhin war sie für sein Leben verantwortlich.

Nadine schwieg. Es lohnte sich einfach nicht, im Beisein dieser Leute viele Worte zu machen. Sie glaubten, daß sie so gottverdammt viel wußten, was vielleicht auch stimmte, weil sie einfach alles machten, was sie wollten, und irgendwie damit durchkamen. Eines jedenfalls stand fest, sie wußten, wie man Geld machte und an Stoff herankam.

Rick war ebenfalls still. Er vermied es aus Erfahrung, sich einzumischen, wenn Bob und Diane aneinandergerieten, denn wenn er sich auf die Seite von einem der beiden schlug, verbündeten sie sich auf der Stelle und gingen auf ihn los. Wenn es zwei Sachen gab, die Diane und Bob gerne machten, dann waren es sich zanken und Stoff schießen. Rick hatte sich schon oft gefragt, was ihnen davon mehr Spaß machte.

Auf der anderen Seite der Stadt hielt Diane vor ihrer Wohnung an. Sie schloß die Eingangstür auf, ging unverzüglich ins Schlafzimmer und kam mit einer kleinen Zigarrenkiste aus Leder in den zitternden Händen wieder ins Wohnzimmer zurück. Rick verzog sich in die Küche, um Löffel und ein Glas Wasser zu holen. Er ließ Nadine mitten im Wohnzimmer stehen, wo sie voll Mißfallen darüber schniefte, daß es jemand oder gleich eine ganze Gruppe von Leuten so eilig haben konnte, sich eine verdammte Nadel in den Arm zu stechen.

Bob saß auf dem Sofa und hatte den Ledergürtel neben sich. Er kramte in seinen Taschen und zog eine Flasche nach der anderen heraus, alle ziemlich klein, manche waren kaum eineinhalb Zentimeter lang und maßen keinen Dreiviertelzentimeter im Durchmesser. Jedesmal, wenn er ein neues fand und vor sich auf den Kaffeetisch legte, stieß Diane ein kurzes, einsilbiges Stöhnen aus, das in seiner Erwartung von mehr, mehr, mehr beinahe sexuell war.

Inzwischen stöhnte auch Bob selbst. Es schien ansteckend zu sein, denn Rick stimmte ebenfalls ein und griff den Rhythmus auf.

Nadine betrachtete alles voll Widerwillen. Wie konnte jemand wegen ein paar Ampullen so ausrasten? Sie mochten ja eine Menge Geld wert sein, aber davon würde sie nichts zu Gesicht bekommen, denn die Fläschchen würden binnen weniger Tage leer sein. Die drei, Bob, Diane und Rick, konnten sich für fünfzehnhundert Dollar Stoff an einem Tag schießen. Das hatte Nadine sie schon oft genug tun sehen, obwohl sie gerade erst etwas länger als einen Monat bei ihnen war.

Diane sagte als erste etwas. »Hast du keine Blauen bekommen?«

Bob strahlte sein geübtes böses Grinsen, griff in die Gesäßtasche und stellte zwei etwas größere braune Fläschchen vor Diane. Dasselbe altbekannte Ritual, dachte Nadine, während sie zusah, wie Diane die Hände zusammenschlug und einen Höhepunkt hinauskeuchte, der niemanden im Zimmer unberührt ließ.

Dann machten sich alle ans Geschäft, auch Nadine. Schließlich konnte sie, wenn sie schon den ganzen Mist mitmachen mußte, auch an den Vorzügen teilhaben, auch wenn sie hinterher immer mit heulendem Magen auf der Toilette saß. Sie fragte sich oft, ob sich ihr Magen jemals mit dieser Sache anfreunden würde. Irgendwann einmal schon, vermutete sie, denn von den anderen schien keiner Probleme zu haben, und jedesmal, wenn sie die verdammten Klugscheißer fragte, wann sie den Ärger mit dem Magen überwunden haben würde, lachten sie nur und sagten, bleib dran, Baby, du wirst dir noch tausendmal wünschen, du könntest deinen empfindlichen Magen wiederhaben, bis du fertig bist. Nun, möglicherweise, dachte Nadine, aber derzeit wünschte sie sich noch, ihr Magen würde etwas ruhiger werden. Es schien, als könnte sie fast nichts mehr da unten halten.

Während sich jeder einen Löffel schnappte, holte Diane die Ein-ml-Spritzen aus der ledernen Zigarrenkiste. Diese waren abgeschnitten, die Kolben herausgezogen und Schnuller über das dicke Ende gestülpt. Vom Standpunkt des Süchtigen aus waren sie praktischer als medizinische Spritzen, hauptsächlich weil man sie mit einer Hand einfacher handhaben konnte. Außerdem erfolgte der Treffer, das erste Tröpfchen Blut, das anzeigte, daß die Nadel die Venenwand durchstoßen hatte, so gut wie automatisch. Man mußte lediglich abbinden und herumstochern und dabei das klare Ende der Spritze beobachten. Wenn man das Blut sah, drückte man auf den Schnuller, verdrängte die Luft und stieß die Flüssigkeit in der Spritze durch die Nadel in die Vene. So einfach war das, das heißt, wenn man noch eine Vene hatte, in der man stochern konnte. Diane hatte keine. Bob hatte nur noch ein paar, mit denen er herummachen konnte. Manchmal klappte es und manchmal nicht. Rick hatte keinerlei Schwierigkeiten. Und was Nadine anbelangte, sie war diesbezüglich praktisch noch Jungfrau. Bob sagte oft, er könnte ihr einen Schuß setzen, indem er einfach das Geschirr nach ihr warf, als würde er mit Wurfpfeilen oder so etwas herumspielen.

Diane war mehr oder weniger die Königin der Gang und wurde stets als erste bedacht, wenn etwas gefixt wurde. Bob sah zu ihr hin. »Wieviel willst du, Baby?«

Diane druckste herum und räusperte sich und sagte

schließlich: »Ach, ich weiß auch nicht. Gib mir eine Blaue und zwei Vierer.«

Bob runzelte die Stirn. »Glaubst du, daß du das alles packst?«

»Verdammt richtig!«

»Okay, Baby«, sagte Bob achselzuckend. »Wie du meinst.«

Er gab ihr eine Ny-Morphan-Tablette, zehn Milligramm. Sie war blau und hatte etwa die Größe und Beschaffenheit von Aspirin. Darüber hinaus war sie ein starkes Narkotikum, vielleicht das stärkste, das der Menschheit bekannt war. Zehn Milligramm intravenös oder intramuskulär genommen, wurden in den meisten Fällen als tödliche Dosis betrachtet. In Verbindung mit zwei Vierern Dilaudid, zwei sehr kleinen weißen Tabletten, würde diese Dosis zweifellos jeden umbringen, abgesehen von einem gestandenen Süchtigen. Vier Milligramm Dilaudid sind vergleichbar mit einer Dosis Heroin oder sechs Milligramm Morphin.

Diane nahm die Tabletten und betrachtete sie staunend. Dann legte sie sie behutsam in ihren Löffel. »Hilfst du mir?« fragte sie Bob.

Bob nickte und sah zu Rick.

»Gib mir eine Blaue«, grinste Rick.

Bob wandte sich an Nadine. Sie zuckte die Achseln. »Für mich dasselbe, schätze ich.«

Bob lächelte. »Nein, das glaube ich nicht, Nadine.«

»Warum nicht?«

Diane hob den Kopf, sah einfach durch Nadine hindurch und schalt: »Nadine, du kannst keine gottverdammte Blaue schießen. Gib ihr 'ne halbe, Bob, damit sitzt sie den ganzen Nachmittag auf dem Scheißhaus.«

Nadine schlug zurück. »Verflucht, ich war genauso dabei wie ihr. Ich sollte soviel wie die anderen auch bekommen, selbst wenn ich es nicht gleich alles schießen kann. Ich könnte es aufheben oder vielleicht verkaufen und mir ein paar Sachen leisten.«

Bob wurde ernst und sagte, nachdem er einen Moment nachgedacht hatte: »Nun, Nadine, ich muß dir sagen, daß das hier so einfach nicht läuft. Zuerst einmal bist du überhaupt nicht soviel wert. Du zeigst nur deine Pflaume, das ist nicht viel. Ich kann hundert Flittchen holen, die das machen und froh wären für die gottverdammte Chance. *Ich* gehe das große Risiko ein. Wenn wir geschnappt werden, können sie dir nichts anhängen. Weshalb sollten sie dich anklagen, weil du in einer Drogerie einen Anfall hattest? Nein, verdammt, das werden sie nicht, sie werden eine Weile Drohgebärden machen und stöhnen, und dann werden sie dich freilassen, wenn du Verstand genug hast und die Klappe hältst.«

»Ach ja, und was ist mit Diane, die hat auch nichts weiter gemacht! Sie hat nur herumgestanden und gehustet. Sie mußte nicht jedem in der Stadt ihren verdammten Arsch zeigen.«

Bob lehnte sich auf dem Sofa zurück. »Okay, Nadine«, seufzte er. »Was willst du, ein Viertel von allem, was ich habe?«

Diane, die sich die dunkelblaue Flüssigkeit ins Gesäß spritzte, sah gerade so lange auf, daß sie hinzufügen konnte: »Gib ihr überhaupt nichts. Tritt ihren Arsch wieder raus auf die Straße, wo wir sie gefunden haben.«

»Nein, nein, was recht ist, muß recht bleiben«, sagte Bob kopfschüttelnd. »Wenn du dein Viertel willst, Nadine, sollst du es haben. Aber ich nehme keine Lehrlinge und gebe ihnen meinen vollen Anteil. Nimm es und verzieh dich.«

Daraufhin sah Nadine verwirrt drein. Sie streckte die Hand aus, war aber nicht sicher, ob sie das machen sollte, und allmählich wurde ihr klar, daß sie nicht wußte, was sie wollte.

Rick, der gerade in die Armbeuge gefixt hatte, richtete sich auf, verzog das Gesicht und schrie: »Verflucht, Nadine! Nimm deine halbe Blaue, schieß sie dir und geh eine Weile kotzen!«

Nadine zog langsam die Hand zurück und drehte sich von allen weg. Bob legte die halbe Tablette auf den Rand des Kaffeetischs in ihre Nähe und machte sich an seine eigene Sache, die sie alle in den Schatten stellen würde. Er nahm eine Blaue und vier Vierer.

Bob war gerade mitten im Fixen, als es klopfte. Er nickte Diane rasch zu, worauf sie sämtliche Ampullen brutal einsackte und ins Schlafzimmer lief. Bob löste leise den Gürtel um den Oberarm, band ihn um die Taille und zog eine fünfundvierziger Automatik unter einem Sofakissen hervor. Er hielt sie, auf den Boden gerichtet, auf Armeslänge von sich und ging zum Guckloch in der Tür. Er erkannte den Störenfried und schrie durch die Tür: »Was willst du, David?«

»Ich muß dich einen Augenblick sprechen, Bob, laß mich rein.«

»Bist du allein?«

»Ja, verdammt, ich bin allein, was denkst du denn, daß ich meine Oma mit dem Rattengesicht mitbringe, damit sie mir das Händchen hält?«

Bob nickte Rick und Nadine zu, die dastanden, als wären sie am Boden festgefroren. Sie bewegten sich nicht, daher wich er von der Tür zurück und befahl flüsternd: »Nadine, du nimmst die Löffel, Geschirre und das Wasserglas. Rick, hol deine verdammte Knarre raus, geh ins Schlafzimmer und gib mir Deckung.«

Rick und Nadine befolgten seine Befehle auf der Stelle. Er war so unheimlich, dachte Nadine. Sie bekam eine Gänsehaut.

Aber so war Bob immer, wenn er etwas Wertvolles in Händen hatte. »Zum Teufel«, hatte er einmal zu Diane gesagt, »zwischen den verdammten Drogenbullen und den Abstaubkünstlern kann man gar nicht vorsichtig genug sein.«

Man konnte echt nie sicher sein, mit wem man es zu tun hatte, wußte Bob, bis sie einen erwischten. Und dann war es zu spät. Man war entweder im Gefängnis, fühlte sich hundeelend und sah einem neuerlichen Prozeß entgegen, oder man lag in seiner Wohnung, hatte eine Papiertüte über dem Kopf, die Rippen eingetreten, die Alte war ein paarmal vergewaltigt worden, und der ganze sauer verdiente Stoff war futsch. In diesem Fall konnte man sich wirklich verflixt glücklich schätzen, wenn sie nicht so ganz nebenbei ein paar Kugeln in einen hineinpumpten.

Aus irgendeinem verdammten Grund schien jeder Drogenfreak in der Gegend zu wissen, wenn man was hatte. Einerlei, wie vorsichtig man war. Sie konnten es spüren, sie rochen es fast, das heißt, die Abfasser, die Abstaubkünstler. Nicht die Bullen. Die konnten eine tote Ratte nicht auf zwei Schritt Entfernung riechen. Aber die verdammten Drogenstibitzer, die konnten es. Sie sahen es daran, wie man in seinen Hof fuhr, wie man in die Wohnung hastete, und wenn man gemessen und vorsichtig ging, merkten sie es nur um so deutlicher. Es war einfach unmöglich, dieses ekelhafte, kaputte Gefühl, wenn man ohne was nach Hause kam, vorzutäuschen. Bob weigerte sich sogar, mit leeren Händen nach Hause zu kommen. Er rannte sich zuerst das Herz aus dem Leib, und dann kam er nach Hause und lag tagelang unter Schmerzen rum, bis ihm jemand einen Schuß schmiß oder es ihm wieder so gut ging, daß er sich wieder an die Arbeit machen konnte, und das wußten alle.

Bob machte die Tür auf und richtete die gespannte Waffe auf den langhaarigen, abgehalfterten jungen Mann, der da stand. David wich einen Schritt zurück und fragte: »Herrgott, Kumpel. Bist du vollkommen übergeschnappt oder was?«

Das war eine Vorstellung, die sie schon mehrmals durchgezogen hatten, aber Bobs Wachsamkeit ließ nie nach. So wußten die verdammten Hurensöhne, wenn sie in seine Wohnung eindrangen, mußten sie sich den Weg freischießen. Dazu hatten die meisten Drogenfreaks nicht den Mumm. Und falls doch, hoffte Bob, daß er sie wenigstens aus dem Gleichgewicht bringen konnte.

David belächelte das Ritual. Er betrat langsam die Wohnung, sah über Bobs Schulter und erblickte Ricks Arm und seine Waffe, die hinter dem Türrahmen des Schlafzimmers hervorragten. Dann zog er vorsichtig das Jackett aus, wirbelte herum wie ein Ballettänzer, der den sterbenden Schwan macht, und entspannte sich, als Bob den Hahn von voll auf halb zurückschnappen ließ.

David lächelte auch, weil er wußte, daß Bob etwas hatte. Bob würde nie das ganze Ritual durchziehen, wenn er nicht etwas hatte oder jemanden beeindrucken wollte.

David warf sich auf das Sofa und nahm eine halb sitzende, halb liegende Haltung ein. Er sah sich im Zimmer um. Bob und Rick hatten immer noch die Pistolen, aber inzwischen auf Armeslänge und auf den Boden gerichtet. Nadine, die die klebrige blaue Tablette mit der feuchten rechten Hand umklammerte, stand unter dem Türbogen der Küche. David fragte sich, wo sich Diane versteckte. Er vermutete, daß sie aus dem Schlafzimmerfenster geklettert war, um ihren kostbaren Besitz im Gebüsch zu verstecken. Schließlich fragte er Bob ganz unverblümt: »Was habt ihr, Kumpel?«

»Ich hab' keinen Scheißdreck, David«, sagte Bob und bemühte sich nach Kräften, unschuldig auszusehen. »Ich wollte gerade bei dir vorbeikommen und fragen, ob du Speed hast.«

David lächelte. Er wußte, jetzt hatte er Bob. Bob war bekannt dafür, daß er nie Stoff gegen Bargeld kaufte. Oh, er tauschte etwas hiervon gegen etwas davon, aber echte Scheine für Stoff rüberschieben, niemals. Er behauptete oft, er würde anfangs ohne auskommen und es sich ganz abgewöhnen, wenn er das Zeug tatsächlich einmal kaufen mußte. Manchmal kam er tatsächlich ohne aus, nur um die Wahrheit seiner Worte zu beweisen, aber damit trieb er Diane beinahe die glatten Wände hinauf. Ihre Prinzipien waren nicht annähernd so streng wie die von Bob. Wenn es ihr beschissen ging, wollte sie Stoff, und es war ihr egal, wie sie ihn bekam.

»Nun, ich hab' etwas Speed«, sagte David mit einem leicht verlegenen Lachen.

Bob hörte sich Davids Eingeständnis an und fragte sich, ob er tatsächlich Speed wollte. Als er entschieden hatte, daß ja, versuchte er abzuschätzen, wieviel genau er nehmen sollte. Inzwischen war sein Verstand mehr als nur ein wenig umnebelt, und das Überlegen fiel ihm nicht leicht. Schließlich fragte er David: »Was für Speed hast du?«

»Methedrinkristalle.«

Bob grinste. »Weißt du was, David? Du könntest kleine Scheißekügelchen in deinen kleinen Plastikbeutelchen verpackt haben, und ich könnte dich fragen, was du hast, und deine Antwort wäre immer dieselbe, Methedrinkristalle.«

»Nein, Bob, echt, das ist guter Stoff, löst sich astrein im Löffel auf, keine Überreste, und ein Trip, daß dir die Haare zu Berge stehen. Hier, versuch einen auf Kosten des Hauses.«

Bob reagierte mit einem Blick unverhohlener Skepsis. Dann fragte er: »Okay, wieviel hast du gerade bei dir?«

»Zehn Gramm«, antwortete David, ohne einen Augenblick zu zögern.

Bob sah zum Schlafzimmer. »Okay, einen Moment. Ich muß erst mit Diane reden.«

Bob ging ins Schlafzimmer und fand Diane, die immer noch die Ladung kleiner Ampullen auf dem Arm hatte, breitbeinig über dem Fenstersims. Ihr war kein Wort entgangen, das im Nebenzimmer gesprochen worden war, und nun drückte ihr Gesicht Unzufriedenheit damit aus, wie sich die Lage entwickelte, und starke Zweifel, daß ihre ureigensten Interessen Bob wirklich am Herzen lagen.

Bob grinste sie nur albern an. »Wie wäre es mit etwas Speed, Baby?« fragte er. »Der Mann sagt, er hat Methedrinkristalle.«

Diane wußte ganz genau, was David gesagt und was Bob darauf geantwortet hatte. Sie kannte Bob so gut, daß sie sich seinen Gesichtsausdruck und die Gedanken, die ihm durch den Kopf gingen, auch dann hätte vorstellen können, wenn die Verhandlungen schweigend abgelaufen wären. Ihre Antwort war jedesmal dieselbe. »Was willst du mit dem gottverdammten Speed? Du weißt genau, wie nervig es dich macht. Es verwandelt dich in einen anderen Menschen, Bob, und diesen anderen Menschen mag ich überhaupt nicht.«

Bob hielt die Hände mit nach oben gerichteten Handflächen in die Höhe, eine uralte Geste, als wollte er sagen: »Ach, drauf geschissen, noch einmal schadet nicht, und es gefällt mir irgendwie, laß mich nur noch dieses eine Mal, dann wird alles gut mit mir, wie immer.« Und dann leuchteten seine Augen auf ganz spezielle Weise. Diane nannte es sein Diebesleuchten. In seinem Kopf nahm ein Einfall Gestalt an, der alles zu seinen Gunsten entwickeln würde.

Diane beobachtete ihn, während er sein verworrenes Netz der Intrige zu Ende wob. Schließlich fing er an zu reden, und seine Stimme und das Gesicht waren aufgeregt wie die eines kleinen Jungen, der vor Selbstvertrauen und der Aussicht auf ein neues Abenteuer platzt. »Baby, hör mir zu, was haben wir heute überhaupt? Samstag, richtig? Hör zu, wie wäre es, wenn wir uns etwas Speed nehmen, und wenn wir alle wieder klar sind, springen wir ins Auto und fahren runter zur Fünfundvierzigsten und nehmen die dicke, fette Apotheke aus, die gleich neben dem Sozialamt. Ich weiß, wir können es, Baby, ich habe sie mir nur für eine heiße Samstagnacht aufgehoben. Du weißt ja, wie das so geht, wie bei einem Scheißspiel, richtig? Wenn man scharf ist, schießt man los, und wenn man's nicht ist, läßt man's etwas ruhiger angehen. Und momentan bin ich scharf, Baby, ich bin so scharf, daß ich regelrecht verbrenne. Ich spüre es, ich sehe es vor mir, sie gehört uns. Diane, sie gehört uns, diese verdammte Apotheke habe ich jetzt schon so gut wie in der Tasche. Sie gehört mir.«

Diane saß noch immer breitbeinig auf dem Fenstersims, sie hatte sich keinen Millimeter bewegt. Aber sie war gerührt, oh, der verdammte Hurensohn rührte sie wahrhaftig, aber sie würde es nicht zeigen, und sie würde auch nicht so verdammt einfach nachgeben.

»Also gut, Zocker«, sagte sie, »wenn du so verdammt scharf bist, warum legst du mich dann nicht aufs Bett und besorgst es mir auf der Stelle?«

Bob wandte sich angewidert ab. »Ach Scheiße, du weißt genau, was ich meine, Diane. Ich bin scharf drauf zu stehlen. Ficken können wir andauernd.«

»Scheißdreck, du hast mich seit einem Monat nicht mehr gefickt, was soll das heißen, ficken können wir dauernd? Warum ficken wir dann nicht?«

Bob ging hastig zur Schlafzimmertür und schlug sie zu. Er wandte sich an Diane und flüsterte sein Flehen beinahe: »Um Gottes willen, mußt du diese Scheiße in so einem Augenblick ausdiskutieren?«

Er sah sich um, als wollte er versuchen, die Lösung seiner Probleme im Raum zu finden. Als er Diane wieder anblickte, war seine Stimme fester geworden. »Okay, zugegeben, auf dem Gebiet war ich nicht besonders gut. Was soll ich machen, auf die Straße gehen und einen jungen Bengel beischaffen? Ich bin süchtig, Baby, und ich bin keine Frau. Ich kann mich nicht einfach hinlegen und zusehen, wie sich ein Dummkopf abstrampelt, ums mir zu besorgen. Ich bin derjenige, der ihn zuerst hochkriegen, der alles machen muß. Was erwartest du von mir, du miese perverse Schlampe, daß ich runtergehe und dich wie ein Hund lecke?«

Diane zog das Bein, das sie draußen hatte, über den Fenstersims wieder ins Zimmer. »Scheiße«, begann sie und hörte sich angeekelt an. »Wieviel verdammtes Speed bekommst du denn von dem Scheißer? Sieh bloß zu, daß du auch was für mich kriegst, du Hurensohn. Mich lecken, meine Fresse, du hast nicht soviel Verstand, wie Gott einem Welpen gegeben hat, und nenn mich nie wieder miese perverse Schlampe, sonst reiße ich dir dein verdammtes Herz aus dem Leib!«

Bob entspannte sich und grinste. »Das weiß ich, Baby, das weiß ich doch, und ich werde schon achtgeben, daß ich genug für uns beide bekomme.«

Er ging wieder ins Wohnzimmer und fing auf der Stelle an zu schachern. »Wieviel willst du überhaupt für den Mist, David?«

»Du kennst den momentanen Preis, dreißig Mäuse pro Gramm«, grinste David.

»Also gut, gib mir fünf Gramm. Ich hab' kein Geld, aber wir können tauschen. Was brauchst du?«

»Hast du Blaue?«

Bob sah verwirrt, beinahe fassungslos drein, daß so eine Frage gedacht, geschweige denn ausgesprochen wurde. »Nein, verdammt, ich hab' keine Blauen! Du weißt, wie schwer es heutzutage ist, an Blaue ranzukommen.«

»Und was ist mit Dilaudid? Hast du irgendwelche Vierer?«

Bob zog wieder die Brauen hoch. »Nein, verdammt, glaubst du, ich würde hier sitzen und wegen etwas verdammtem Speed mit dir rumschachern, wenn ich Vierer hätte? Nein, verdammt, das würde ich nicht tun. Ich hätte nicht einmal auf dein Klopfen reagiert. Ich würde hier sitzen, direkt hier, mitten auf dem verdammten Fußboden, mit einer Schlampe in jedem Arm. Ich würde einfach hier sitzen und den Gürtel halten und sie von den Mädels reinpumpen lassen. Das weißt du doch, David. Du weißt, wie das beim alten Bob abläuft. Wie wär's mit etwas Morphin? Ich hab' etwas gutes altes Morphin. Es gibt nichts Besseres als das gute alte Morphin, um jemand wieder auf Vordermann zu bringen und ihm Feuer unterm Arsch zu machen.«

»Was hast du denn, Mann, Morphinsulfat, Fünfzehner oder Dreißiger?«

Bob verfiel selbst in den Jargon der Schwarzen, wenn er mit jemandem wie David zu tun hatte, obwohl er ihn nicht ausstehen konnte. »Klar, Mann, ich hab' Fünfzehner und Dreißiger. Ist natürlich 'n bißchen Atropin mit dabei, aber das stört nicht weiter. Nimm einfach dein gutes altes Löschblatt, leg die Tabletten in einer Reihe darauf, nimm 'nen guten alten Augentropfer und laß einen Tropfen Wasser auf jede fallen. Laß es eine Minute einwirken, nicht mehr und nicht weniger, und das Atropin verzieht sich brav ins Löschblatt, und du bist fein raus. Wirf die kleinen Burschen in einen Löffel, und ab geht die Post. So einfach wie von 'ner kranken Hure runterzufallen.«

David war sichtlich nervös. »Mann, erst soll ich das Prikkeln von Morphin auf mich nehmen, und jetzt willst du mich auch noch mit Atropin austrocknen. Du bist verrückt, Mann. Ich kann nicht mal mehr ein Stopschild erkennen, wenn ich von dem Zeug angetörnt bin, so schielen meine Augen. Ich tausche keinen Eins-a-Stoff gegen billige Scheiße.«

»Nun, du weißt ja, wie das heutzutage ist, David. Der Markt gehört dem Anbieter. Ich bin nicht zu dir gekommen und habe gebettelt, etwas zu tauschen, du bist hierhergekommen, zu der verdammten Tür dort rein, und hast gesagt, du hättest Methedrinkristalle und was ich dir dafür geben könnte. Und ich habe dir gesagt, Kumpel, ich geb' dir Atropinmorphin. Mehr habe ich nicht, mehr kann ich nicht geben, also was soll ich noch sagen?«

»Scheiße, Scheiße, Scheiße, wenn du nicht mehr hättest, würdest du nicht mal das tauschen. Du denkst, ich bin dumm, Mann, aber ich bin nicht so dumm, wie du glaubst.«

Bob breitete die Hände vor sich aus und zuckte die Achseln. »Mann, was soll ich dazu sagen?«

David fuchtelte und schäumte, zog sich auf dem Sofa hoch, stand schließlich auf und tat so, als wollte er zur Tür gehen.

Bob grinste ihn nur an. »Schade, daß wir nicht ins Geschäft gekommen sind, Kumpel. Sorry, daß ich nicht habe, was du brauchst. Wir sehn uns. Vielleicht können wir nächstes Mal was füreinander tun.«

Im letzten Augenblick wandte sich David von der Tür ab, warf fünf Tütchen des weißen, flauschigen Puders auf den Kaffeetisch und fragte: »Okay, wieviel Atropinmorphin gibst du mir dafür?«

Bob lächelte, obwohl er wußte, daß er das besser nicht machen sollte. Er wandte sich ab und versuchte sein Triumphgefühl zu verbergen. »Wie wäre es mit sechs Fünfzehnern pro Beutel?« sagte er schließlich mit steinerner Miene. »Mal sehen, sechs mal fünf, das wären achtundzwanzig, richtig?«

»Sechs Fünfzehner für einen Dreißigdollarbeutel? Verdammt, Mann, das ist kein Geschäft, diese Beutel sind dreißig Dollar pro Stück wert. Wo soll ich denn fünf Dollar pro Stück für diese dämlichen Fünfzehner bekommen? Nicht mal wenn ich jemand bescheißen würde, würde ich soviel Geld kriegen. Mann, du versuchst mich umzubringen, das versuchst du, mich umzubringen.«

Bob seufzte. »Ich sag' dir, was ich machen werde, David, nur für dich, für niemand sonst würde ich so ein Geschäft machen. Ich geb' dir acht Fünfzehner pro Tütchen, aber nur, weil ich gut drauf bin und weil du so ein echt standhafter Feilscher bist. Ich geb' dir sogar noch ein Löschblatt dazu. Na? Du wirst die sechs für fünf Mäuse je los, das weißt du genau, und dann hast du immer noch zwei zum Selberschießen übrig, oder du kannst nochmal zehn Mäuse pro Stück fürs Gramm machen. Na? Ist dir schon jemals in deinem Leben ein Sportsfreund wie ich über den Weg gelaufen?«

»Klar hab' ich Sportsfreunde wie dich gesehen. Sie stehen vor der Fürsorge Schlange und suchen nach alten Omas, die ihren Scheck abholen, folgen ihnen, bis sie ihn eingelöst haben, und reißen ihnen dann die Handtasche weg. Manchmal treten sie sie auch einfach in den Rücken und schnappen sich die Handtasche, wenn sie fallen. Klar, verdammte Sportsfreunde wie dich hab' ich schon gesehen. Sagen wir neun, und die Sache ist abgemacht.«

Bob sah aus, als litte er Schmerzen. »Neun? Du willst neun verdammte Fünfzehner für etwas von diesem fragwürdigen Pulver? Puh, Mann, neun, bist du sicher, daß in den Tütchen kein Milchzucker ist und du nicht versuchst, mich zu bescheißen? Neun? Ich würde dir keine neun Fünfzehner pro Tütchen für diesen Mist geben, wenn meine alte Dame gerade einen Infarkt gehabt hätte und ich sie nur auf diese Weise retten könnte.«

Das Gerede über alte Damen lockte Diane aus dem Schlafzimmer. Sie konnte sich einfach nicht mehr zurückhalten. Sie mußte mitmischen, und wenn gemauschelt wurde, wollte sie sicher sein, daß sie ihren Anteil auch bekam. Momentan war sie sauer auf Bob, weil er das Speed überhaupt haben wollte, daher schlug sie sich instinktiv auf die Seite ihres Widersachers. »Um Himmels willen, Bob, gib ihm seine neun Fünfzehner und schaff ihn hier raus! Dieses Getue geht mir auf den Wecker!«

Bob störte die Einmischung überhaupt nicht. Das Ganze ging ihm selbst auf den Wecker, und diese Art, das Geschäft zu beenden, war so gut wie jede andere. »Okay, Kumpel, es bleibt bei neun. Die kleine Lady hier ist müde, hat Kopfschmerzen und will ihre Ruhe haben. Daher lasse ich diesmal, und nur dieses eine einzige Mal zu, daß du ganz unverdient absahnst, und gebe dir neun meiner hübschen kleinen Fünfzehner für jedes Tütchen Mist, das du hast. Ich nehme alle zehn.«

David, der Diane zugelächelt hatte, drehte den Kopf so schnell herum, daß man meinen konnte, er wäre gerade von einer Wespe ins Gesicht gestochen worden. »Zehn, wovon redest du da, Mann, ich spreche von fünf, wie kommst du denn auf zehn?«

»Ich dachte, du wolltest den Mist verkaufen«, grinste Bob zurück. »Du hast gesagt, du hast zehn Tütchen, oder nicht? Scheiß drauf. Wenn du sie mir nicht verkaufen willst, na gut, aber dann sieh zu, daß du Leine ziehst.«

Und damit hob Bob die Fünfundvierziger, die er in der Hand hielt.

David wich zurück. »Hör mal, Mann, ich will keine

Scheiße. Ich dachte nur, es ginge um fünf, mehr nicht, und dann kommst du plötzlich mit zehn, das hat mich fertig gemacht, mehr nicht. Wenn du zehn willst, okay, sollst zehn haben. Macht neun pro Stück, neun mal zehn, mal sehen, das sind…«

»Neunundsiebzig«, warf Bob ein.

Jetzt sagte Nadine zum ersten Mal seit einer halben Stunde etwas. »Es sind neunzig, Bob.«

Hätten Blicke töten können, wäre Nadine innerhalb von Sekunden tot umgefallen. Alle im Zimmer, abgesehen von David, sahen sie mit so tödlichen Blicken vollkommener Abscheu an, daß sie sich verlegen wand, ja sogar erschauerte. Verdammt, dachte sie, sie versuchte doch nur zu helfen. Sie wußte, daß die meisten Leute in der Szene keine nennenswerte Ausbildung hatten. Sie versuchte nur zu helfen. Dennoch wußte sie, auch wenn es ihr niemand sagte, kaum daß sie den Mund aufgemacht hatte, instinktiv, daß sie das denkbar Schlechteste im schlechtestmöglichen Augenblick gesagt hatte.

Wenigstens David schien es schätzen zu wissen. Er nickte ihr freundlich zu. »Ja, stimmt. Neunzig.«

Diane bedachte sie alle mit einem Blick unverhohlenen Ekels und ging ins Schlafzimmer, um die Tabletten zu holen. Während sie weg war, betrachtete David Nadine noch einmal, und was er sah, schien ihm zu gefallen. »Wieviel willst du für sie, Bob?« fragte er und deutete in ihre Richtung.

Bob dachte an etwas anderes, zweifellos an die Apotheke in der Fünfundvierzigsten Straße. Er sah auf, weil er am Rande mitbekommen hatte, daß er angesprochen worden war. »Hm?«

»Wieviel willst du für sie, Mann, die Frau, die Tussie, diese große, herrliche Stute, die du hier in deinem Wohnzimmer stehen hast?«

Bob richtete die Pistole auf Nadine, während er mit David sprach. »Weißt du was, Sportsfreund? Ich würde das Mädchen lieber auf der Stelle erschießen, als sie an dich oder deinesgleichen zu verhökern. Wofür hältst du mich, für einen Hinterhofluden, der Püppchen verkauft, die er aus dem Puff entführt hat? Mein Gott, was bist du für ein Tier? Was willst du für sie nehmen? In meinem ganzen gottverdammten Leben habe ich noch nicht einmal erlebt, daß die Rechte einer Frau dermaßen verletzt wurden. Du meinst, du könntest das Mädchen hier tatsächlich kaufen, ohne Fragen, und sie mitnehmen?«

David wußte nicht so recht, wie er auf manche Tricks von Bob reagieren sollte, daher nickte er lediglich zustimmend mit dem Kopf.

»Wieviel Tütchen Speed würdest du mir für sie geben?«

David sackte erleichtert in sich zusammen und ging mit ausgestreckter Hand auf Nadine zu, um sich selbst davon zu überzeugen, daß sämtliche Kurven echt waren und nicht ein Phantasieprodukt der Damenkonfektion, das ein ränkeschmiedender schmutziger alter Mann erfunden und an Frauen verkauft hatte, die glaubten, daß sie es nötig hatten. Rick setzte sich in Bewegung, um einzugreifen, aber Bob pfiff ihn mit den Augen zurück.

David war schon bei Nadine, bis diese etwas sagte. Sie wußte nicht, ob es ein Spiel war oder nicht, aber wie auch immer, sie wollte nichts damit zu tun haben. Sie verteidigte ihre Position, hielt das Kinn hoch und machte den Blick so stechend und direkt, wie sie nur konnte. »Du kleiner Pisser«, sagte sie ohne den Kleinmädchentonfall in der Stimme. »Noch einen Schritt näher, und ich schlag' dir den Zwölfer ab.«

David zögerte, sah beleidigt drein, ließ die Hand sinken und drehte sich um, wie Bob reagierte. Bob sagte: »Was gibst du mir für sie, Pisser? Hast du noch zehn Tütchen von diesem fragwürdigen Pulver?«

David wurde argwöhnisch. Bob verschenkte nichts, und er war momentan zu scharf darauf, die Schlampe loszuwerden. Etwas war faul, überlegte er, das konnte er spüren.

Diane rettete durch ihr Erscheinen den Tag. Sie warf beiläufig eine Zigarettenschachtel mit kleinen weißen Tabletten neben die zehn Tütchen weißen Speeds auf den Kaffeetisch. Bob deutete mit der Pistole auf den Tisch und sagte zu David: »Nimm deinen Kram und hau ab. Wir haben zu tun.«

David schnappte sich die Packung und ging. Unter der Tür drehte er sich noch einmal um und erinnerte Bob: »Ich mag sie. Vielleicht komme ich mal wieder und rede mit dir, wogegen du sie eintauschst.«

»Klar, mach das mal«, nickte Bob, der ihn nicht aus den Augen ließ.

Kaum war David gegangen, verriegelte Rick die Tür, und Bob warf die Pistole aufs Sofa, setzte sich und begutachtete den neu erworbenen Stoff. Nadine, die immer noch wegen der Beleidigung schmollte, sagte zu niemandem im Bestimmten und jedem im allgemeinen: »Ich lass' mich an niemand nicht wie'n Schwein im Pferch verkaufen.«

Bob sah von dem Speed auf, das er untersuchte. »Wenn du mir das nächste Mal bei meiner Mathematik hilfst und es ist eindeutig unvorteilhaft für uns, zerre ich dich an den gottverdammten Haaren raus und verkaufe dich an den ersten einäugigen Filipino, was er mir auch für dich geben mag, und wenn es nur ein gottverdammter Beutel Bull Durham ist. Und jetzt bring die verdammten Löffel und Geschirre her, damit wir uns was von diesem Speed schießen und feststellen können, ob wir beschissen worden sind.«

Bob schoß ein Gramm, erschauerte, hustete, blinzelte ein paarmal und sagte dann: »Nun, ich denke, wir sind nicht völlig beschissen worden, aber es könnte etwas besser sein.«

Diane vollzog dasselbe Ritual mit drei Vierteln eines Gramms. Sie fand, daß es ganz ordentlich war, aber das sagte Diane eigentlich immer.

Rick nahm ein halbes Gramm, schnaubte, pfiff und fügte hinzu: »Nicht schlecht, wirklich nicht schlecht.«

Sie sahen alle Nadine an. Nadine stand alleine da, eine Fremde, die das Elend einer Frau durchmachte, die sich von allen Seiten zurückgewiesen fühlt. Schließlich versuchte Rick, sie aufzumuntern. »Hast du eigentlich deine halbe Blaue schon eingepfiffen, Kleines?«

Nadine schluchzte beinahe ein »Nein« heraus, streckte die Hand aus und zeigte die weiche, klebrige blaue Masse auf der Handfläche. Bob lachte. »Was hast du vor, Baby, willst du dir die Pille gleich durch die Handfläche einziehen?«

Diane stimmte ins Lachen ihres Mannes ein. Aber Rick sah noch mitfühlender drein und legte einen Arm um Nadine. »Keine Bange, Kleines«, sagte er. »Wir geben dir noch was. War ja nicht deine Schuld, daß der Typ gekommen ist und deine Sache unterbrochen hat.«

Nadine ließ sich in seine tröstliche Umarmung sinken und legte ihm den Kopf auf die Schultern. »Ich weiß nicht, ob ich überhaupt noch was von dem Mist will, Rick«, sagte sie. »Ich hab's satt, dauernd zu kotzen.«

Darauf antwortete Bob in seinem üblichen Befehlston: »Gib ihr nichts Hartes, Rick, wir machen uns in ein paar Minuten wieder an die Arbeit, sobald wir aufgeräumt und uns ein wenig entspannt haben. Gib ihr etwas Speed, vielleicht mit 'nem kleinen Stück von 'ner Vierer. Ich will nicht, daß ihr schlecht wird oder daß sie Angst hat, es könnte ihr schlecht werden. Wir haben heute nacht noch viel zu tun.«

Nadine wandte sich ab und ging in ihr und Ricks Schlafzimmer. Sie spürte, daß sie es nicht mehr ertragen konnte, heute noch mehr herumkommandiert zu werden.

Rick nahm ein Geschirr, einen Löffel, ein Glas Wasser und folgte ihr. Er machte die Tür zu und sah sich einer erbosten Nadine gegenüber.

»Warum muß uns der Hurensohn bloß dauernd so rumkommandieren? Hält sich für den großen Zampano. Ich will dir was sagen, Rick, mich wird er nicht mehr rumkommandieren, und er wird auch nicht mehr rumstehen und überlegen, ob er mich an diesen oder jenen Typen verkauft. Ich verschwinde aus diesem Loch, und es ist mir gleich, ob du mitkommst oder nicht. Und diesen Mist will ich auch nicht mehr! Steck dir die gottverdammten Nadeln doch in deinen eigenen Arsch!«

Rick legte das Zubehör neben das Nachttischlämpchen und drehte sich zu ihr um. »Hör mal, Nadine. Das ist einer der besten Kumpel, die dir in deinem ganzen Leben begegnen werden, selbst wenn du hundert wirst. Er wollte dich nicht an diesen Blödmann verkaufen, er wollte dir nur eine Lektion erteilen. Wenn dich der Blödmann angefaßt hätte, hätte es ihm leid getan, glaub mir. Bob konnte es kaum erwarten, daß der

Typ es versuchte, das habe ich seinem Gesicht angesehen. Mann, ist dir klar, was der Bursche für dich, mich, Diane oder sonstwen in seiner Mannschaft machen würde? Er würde buchstäblich für dich sterben, Nadine, das würde er. Du glaubst mir vielleicht nicht, aber ich weiß, daß es stimmt, so sicher wie ich weiß, daß ich jetzt eben hier stehe und mit dir rede. Was meinst du, warum er immer den Stoff holt und warum er immer der erste mit der Knarre ist? Weißt du, warum, weil er von keinem was verlangen würde, was er nicht selbst macht, darum. Er ist nur deshalb immer so gemein, weil er so weich ist und Angst hat, die anderen könnten es herausfinden und Kapital daraus schlagen. Mann, ich habe jahrelang von Bob gehört. Er ist ein großer Fisch, einer der besten im Geschäft. Der läßt dich nicht hängen. Dafür ist er berüchtigt und für 'ne Menge offensichtlichere Talente obendrein. Laß dich von ihm oder Diane nicht unterkriegen. Sie meinen es gut, wirklich.«

Rick legte die Arme um Nadines Taille, eine stehende, schwankende Umarmung. Anfangs schien sich Nadine zurückzuhalten, aber plötzlich gab sie nach, drückte Rick mit aller Kraft und flüsterte: »Ich hoffe, du hast recht, Lover. Ich hoffe wirklich, du hast recht.«

Wenige Minuten später saßen sie wieder im Auto und fuhren mit Diane am Steuer auf Umwegen in die Innenstadtgegend. Bob saß wieder alleine hinten, ging seine geistige Checkliste der Sachen durch, die sie brauchten, und überlegte, wie sie vorgehen sollten.

Vorne saß Nadine schräg auf dem Sitz und hatte das Gesicht an Ricks Schulter gelegt. Zu den Dingen, von denen sie heute genug hatte, gehörte auch Dianes Fahrstil. Rick machte einfach die Augen zu und hoffte das Beste. Das Beste war, daß sie hin und wieder zurück kommen würden, ohne alle draufzugehen.

Wenn Diane fuhr, hatte sie mindestens die halbe Zeit den Kopf herumgedreht, so daß sie Bob beobachten konnte. Manche Leute behaupteten, sie würde buchstäblich fahren, indem sie beobachtete, was die Autos hinter ihr machten. Bob kritisierte ihren Fahrstil nie, es sei denn, sie fuhren von einem Überfall nach Hause und hatten Stoff im Auto, denn nur dann wollte er vermeiden, in einen Unfall verwickelt zu werden. Ansonsten war er bereit, alles so zu nehmen, wie es kam. Es machte ihm sogar Spaß, auszusteigen und andere Fahrer anzubrüllen, besonders wenn ihnen Unrecht geschehen war. Was aufgrund von Dianes Fahrstil ziemlich oft vorkam. Diane war glücklich dabei, weil sie Bob beobachten und sich fragen konnte, was er dachte, und Bob war glücklich, weil Diane früher oder später immer eine Dummheit machte, was ihm Gelegenheit gab, sich bei einem arglosen Autofahrer heiser zu schreien, der normalerweise überhaupt nicht begriff, was eigentlich passiert war. Und so waren alle glücklich, außer Rick, Nadine oder sonst einem armen Teufel, der keine andere Wahl hatte, als das Spiel mitzumachen, denn solange Bob und Diane ein Team waren, würde es genau so ablaufen, und es war zwecklos, etwas anderes zu hoffen.

Hinten lag Bob flach auf dem Rücken, hatte die Knie angewinkelt und die Füße auf dem Boden. Bob hielt es nicht aus, sich Dianes willkürlichen Fahrstil oder die Verkehrssituationen anzuschauen, die früher oder später dabei entstanden. Freilich gab er das nie zu. Er behauptete einfach immer, es wäre für alle Beteiligten das beste, wenn er sich flachlegte, weil er sämtlichen Bullen und Suchtis der Stadt bestens bekannt war. Selbst wenn sie Diane erkannten, würden sie ihn nicht sehen, und damit würden sie ihn auch nicht mit einem bestimmten Schauplatz eines ruchlosen Verbrechens in Verbindung bringen. Es war eine ziemlich gute Theorie, und manche fielen darauf rein, bis sie einmal mit Diane am Steuer durch die Stadt gefahren waren, und dann wußten sie, daß es Bockmist war und Bob sich nur auf dem Rücksitz versteckte, weil er zuviel Angst hatte, aufrecht zu sitzen.

Als sie sich dem Geschäftsbezirk der Fünfundvierzigsten Straße näherten, fand Diane einen Parkplatz, indem sie auf das Auto hinter ihnen fuhr und es drei Meter die Straße hinunterschob und dann vorwärts stieß und das Auto vorne drei Meter in die Gegenrichtung drückte. Dann setzte sie wieder zurück, bis sie unmittelbar am Auto dahinter stand. Das verschaffte ihnen die Möglichkeit, schnell auf die Straße auszuscheren, sollte es erforderlich sein, was recht häufig vorkam. Diesen Trick hatte Bob ihr vor Jahren beigebracht, als sie das Autofahren gerade gelernt hatte.

Bevor sie ausstiegen, fragte Bob: »Okay, ist allen klar, was ihr zu tun habt?«

Dianes sachliches »Ja, alles klar« ertönte einträchtig neben Ricks durchdringenderem »Klar«.

»Rick, hast du Knüppel und Rauchgranate?«

»Ja.«

»Die Stimme zum Losschreien bereit, Nadine?«

Nadine nickte nur, sagte aber nichts. Sie war so ängstlich und nervös, daß sie nicht wußte, ob sie antworten konnte, ohne zu krächzen.

»Dein Schrei, der gefällt mir am besten an dir, Nadine. Wenn du loslegst, stellen sich mir die Nackenhaare auf und ich weiß, sie können dich bis runter zum Rathaus hören.«

Und dann grinste Bob sein geübtes böses Grinsen. »Gut, verdammt, gehen wir in den Laden. Wißt ihr, sie dürften kaum rauskommen und uns den Stoff freiwillig geben. Wir müssen schon unsere dicken Ärsche lüpfen und reingehen und ihn uns holen. Der hier geht auf mich, Kumpel, er gehört mir, das spüre ich jetzt schon. Der gottverdammte Laden gehört mir, habt ihr es alle gehört? Er gehört mir, und wir gehen jetzt einfach rein und nehmen meinen Stoff mit. Das ist nicht gestohlen, das ist überhaupt nichts. Gehört sowieso alles mir, ich hole es nur ab. Kapiert?«

Ein Chor von »Ja«'s und Kopfnicken antwortete ihm. Diane sah ihren Mann an. Ihr Gesicht leuchtete vor Vergnügen, wenn sie ihn nur ansah und sich seinen wahnsinnigen Mist anhörte. Rick wußte, was Bob bezweckte, er stimmte sie ein und versuchte, ihr Selbstvertrauen mit seinem eigenen anzustacheln. Er schweißte sie zu einer Gruppe zusammen, die wie ein Mann reagieren würde. Nadine hielt alles für verdammte Narretei und fragte sich, ob Bob nicht übergeschnappt war. Vielleicht war so was in seiner Familie vererbt, überlegte sie, mit dem dauernden Geschwätz, daß es ihm gehörte und gar kein Stehlen war und der ganze Unsinn.

Bobs Drogerie war Teil eines großen Warenhauses, das von Vitaminen bis zur Sportausrüstung alles verkaufte und Eisenwaren und Kleidung noch dazu. Der Laden hatte mindestens dreißig Angestellte und acht Registrierkassen. Der schlimmste Teil der ganzen Operation war in Bobs Augen, daß das Geschäft an einen großen Supermarkt angrenzte, der ständig einen uniformierten, bewaffneten, dienstfreien Polizisten beschäftigte. Die Apotheke befand sich im hinteren Teil des Geschäfts auf der linken Seite. Normalerweise arbeiteten drei Apotheker und zwei Kassiererinnen dort. Aber samstags abends hatten nur ein Apotheker und eine Kassiererin Dienst, und eben darum hatte sich Bob dieses spezielle Geschäft für eine heiße Samstagnacht aufgehoben.

Die vier betraten das Geschäft und verteilten sich. Bob ging zielstrebig zu den Vitamintabletten, die vor der Schwingtür zur eigentlichen Apotheke ausgestellt waren. Er strahlte förmlich beim Gehen. Sein Herzschlag schnurrte mit hundertfünfzig pro Minute, seine Zuversicht war unerschütterlich, und wo er hinsah, schienen die Aussichten günstig zu sein. Der Apotheker lehnte sich über den Ladentisch und unterhielt sich mit einer alten Frau mit Einkaufstüte. Es waren so viele Kunden im Laden, daß die Angestellten beschäftigt waren, aber nicht so viele, daß sie das Unternehmen stören konnten. Alles war prima. Schließlich war es ja auch sein Geschäft, oder nicht? Verdammt, er konnte darin machen, was er wollte.

Diane begab sich in die Bob gegenüberliegende Ecke des Geschäfts und bezog ihren Posten bei Eisenwaren, Vorhängen und Sportausrüstung. Sie sah ab und an zu Bob, während sie in der Handtasche nach einer Dose Feuerzeugbenzin kramte. Als sie sie gefunden hatte, schraubte sie die rote Kappe ab und machte sich daran, alles in der Umgebung damit zu tränken. Alkohol wäre besser gewesen, weil helle Flammen schwer zu entdecken waren, aber heute abend hatten sie keine Zeit gehabt, Alkohol in die Feuerzeugbenzindose umzufüllen. Würde sie es eben mit dem guten alten Feuerzeugbenzin machen. Das würde genausogut klappen, auch wenn es beim Anzünden etwas mehr aufloderte.

Rick bezog Posten am hinteren Teil des Geschäfts, etwas näher bei Bob als bei Diane. Er sah sich um, ob ihn jemand beobachtete, und als er sich vergewissert hatte, daß er unbeobachtet war, holte er eine Rauchgranate aus der Tasche, klemmte sie zwischen die Waren auf dem Regal und ging weiter, wobei er die am Auslöser befestigte Schnur zwischen den Händen aufrollen ließ.

Nadine hatte die leichteste Aufgabe, und das wußte sie auch. Sie stellte sich in direkter Linie zwischen Diane und Rick und wartete nur ab.

Als Bob sah, daß alle bereit waren, gab er das Signal, indem er die Hand hob und sich am Kinn kratzte. Danach geschah dreierlei gleichzeitig. Diane zündete ein Streichholz an und warf es unauffällig auf ein paar benzingetränkte Vorhänge. Rick zog an der Schnur, die den Auslöser herauszog, der wiederum innerhalb von Sekunden Dutzende Kubikmeter Rauch freisetzte. Und Nadine fing an zu schreien. Sie schrie Feuer, Feuer, sie schrie wie noch nie in ihrem Leben, und sie schrie unablässig, als wäre sie von einem Panikanfall gepackt, was sie natürlich auch war.

Und Bob erstickte beinahe vor Lachen, als er später alles erzählte: »Das hat eingeschlagen wie die Beulenpest. So was habt ihr noch nicht gesehen oder gehört. Da stand unsere verdammte, dumme Nadine und schrie, als würde ihr der ganze verdammte Laden gehören, lauter als alle anderen zusammen, obwohl sich die Bewegungen der Kunden im Laden wie die einer Elefantenherde angehört haben, die zu einer Stampede ausbricht, oder wie ein tausendfach verstärkter Bienenschwarm. Alle waren in Bewegung, aber manche liefen in die falsche Richtung. Die Leute rannten voll durch Regale und über Auslagen, nichts war heilig. Und die Angestellten, die sind mit allen anderen zusammen abgehauen. Wenn der Besitzer des Ladens dagewesen wäre, wäre es ihm wahrscheinlich verflucht schwergefallen, einen klaren Kopf zu behalten. Verdammt, ich wäre fast durchgedreht, und ich hatte die ganze Sache ja aufgezogen. So was hab' ich in meinem ganzen Leben noch nicht gesehen. Die Leute haben ihre Kinder im Stich gelassen und sind zu den Türen gerannt, haben sich nach draußen gedrängt, sind in Panik geraten, wieder reingestürmt, um die kleinen Hosenscheißer zu suchen, und dann sind sie wieder in Panik geraten und nochmal rausgestürmt. Und der Bulle vom Supermarkt mit ihnen. Mittlerweile war der Rauch so dicht, daß ich selber leicht panisch war und Angst hatte, ich könnte die Arzneimittel nicht finden, obwohl ich wußte, wo sie aufbewahrt wurden. Jawollja, Leute, in dieser Nacht hat der Laden aber ganz eindeutig mir gehört. Ich bin in die Apotheke gegangen, zu den beiden Holzschränkchen, die an der Rückwand hängen, und da war es, ein gottverdammtes Vermögen, zum Greifen nah. Es gab Blaue, Dilaudid, Morphin, Kokain, Alvidin, Pantapon, Desoxyn, Ritalin, Dexidrin, Preluden und Percodan. Ich hab' den ganzen verdammten Laden ausgeräumt und alles in die große Tasche gestopft, die Diane für mich um das komplette Innenteil meiner Jacke genäht hat. Ich hätte sogar noch 'nen Ausflug machen und das Geld aus den Kassen nehmen können, aber wir hatten noch ein bißchen Erspartes, und da dachte ich mir, ich lass' lieber die Finger davon. Ich hab' auch so ausgesehen wie der klimpernde Dickwanst im Zirkus. Ich war da drinnen, und sämtliche Ausbeulungen standen von mir ab. Gott sei Dank war es so rauchig, sonst wäre ich nie durchgekommen. Als ich alles hatte, was ich wollte, stolperte ich zur Eingangstür, und da kam so'n verdammter Zeke in den Laden gelaufen und hilft mir raus. Als ich schließlich zum Auto kam, waren alle schon da, und Diane war so nervös wie ein junger Hund, der versucht, auf den Boden eines fahrenden Autos zu scheißen. Herrgott, an dem Tag haben wir echt fette Beute gemacht.«

Kaum hatte Bob die Autotür zugeschlagen, fädelte sich Diane in den Verkehr ein. Bob grinste da hinten auf seinem Lieblingsplatz sein geübtes böses Grinsen und sah mit seinem rauchschwarzen Gesicht wie der Teufel höchstpersönlich aus. Dann holte er nacheinander verschiedene Ampullen aus der Innentasche und inspizierte sie beiläufig. Das machte er, um Diane zu reizen, und es gelang ihm gründlich. Jedesmal, wenn sie sich umdrehte, schrie er: »Gottverdammt, Diane, wirst du wohl auf die Straße sehen! Wenn du die Karre auf dem Heimweg zu Schrott fährst, prügle ich dir den Kopf, bis er flach ist.«

Bob verzog das Gesicht zum garstigsten Ausdruck, den er sich vorstellen konnte, wenn er Diane anschrie, aber sobald sie wieder auf die Straße sah, verrauchte sein Zorn, und das rauchschwarze Grinsen wurde noch breiter.

Nadine betrachtete das alles fasziniert. Und da wurde ihr klar, daß mit Diane und Bob mehr los war, als sie bisher vermutet hatte. Sie liebten einander sehr, dachte sie, ja, wirklich sehr.

Kaum waren sie sicher zu Hause angelangt und hatten alle Türen verriegelt, ging dasselbe Ritual wie vorher wieder los, und Bob holte ein Fläschchen nach dem anderen heraus. Dann setzten sie sich hin, und jeder schoß das, was er seiner Meinung nach verkraften konnte.

Als das vorbei war, wurde das Speed wieder hervorgeholt, und sie mußten wieder alle versuchen, ob sie noch ein paar Quentchen mehr Lust aus ihren verbrauchten, mit Drogen vollgepumpten Körpern herauspressen konnten.

Danach waren alle nervös, denn wenn man voll von starken Betäubungsmitteln angetörnt ist, wirkt Speed nicht so, als wäre man *clean*. Wenn man angetörnt ist, wirkt es stärker, macht einen nervös, geschwätzig und fahrig. Bob machte sich Sorgen wegen ihrer Beute und den Geschirren, die herumlagen, und er befahl Diane, zum Schlafzimmerfenster rauszuklettern und die ganze Chose zu vergraben, alles, und als sie wieder hereinkam, ging er in einer Richtung im Wohnzimmer auf und ab, und sie in der anderen. Und beide redeten ununterbrochen aufeinander und auch auf Rick und Nadine ein.

Bob redete ausschließlich von Drogen, von den Apotheken, die er ausgenommen hatte, wie fett sie gewesen waren und wie leicht oder wieviel Probleme jeder Laden gemacht hatte. Diane konterte mit Geschichten über ihr Sexualleben, wie es durchhing, wieviel Ärger sie mit ihren Geschlechtsorganen hatte und was für ein Hund Bob war, weil er sie keine aktivere Rolle bei ihren Beutezügen in Drogerien spielen ließ. Sie wollte tauchen, wollte die Drogen aus den Schubladen und von den Regalen holen, während der Apotheker von jemand anderem abgelenkt oder festgehalten wurde, oder sie wollte, verdammt, sogar mit einer Pistole reingehen. Sie stand nicht über so etwas, sie hatte es oft gemacht, als Bob im Gefängnis war, erinnerte sie ihn, und sie konnte es wieder machen, wenn er sie ließ. Warum konnte sie es nicht gleich machen?

Rick und Nadine saßen vollkommen fassungslos dabei, nickten von Zeit zu Zeit, um zu zeigen, daß sie versuchten, bei beiden Unterhaltungen mitzukommen, oohten, wenn von ihnen erwartet wurde, daß sie oohten, und aahten, wenn erwartet wurde, daß sie aahten.

Schließlich hatte Nadine die Vorstellung satt und fühlte sich auch etwas unwohl. Sie merkte plötzlich, daß sie hungrig war und den ganzen Tag noch nichts gegessen hatte. Sie sah auf und fragte ganz allgemein: »Wann essen wir denn? Eßt ihr denn nie?«

Die anderen blickten sie an, als hätte sie den Verstand verloren.

»Essen, essen«, wiederholte Diane. »Wozu willst du denn essen?«

Bob lächelte und deutete in die Küche. »Da ist Erdnußbutter und etwas Brot im Brotkasten, wahrscheinlich auch noch ein Rest Milch, und wenn dir das nicht reicht, schick deinen Macker zu 'ner Hamburgerbude, damit er dir was holt. Und wenn er schon dabei ist, kann er mir 'nen Schokoshake mitbringen.«

Nadine sah angewidert drein. »Setzt ihr euch denn nie hin und nehmt eine anständige Mahlzeit zu euch?«

Diane seufzte. »Klar, ich fahr' manchmal an einer Hähnchenbude vorbei und kaufe eine Tüte Hähnchen und ein Eis.«

»Hähnchen, Eis, Hamburger, eßt ihr denn nie was anderes?«

»Klar, ich mag Eis irgendwie«, grinste Bob. »Magst du kein Eis?«

Nadine wandte sich an Rick. »Holst du mir was zu essen?«

»Okay, okay, Liebes. Was willst du? Du solltest mir besser eine Liste machen, damit ich nichts vergesse, bis ich dort bin.«

Rick fuhr mit seiner Liste los. Dreißig Minuten später kam er zurück und hatte eine Lebensmitteltüte in der Armbeuge.

»Hat jemand Hunger?«

Nadine stürzte zu ihm und sah in die Tüte. Dann tänzelten sie wie zwei kichernde Teenager in die Küche. Bob und Diane sahen einander verblüfft an und fingen an zu lachen.

Aber Bobs Lachen verstummte vorzeitig. Sein Gesicht wurde plötzlich ernst, er hatte einen seltsamen Ausdruck in den Augen, drehte sich unvermittelt um und schoß in die Küche wie ein geölter Blitz; Diane blieb völlig von den Socken zurück.

»Los, gib mir die Sachen, ich mache euch was zu essen.«

Er drängte sich mit den Ellbogen zwischen Nadine und den Elektroherd.

Nadine protestierte verwirrt: »Nein, ich kann das schon«, aber dann sah sie das Leuchten in seinen Augen, doch anstatt sich auf den Schlips getreten zu fühlen, wie früher, kicherte sie, weil sie Bob jetzt besser einschätzen konnte und sich ausmalte, daß er ihr wahrscheinlich ein Essen machen und obendrein noch eine Clown-Nummer liefern würde.

»Hat Diane dir gesagt«, wandte sich Bob an Rick, während er sich bückte und herumhüpfte und Töpfe und Pfannen und Messer hervorholte, »daß ich in der Armee Koch war? Ganz recht«, bekräftigte er, als Rick zu prusten anfing, »vier Jahre Sklavenarbeit am heißen Herd, und ich hätte um ein Haar einen Ehrenorden und ein Purple Heart dafür bekommen, daß ich Pfannkuchen serviert und Würste gebraten habe.«

Inzwischen ließ er Wasser über Kartoffeln laufen und fing an, sie anschließend in eine Pfanne in Scheiben zu schneiden.

»Hier, du solltest vielleicht besser etwas Öl nehmen«, lachte Nadine und gab ihm Pflanzenöl.

»Ach so, klar, Öl.«

Diane stand unter der Küchentür, hatte die Fäuste gegen die Hüften gestemmt und die Ellbogen ausgestreckt. »Du bist überhaupt nie in der gottverdammten Armee gewesen, du elendes Lügenmaul.«

Bob achtete nicht auf sie und arbeitete weiter, aber Augenblicke später hielt er inne, erstarrte und fragte die Frauen: »Ist hier nicht irgendwo eine Schürze?« Er wühlte in den Schränken und Schubladen. »Habt ihr Damen nicht irgendwo eine Schürze?« fügte er hinzu, weil er in den Schränken und Schubladen, abgesehen von vereinzelten Pfannen, Tellern, einem Glas oder einer Gabel rein gar nichts fand. »Scheiße, was ist denn das überhaupt für eine Küche?«

Und Rick und Nadine lachten nur noch mehr, als Bob sagte: »Nun, ich schätze, da werde ich wohl improvisieren müssen. Die Damen haben keine Schürze.« Und damit knöpfte er das Hemd auf, zog es aus und band es hastig um die Taille.

Jetzt kam allmählich auch Diane in Stimmung. Sie gestattete sich ein leises Lächeln und stand nur ehrfürchtig da, beobachtete ihren Mann, der sich immer mehr in die Arbeit vertiefte, und hatte größte Schwierigkeiten, ihr Staunen und ihre Bewunderung zurückzuhalten. Und Bob arbeitete weiter, zauberte eine halbwegs anständige Mahlzeit und servierte sie auf dem Tisch und alles. Aber er selbst kam nicht zum Essen, abgesehen von dem, was er beim Kochen schnabulieren konnte. Denn kaum hatte er Teller und Essen auf den Tisch gestellt, sprang sie ihn von hinten an und zerrte ihn zur Begleitmusik seines Protests: »Was treibst du da, zum Teufel? Das verdammte Flittchen ist völlig wahnsinnig geworden«, ins Schlafzimmer, wo sie ihn aufs Bett schubste und drängte.

Bob vergaß das Essen, wollte aber noch nicht so einfach aufgeben. »Warum willst du ins Bett? Mann, wir sollten unterwegs sein und arbeiten. Ich kenne ein kleines Krankenhaus in einer kleinen Küstenstadt, und das ist eine Jungfrau, weißt du, es ist noch nie von der kalten Hand eines dreisten Diebstahls angefaßt worden. Ein Zuckerschlecken. Ich meine, die haben null Wachpersonal. Die haben überhaupt nur zwei Bullen für die ganze Stadt. Einer macht die Schicht vom Frühstück bis zum Abendessen, der andere vom Abendessen bis Mitternacht. Danach ist sturmfreie Bude. Und nachts arbeitet meistens nur eine Krankenschwester dort, wenn sie nicht gerade einen schweren Unfall auf dem Highway oder so eine Scheiße haben und 'ne Menge Ärzte rufen müssen. Und du solltest mal die Apotheke sehen. Sie ist unten im Keller zwischen dem Heizraum und ihrer kleinen Wäscherei. Herrgott, wir müssen nur den Fensterrahmen aufsägen, aufmachen und einsteigen. Ich wette, sie haben Koks, Mami, alle Krankenhäuser haben Riesenvorräte an Koks.«

»Du bist verrückt, Bob, weißt du das? Du hast mich seit einem Monat nicht mehr gefickt, und du bist verrückter als eine Scheißhausratte. Und du hast kein bißchen Verstand. Wir haben gerade zwei der fettesten Beutezüge seit Monaten gemacht, und du hältst schon wieder nach mehr Ausschau. Weißt du nicht, wann du eine Pause machen mußt? Warum läßt du mich beim nächsten Mal nicht tauchen, Bob? Gottverdammt, ich habe es satt, herumzustehen und zu husten, das Auto zu fahren und nicht gefickt zu werden. Du kennst mich, Herzblatt, du weißt, daß ich nicht ewig so weitermachen kann. Warum drehst du dich nicht rum, legst dich aufs Bett und nimmst mich eine Weile in den Arm?«

»Dich in den Arm nehmen? Warum soll ich dich in den Arm nehmen? Mann, wir sollten auf den Putz hauen, ins Auto steigen und sehen, ob wir es nicht zu diesem Krankenhaus schaffen, bis es Tag wird. Junge, das würde mir gefallen, Diane. Ich würde dich sogar ein bißchen am Fenster sägen lassen.«

»O Mann, du würdest mich am Fenster sägen lassen. Juhuu. Mein Gott, soll das heißen, du würdest mich nicht mal reingehen lassen? Jesus Christus, und ich dachte, du liebst mich. Du fickst mich nicht, und du läßt mich nicht reingehen. Was bist du eigentlich für ein Tier? Du denkst nur an dich, immer nur an dich. Ich und alle anderen sind dir scheißegal. Du denkst nur an die verdammten Apotheken und an dich. Was meinst du, wie mir zumute ist? Ich weiß doch, ich habe meinen Teil nicht dazu beigetragen, es ist immer deine große Nummer, und ich steh' draußen im Regen oder kutschiere dich durch die Stadt. Der Teufel soll dich holen, Bob Hughes. Ich zieh' auf eigene Faust los. Ich kenne jede Menge Leute, die mich in ihr Team aufnehmen würden. Ich hab' nie irgendwelche Schwierigkeiten gehabt, wenn du im Gefängnis warst. Ich hab' mir soviel Dope geschossen, wie ich wollte, und ich hab' gemacht, was ich wollte.«

»Ach, vergiß den Mist, Diane. Fahren wir zur Küste, sehen uns das Krankenhaus an, und damit basta. Ich meine, du machst dich naß, wenn du es siehst. Es liegt im Wald. Kein Problem, hinzukommen und einen Parkplatz zu finden. Geschenkt, Baby, ich spüre schon, wie es erst ist, wenn ich in der Apotheke stehe. Ich sehe schon die Großpackungen Tabletten auf den Regalen. Tausende, Baby, Tausende. Denk doch nur, mach die Augen zu und stell es dir vor. Koks im Halbkiloglas! Kannst du dir fünfhundert Gramm Koks vorstellen? Habe ich dir schon erzählt, wie wir das Krankenhaus östlich der Berge überfallen und ein Fünfhundertgrammglas Koks mitgenommen haben?«

Diane sah ihn angewidert an. »Erst ungefähr zehntausend Mal«, sagte sie.

Derweil gingen Rick und Nadine ihrem Essen nach und fingen den Abend an, indem sie einander einfach nur anlächelten. Rick war gut drauf, weil er spürte, daß Nadine glücklich war und allmählich glaubte, daß sie vielleicht doch zur Gruppe gehörte, daß sie akzeptiert und daß auf ihre Gefühle geachtet wurde, auch wenn es letztlich nur ab und zu auf ein gutes Essen hinauslief.

Schließlich sagte Rick: »Herrgott, die können ganz schön loslegen.«

Nadine nickte, dann sah sie etwas verwirrt drein und fragte: »Ist er wirklich so verrückt, uns alle heute morgen zur Küste zu schleppen?«

»Keine Ahnung, verdammt.« Rick schüttelte den Kopf. »Bei ihm kann man nie ganz sicher sein. Ich denke, wenn er wirklich will, dann fahren wir. Man kann nie sagen, wann er es ernst meint. Viel dummes Zeug, was er sagt und macht, tut er nur, um Diane zu ärgern, daher weiß man nie, was ihm durch den Kopf geht. Manchmal könnte ich schwören, daß überhaupt nichts dahinter ist, und dann sehe ich ihn im Einsatz, und wie er jede Einzelheit organisiert, und dann wird mir klar, er muß irgendwo was für sich laufen haben. Manchmal zieht er Stunts durch, von denen man genau weiß, sie sind die verrücktesten Unternehmungen, von denen man je gehört hat, aber dann sieht man, wie alles klappt, denkt nach und sieht einen Sinn hinter allem. Der Bursche ist kein Narr. Jedenfalls nicht, wenn es darum geht, zu bekommen, was er will. Er wird sich zweifellos in den nächsten paar Jahren selbst umbringen, wenn ihn die Bullen nicht vorher schnappen. Aber ich wette um eins mit dir. Ich wette einen Dollar, daß er glücklich stirbt, entweder bei einem großen Drogencoup, oder er macht seinen Abgang auf die sanfte Weise, mit einer Überdosis.«

»Was soll das heißen, auf die sanfte Weise? Sterben ist sterben, da gibt es keine sanfte Weise! Wenn man tot ist, ist man tot, oder nicht?«

»Das glaube ich nicht, Baby. Wenn ich das glauben würde, würde ich das alles hier nicht mitmachen. Ich weiß auch nicht, Stoff ist nicht alles, für mich nicht, noch nicht. Wenn es sein müßte, könnte ich ohne leben. Aber weshalb? Um ehrlich zu sein, ich mag die Aufregung, ich sehe Bob gerne bei der Arbeit zu, ich mag den Lebensstil. Ich mag alles an dieser verdammten Szene. Ich höre sogar Diane gerne von ihrem Sexleben erzählen, obwohl es manchmal ein bißchen peinlich ist.«

Rick nahm Nadines Hand und sah sie liebevoll an. Nadine errötete unwillkürlich, senkte den Kopf und streckte die Hand nach ihm aus. Sie riß den Kopf wieder hoch und erstarrte, als die Eingangstür aus den Angeln gerissen wurde und auf den Boden der Wohnung knallte.

»Verfluchte Scheiße, was ist das denn?« reagierte Rick und fuhr kerzengerade hoch.

Vier stämmige Polizisten der Drogenfahndung kamen über die umgekippte Tür getrampelt wie Mustangs, die aus einem Korral ausbrechen. Mit gezückten Waffen, verkniffenen Gesichtern und angespannten Muskeln trennten sich zwei von ihnen und traten die Schlafzimmertür von Bob und Diane ein.

Bob lag neben Diane auf dem Bett. Sie hatte ihn doch noch überredet, daß er sich neben sie kuschelte und sie in den Arm nahm. Das Krachen der Tür riß sie beide aus dem Bett und auf die Füße. Bobs erster Instinkt war, nach der Waffe zu greifen, aber als ihm klar wurde, daß er keine Waffe im Schlafzimmer hatte, gab er einfach auf und beschloß, Scheiß drauf, dem Schicksal seinen Lauf zu lassen.

Als die Polizisten Halamer und Gentry ins Schlafzimmer platzten, stand Bob da, mit nichts als seinem Lächeln an, und die ebenfalls nacktärschige Diane klammerte sich verängstigt und oben ohne an seinen rechten Arm.

Es war eindeutig, daß sie weder bewaffnet waren noch Drogen bei sich hatten. Aber Drogenbullen können nun mal nicht aus ihrer Haut, sie haben ihr kleines Ritual, das sie absolvieren müssen, ob ihre Opfer nun nackt oder weggetreten oder mausetot oder auf Entzug sind und kotzen. Sie müssen ihre Schau abziehen, und sie ziehen sie ab.

Gentry übernahm das Reden und befahl Bob und Diane, sich zum Durchsuchen an die Wand zu stellen. Nachdem das erledigt war, befahl er Bob und Diane, sich umzudrehen, und machte abfällige Bemerkungen über ihr Äußeres.

»Die Titten hängen langsam etwas durch, Diane, was?«

Inzwischen hatte sich Diane entspannt, weil sie sah, daß Bob nicht allzu besorgt wirkte. Sie sah auf ihre Brüste hinab, und nachdem sie sie eine Weile betrachtet hatte, lächelte sie und sagte: »Ja, das ist die Schuld von diesem gottverdammten Bob. Er holt sie nicht mehr zum Üben raus.«

Gentry lächelte und wandte sich an Bob. »Was ist los, Bob, wieder zuviel Dope geschossen? Als wir das letzte Mal hier waren, warst du voll bis an die Kiemen, und Diane hat genau dieselbe Beschwerde vorgebracht.«

»Oh, Sie wissen ja, wie das ist«, erwiderte Bob, »den ganzen Tag auf der Maloche, arbeiten, arbeiten, arbeiten, wie ein Hund, wenn ein Mann da nach Hause kommt, will er seine Ruhe haben und nicht rumhüpfen wie ein Bengel, der aufs Klo muß. Ihr Jungs solltet doch wissen, wie das ist.«

»Von wegen Arbeit, Bob, wir haben von deiner Arbeit gehört. Erst gestern habe ich zu meinem Partner gesagt, sieht so aus, als hätte der gute alte Bob Hughes tatsächlich die Bremse reingehauen, wir haben seit Tagen nichts Schlechtes mehr gehört. Und dann, zack bumm, schaffst du gleich zwei, eine vormittags und eine nachmittags, brennst einen halben Laden ab, machst die Leute panisch und sorgst für 'n Tohuwabohu. Hast du nicht damit gerechnet, daß wir mal vorbeischauen würden?«

»He, Moment mal, das war ich nicht, Kumpel. Ich hab' seit Jahren keine Giftküche mehr überfallen. Schaut mich an. Sehe ich aus, als würde ich drücken?«

»Sieht aus, als wärst du voll bis an die Kiemen, und diesmal haben wir Zeugen, Bob. Junge, Junge, und wie wir Zeugen haben. Wir haben den Burschen, der dir heute morgen aus dem brennenden Geschäft geholfen hat. Er hat dich gleich erkannt. Er hat dein Bild nur einmal angesehen und gesagt, das ist der Mann, todsicher.«

»Haben Sie 'nen Haftbefehl, Kumpel?«

»Ja, ich habe einen Haftbefehl, Bob. Wir haben sie neuerdings auf Mikrofilm. Weißt du, was ein Mikrofilm ist, das ist ein winzigkleines Foto, etwa so groß wie eine Dilaudidtablette. Ich habe ihn auf die achtunddreißiger Kugel geklebt, die sich gerade im Lauf dieser Pistole befindet. Willst du ihn sehen, Bob? Ich halt' dir die Pistole ans Ohr und schieß durch. Wenn du die Augen nach innen drehst und schnell genug bist, kannst du ihn beim Durchfliegen lesen, Bob.«

»O Mann, seid ihr aber hartgesottene Jungs, was habt ihr denn zuletzt gelesen, Mickey Spillane? Ich hab' gedacht, sie würden euch Jungs damit beschäftigen, daß ihr hier rumlauft und die großen Dealer verhaftet, die kleine Tütchen Milchzucker verkaufen. Was macht ihr überhaupt mit dem Mist, wenn ihr ihn gekauft habt, mit ins Büro nehmen und den Kaffee damit süßen?«

Gentry deutete mit Pistole und Kopf gleichzeitig zur Tür. »Was ist mit dem hübschen Mädchen da draußen, Bob? Ist sie schon gut süchtig? Wird sie sabbern, kotzen, zittern und rumrotzen, wenn wir sie mitnehmen und festhalten, hm, Bob? Wird sie uns ein hübsches Lied singen? Was ich gehört habe, Bob, ist sie ein echtes Schreiwunder. Ich hab' sogar gedacht, ich würde unten im Revier was hören. Natürlich hatte ich keine Ahnung, daß du völlig den Verstand verloren und versucht hast, die halbe Stadt niederzubrennen. Weißt du, was kleine Punks wie du für Brandstiftung bekommen? Sie bekommen lebenslänglich, Bob, es ist nämlich schwere Brandstiftung, wenn man Feuer legt und Menschen in dem Gebäude sind. Du hast gerade dein kleines Fixerarschloch in das größte aller Monster verwandelt, und wir haben einen Zeugen, der dich am Tatort gesehen hat. Was sagst du dazu, Bob?«

»Was soll ich dazu sagen? Ich will meinen Anwalt sprechen. Ich bin sicher, er kann die Sache in ein paar Minuten aus der Welt schaffen.«

»Nein, Bob, diesmal kein Anwalt. Kein Haftbefehl, kein Anwalt, wir suchen nur nach dem Stoff. Wir besorgen den Haftbefehl morgen. Teufel nochmal, es eilt doch nicht. Süchtig, wie du bist, wirst du schön hier bleiben. Wo könntest du schon hin? Also, wo hast du den Stoff versteckt? Du hast ihn doch nicht wieder draußen im Gebüsch vergraben, Diane, oder?«

Diane hatte es allmählich satt, nackt herumzustehen. »Wichser, ich hab' keine Ahnung, wovon Sie sprechen. Warum gehen Sie sich nicht ins Knie ficken?«

»Diane, was für eine Ausdrucksweise.« Gentry sah seinen Partner an und tat so, als wäre er schockiert, dann wandte er sich wieder an Bob. »Was ist los, Bob, wirst du nicht mehr mit ihr fertig? Ich habe immer gedacht, Leute wie du hätten Stil?«

»Ach Gott, Sie wissen ja, wie das ist«, sagte Bob achselzuckend. »Ständig der Mist von wegen Frauenbefreiung, die Medien sind voll davon, was kann man da schon erwarten? Sie sagen, eine Frau hat heutzutage das Recht zu sagen, was sie will, wie sollte ich da etwas anderes behaupten?«

»Okay, Kinder, es läuft auf Folgendes hinaus. Ihr könnt uns sagen, wo es ist, und euch eine Menge Ärger ersparen, oder ihr könnt hier sitzen und den Mund halten, während wir die Wohnung Brett für Brett auseinandernehmen. Wie sieht's aus?«

Bob lächelte sein »Was-soll-ich-sagen-es-steht-nicht-in-meiner-Macht«-Lächeln und sagte: »Nehmt alles auseinander. Die Wohnung ist gemietet und versichert, und mein Vermieter wird euch zweifellos verklagen, weil Sie in dieser Wohnung nichts finden werden, Kumpel, es sei denn, Sie haben es selbst mitgebracht und wollen es uns unterjubeln; und selbst wenn Ihnen das gelingt, schlage ich Sie vor Gericht wegen illegaler Durchsuchung und Festnahme, und dann verklage ich Sie und Ihre ganze Abteilung auf Teufel komm raus. Also tun Sie Ihr Bestes.«

Und genau das taten sie auch. Sie brachten Feueräxte herein und schlugen auf die Wände ein. Sie schlugen die Möbel kurz und klein, besonders gründlich den großen Farbfernseher in der Wohnzimmerecke. Was sie nicht zertrümmern konnten, rissen sie auseinander. Kein einziges Kleidungsstück wurde verschont, nicht einmal ein Spültuch blieb ganz. Als die Polizisten Stunden später mit Äxten und Brecheisen auf den Schultern wieder gingen, saßen Diane, Bob, Rick und Nadine splitternackt auf einem Bündel Lumpen in einer Ecke des Wohnzimmers.

Bob und Diane zeigten Entzugssymptome. Normalerweise hätten sich die Entzugssymptome nicht so schnell eingestellt, aber in diesem Fall hatte sich das Speed größte Mühe gegeben, seine Gegenspieler aus ihren Körpern zu vertreiben. Und so saßen Bob und Diane da, gähnten, niesten und sahen ab und zu, wie einer ihrer Arme oder Füße mit einer hektischen, konvulsivischen Bewegung zuckte.

Rick bekam Depressionen, die Depressionen mangelnder Drogen in Verbindung mit dem zusätzlichen Mißvergnügen, auf einem Trümmerfeld zu sitzen. Er sah sich in der vollkommen verwüsteten Wohnung um. »Wirst du sie verklagen, Bob? Wenn es nach mir ginge, würde ich sie bis aufs Blut verklagen.«

Bob hob langsam den Kopf vom Arm. Er gähnte und fragte sich, wie lange es dauern würde, bis er vom Gähnen Maulsperre bekam. Schließlich sagte er: »Sie verklagen? Nein, verflucht, ich werde sie nicht verklagen. Ich sagte doch, der ganze Mist ist gemietet und versichert. Weshalb sollte ich sie verklagen?«

»Was ist mit unseren Kleidern?«

»Kleider? Diese Fetzen? Scheiß auf die Fetzen, wir können jederzeit losziehen und neue klauen. Ich hab' die gestohlen, verdammt, und ich kann neue stehlen. Sie kosten mich nichts, sie belasten nur die Geschäfte. Verdammt, sie könnten den ganzen Tag lang meine Kleider zerreißen, wenn sie Lust dazu haben, jeden verdammten Tag der Woche, und ich würde sie trotzdem nicht verklagen, das wissen sie. Verdammt, Mann, das wäre so, als würde man die Finger in ein Hornissennest stecken, nur weil man Hornissen nicht ausstehen kann. Scheiße, ich mag diese Bullen, sie sind die einzigen, die zwischen uns und dem totalen Elend stehen. Was würde eurer Meinung nach wohl passieren, wenn es keine bösen, hitzköpfigen Bullen gäbe? Wir hätten so einen Konkurrenzkampf, daß bald nichts mehr zum Stehlen da wäre. Es ist auch so schon schlimm genug, mit den ganzen Bösewichtern da draußen, die jedem eine Pistole ins Gesicht halten. Ja, verdammt, ich bete jede Nacht, daß die Bullen schlauer werden und mehr Geld für bessere Ausrüstung bekommen, damit sie mehr solcher Bösewichter schnappen können. Mann, liebe deine Polizei. Ich hatte mal 'nen Autoaufkleber, da stand genau das drauf. Was haben wir eigentlich mit dem Auto von damals gemacht, Diane?«

»Das ist das, wo der Typ mit dem großen Truck in mich reingefahren ist, weißt du nicht mehr? Du bist rausgesprungen und hast gebrüllt: ›Paß doch auf, wo du hinfährst, du besoffenes Arschloch‹, und er ist aus dem Truck ausgestiegen, und er war groß, und du mußtest ihn noch mehr anschreien, und da hat er dir ein paar reingehauen. Erinnerst du dich daran, Bob? Wir mußten dich ins Krankenhaus bringen, du hattest ein paar Rippen gebrochen, eine große Beule am Kopf und einen gebrochenen Arm. An den gebrochenen Arm wirst du dich doch erinnern, Bob? Sie haben dir einen Gips bis zu den Fingerspitzen verpaßt, und du konntest mit dem Arm nicht fixen und warst auf meine Hilfe angewiesen. Erinnerst du dich noch, wozu ich dich erpreßt habe, bevor du deinen Schuß bekommen hast? Du wirst dich doch noch an den gebrochenen Arm erinnern, Bob?«

Bob bedachte Diane mit seinem geübten bösen Lächeln und sagte: »Ja, ich glaube, jetzt, wo du es sagst, kann ich mich an den gebrochenen Arm erinnern. Die alte Karre habe ich auf jeden Fall sehr gemocht. Weißt du noch, wie wir damit nach Süden gefahren sind und haben die ganzen Apotheken an der Küste ausgenommen? Junge, was für ein Auto. Es war wie ein Militärpanzer gebaut. So ein großer, spritschluckender

Buick. Diane hat auf der Straße zwischen hier und Kalifornien alles über-, an- und umgefahren und dabei von fetten Apotheken gesprochen, kannst du dich noch an die erinnern, in die wir einfach durch die Wand reingefahren sind? Und ich hab' zum Fenster rausgesehen, und da war diese bildschöne Arzneimittelschublade, mit 'nem hübschen weißen Schild dran, wo genau das draufstand. Ich hab' einfach zum Autofenster rausgelangt, die Schublade rausgezogen, und dann sind wir in den Sonnenuntergang davongebraust.«

»Ja, aber das war ein billig gebauter alter Schuppen. Heute würde so was nicht mehr gehen.«

Bob und Diane schienen die Gesprächsthemen auszugehen. Nur Niedergeschlagenheit und ab und zu ein Niesen stahlen sich in das Schweigen. Schließlich sah Diane, der die Sorgen im Gesicht geschrieben standen, zu Bob auf und sagte: »Was machen wir jetzt?«

Bob dachte ein paar Augenblicke nach, dann sagte er: »Diane, geh rauf zu Oma Hart, ruf deine dumme Schwester an, sie soll uns was zum Anziehen bringen, damit wir unter die Leute können.«

Die Gelegenheit, es Bob heimzahlen zu können, schien Diane mit neuem Leben zu erfüllen. »Und wieso soll ich, nacktärschig wie ich bin, telefonieren gehen? Und warum ist meine Schwester dumm? Bei der brechen keine verdammten Bullen ein und schlagen die Wohnung kurz und klein, ihr Mann hat einen guten Job in der Fabrik.«

»Also gut, dann ruf deine kluge Schwester an, und du mußt telefonieren gehen, weil Oma Hart wahrscheinlich die einzige ist, die um diese Zeit noch wach ist, und ich finde, es gehört sich einfach nicht, daß ich mit meinem speedschrumpeligen Schwanz, der aussieht wie ein verirrter Regenwurm, der sich in der Hühnerfarm versteckt, zu der alten Dame raufgehe und ihr noch einen Grund mehr gebe, dich zu bemitleiden. Du weißt doch, daß du Mitleid nicht abkannst, Diane.«

»Pah, wußte ich gar nicht, daß dich das interessiert. Ich erledige den verdammten Anruf, aber unter einer Bedingung. Entweder fickst du mich, wenn ich wieder da bin, oder du nimmst mich mit in die Apotheke, wenn wir sie ausheben.«

»Ich nehme dich mit in die Apotheke, du verdammte Nervensäge. Und jetzt geh rauf und ruf an.«

Als Dianes kluge Schwester eine Stunde später mit einem Armvoll Kleidungsstücken die Wohnung betrat, kauerte die ganze Gruppe im Schlafzimmer und fixte noch mehr Betäubungsmittel und Speed, die Diane ausgegraben hatte. Sie stieß einen lauten, erstaunten Pfiff aus, während sie durch die Trümmer ins Schlafzimmer ging. »Mein Gott«, sagte sie, »womit haben die denn das gemacht, mit Vorschlaghämmern?«

»Nein, mit Feueräxten«, antwortete Diane und sah kurz von der Lösung auf, die sie durch einen kleinen Wattebausch in einen gebogenen, rußgeschwärzten Löffel goß.

»Herrgott, ich habe drunten im Süden Tornados gesehen, die keine so katastrophalen Verwüstungen angerichtet haben«, fuhr die kluge Schwester fort.

»Ich schätze, die waren nicht so konzentriert«, sagte Bob. »Wenn sich die Bullen über das ganze Haus hergemacht hätten, nicht nur über diese Wohnung, hätten wir wahrscheinlich nicht soviel abbekommen, das kann ich mir nicht vorstellen.«

»Nein, da hast du wohl recht«, stimmte die kluge Schwester zu. »So habe ich es einfach nicht gesehen. Übrigens, Bob, was ist eigentlich mit deinem Schwanz passiert? Diane, was hast du mit deinem Mann gemacht? Oder sind die Bullen da auch drauf rumgetrampelt? Hast du keinen mehr, Bob, oder versteckt er sich nur?«

Bob sah angewidert und beleidigt drein, funkelte aber nicht die kluge Schwester böse an, sondern Diane. »Darum habe ich dich gebeten, deine dumme Schwester anzurufen«, sagte er.

»Mein Gott, mein Gott, und wie kurz angebunden. Weißt du, ich habe immer eine Theorie über Männer gehabt, die so kurz angebunden sind, daß da nämlich ein Zusammenhang besteht und alles bei ihnen kurz ist; jetzt weiß ich, daß da was dran sein muß.«

Bob schoß sofort zurück. »Wenn du in deinem Leben je

eine Theorie gehabt hast, dann ist sie dir von einem der schmutzigen alten Professoren am College, wo du arbeitest, reingedrückt worden. Was treibst du eigentlich momentan dort, kluges Kind, einen dieser abnormalen Sexualaufklärungskurse abhalten?«

»Wie geistreich! O Mann, Bob, heute abend übertriffst du dich wieder selbst, das hat mir an dir immer so gut gefallen. Natürlich bekommen die Familie und ich dich kaum je zu Gesicht, wo du doch dauernd im Gefängnis bist und mit diesen Homosexuellen rummachst. Warum verläßt du Diane nicht einfach, Bob, und trittst einem Tuntenklub bei, wo sie sich als Frauen ausgeben? Soweit ich sehe, dürfte es dir nicht schwerfallen, Mitglied zu werden, und du würdest zweifellos glücklich sein, keinen Stoff mehr brauchen, und du hättest deinen Platz im Leben gefunden und könntest erfahren, wieviel Freude es macht, etwas zu einem normalen Bestandteil unserer Gemeinschaft beizusteuern.«

»Schaff sie hier raus, Diane, schaff sie hier raus! Ich habe bis jetzt noch keine deiner weiblichen Verwandten geschlagen, und ich will heute abend nicht damit anfangen. Außerdem, wie soll man ein Flittchen schlagen, das nur aus einem Loch besteht?« Damit streckte Bob Dianes kluger Schwester wie ein kleiner Junge die Zunge heraus und begab sich schleunigst ins Bad, um dem Schwall der Beleidigungen zu entgehen, der, wie er wußte, gleich einsetzen würde.

Dianes kluge Schwester lächelte und sagte mit lauter Stimme: »Das habe ich am guten alten Bob immer so gemocht. Er bleibt nicht da und verliert. Er läuft einfach jedesmal weg, der Hurensohn mit seinem weißen Bauch und dem kurzen Pimmel.«

Sie warf die Kleider auf das Trümmerfeld des Fußbodens, ging zur Tür und sagte: »Lebwohl, Diane, und ruf deine dumme Schwester nächstes Mal ruhig wieder an. Obwohl ich meine gute Tat für diesen Monat schon getan habe.«

Diane sah von einer neuen Lösung auf, die sie im Löffel kochte. »Ja, danke, kluges Kind«, sagte sie. »Tut mir leid, daß ich nicht höflicher sein kann, aber was bleibt einem übrig, wenn man nicht mal einen Stuhl anzubieten hat?«

Sobald alle gefixt hatten und, nachdem sie sich durch die Kleidungsstücke gewühlt hatten, wieder so vorzeigbar waren, daß sie sich in die Öffentlichkeit wagen konnten, sagte Bob zu Nadine und Rick: »Ihr zwei nehmt das Auto und sucht eine Wohnung. Nehmt eine im Westen. Dort haben wir seit Wochen nichts mehr ausgenommen, daher dürfte dort Ruhe sein. Diane und ich fahren mit dem Taxi zu meiner Mutter und holen ein paar Kleider, die ich noch dort verstaut habe. Okay?«

Nadine und Rick nickten gleichzeitig und machten sich auf den Weg; sie waren froh, daß sie Bob und Diane eine Zeitlang aus dem Weg gehen und unversehrt und auf freiem Fuß von der Polizeiaktion und der verwüsteten Wohnung davonlaufen konnten.

Diane ging noch einmal zu Oma Hart hinauf, um zu telefonieren, wenig später saßen sie und Bob in einem Taxi und fuhren zum Haus seiner Mutter. Diane war nicht gerade erfreut über die Aussicht, sich ausgerechnet jetzt mit der Verwandtschaft zu zanken, aber Bob versicherte ihr, daß seine Mama nichts Böses wollte. Das hatte Diane freilich schon oft gehört, trotzdem war sie nach jeder Begegnung mit dieser Frau immer wieder aufs neue beunruhigt, was ihren selbstgewählten Lebensstil und die Wahl von Bob als ihren Partner betraf.

Vor der Eingangstür verzog Diane das Gesicht, als die Tür aufging und Bobs Mutter stöhnte, die Hand vor den Mund schlug und dann vor aller Welt verkündete: »O Gott, es ist mein diebischer drogensüchtiger Sohn und seine nymphomanische Frau. Versteckt das Silber, versteckt die Medikamente in sämtlichen Schränken, versteckt den Fernseher und gebt die Geldbörse nicht eine Sekunde aus der Hand.«

»Himmel, Mama, wann habe ich je etwas bei dir geklaut? Sag mir etwas, das ich je genommen hätte, ohne dich vorher zu fragen. Nur einen einzigen Gegenstand.«

»Ich habe nicht gesagt, daß du was mitgenommen hast, du Nadelfreak. Ich wiederhole nur, was sie im Fernsehen sagen, und da sie es dauernd wiederholen, muß es wohl stimmen. Und überleg doch mal, wie oft du im Gefängnis warst. Ich weiß, daß der Staat dich nicht dein halbes Leben lang versorgt hat, weil du so ein guter Mensch bist. Du bist eine Gefahr, Robert, eine dreckige, diebische Gefahr für die Allgemeinheit, und wir guten Menschen müssen deinen Lebenswandel mit immer mehr Steuern bezahlen. Das haben sie auch im Fernsehen gesagt.«

»Ach ja, ich werde die verdammte Glotze wohl wirklich hier fortschaffen müssen, wenn du dir ständig so einen Müll ansiehst. Warum schaust du dir nicht Krimis und Horrorfilme an, wie alle normalen Menschen?«

»O mein Gott«, sagte Bobs Mutter, hob die Hände hoch und ging, gefolgt von Bob und Diane, ins Haus zurück. »Bitte, lieber Gott, sag mir, was ich getan habe, daß du mich einen diebischen, genußsüchtigen Tramp ohne einen Funken Verstand in die Welt hast setzen lassen? Womit habe ich das Leid und die Schande verdient, nie zu wissen, wenn es an die Tür klopft, ob mir gleich jemand sagt, mein Baby ist tot, grün angelaufen an einer Überdosis irgendeiner Droge gestorben, von einem wütenden Apotheker erschossen oder auf der Flucht vor der Polizei von einem Auto überfahren worden? Warum ich? Was kann ich nur getan haben, daß ich das alles verdient habe?«

Darauf hatte Diane eine Antwort parat. »Sie waren wahrscheinlich einfach zu streng, Mrs. Hughes. Wenn Sie ihn nicht angeschrien hätten, als er als Kind an sich herumgespielt hat, hätte er es wahrscheinlich viel öfter gemacht, durch das Training einen viel größeren bekommen und wäre zu einer vollkommen normalen Person herangewachsen. Das meint jedenfalls meine Schwester, und die ist Psychologieprofessorin an der Universität.«

Das verschlug Mrs. Hughes erst einmal die Sprache. Sie sah Diane an und konnte nicht fassen, daß diese so etwas denken konnte, und sie war noch fassungsloser darüber, daß sie die Frechheit aufbrachte, es auch noch auszusprechen.

Bob ging mit seinem Anliegen dazwischen. »Sag mal, Mama, hast du noch die Kleider da, die Diane und ich hiergelassen haben, als wir damals zusammen in den Knast mußten?«

Mama dachte ein paar Augenblicke nach, dann sagte sie: »Nein, Robert, die habe ich schon vor Jahren weggegeben. Mal sehen, wem habe ich sie denn gegeben? Dem Müllmann? Nein, es muß jemand anders gewesen sein. Ich kann mich nicht daran erinnern, Robert. Was wirst du jetzt machen, mich bei der Polizei verpfeifen und einsperren lassen, weil ich deine Kleider gestohlen und hergegeben habe? Nein, natürlich nicht, mein Sohn verpfeift niemanden, hast du das gewußt, Diane? Er verpfeift nicht einmal die Leute, die ihn verpfiffen haben. Sagt, das verbietet ihm seine Berufsehre. Ich kann mich erinnern, als er noch ein Kind war, wurde er mal drüben in der Zehnten Straße in flagranti in einer Drogerie erwischt. Alle sind entkommen, nur er nicht; sie sind alle mit einem Auto weggefahren und haben ihn zur Vorderfront des Ladens laufen lassen. Ich bin mit dem Priester hingegangen und habe alles wieder eingerenkt, und sie sagten, sie würden ihn laufenlassen, wenn er sagen würde, wer seine Kumpels gewesen waren, aber glaubst du, das hätte er gemacht? Nein, hat er nicht. Er hat mir ins Gesicht gesagt: ›Das kann ich nicht, Mama, sie sind meine Freunde.‹ Was konnten das schon für Freunde sein? Sie haben ihn im Stich gelassen, und da war ich, seine Mama, sein eigen Fleisch und Blut, die Frau, die ihn auf die Welt gebracht, ihm die Windeln gewechselt und die ihn in den Arm genommen hat, wenn er krank war, und denkst du, er hätte mir diesen einzigen Gefallen getan? Nein, nein, nein. Da habe ich ihn verstoßen, Diane. Er ist nicht mehr mein Sohn. Er ist ein Dieb und Drogenfreak, das ist ihm wichtiger als ich, deshalb sind wir fertig miteinander, fertig, sage ich dir, und ich werde mich nie mehr darauf einlassen und versuchen, seine Haut zu retten. Meinetwegen kann er ins Gefängnis gehen. Es gefällt ihm ja sowieso dort, oder etwa nicht, Robert?«

Bob nickte geistesabwesend. »Wenn du das sagst, Mama. Ich geh' mal auf dem Speicher nachsehen. Ich glaube, du hast die Kleider vergessen, die ich meine.«

Mrs. Hughes hob wieder die Hände hoch. »Und jetzt bin ich auch noch eine vergeßliche Lügnerin. Ach je, das Leid, das mein eigen Fleisch und Blut über mich gebracht hat, die Schande. Wie kann ich nur mit dieser Schande leben?« Sie stöhnte vor Verzweiflung, dann wandte sie sich an Diane. »Ich würde dich ja bitten, dich zu setzen, Diane, aber als ich das das letzte Mal gemacht habe, bist du eingeschlafen und hast eine brennende Zigarette auf mein Sofa fallen lassen und mir ein Loch hineingebrannt. Wenn du also bitte nur da stehen bleiben würdest, damit ich dich im Auge behalten und auffangen kann, solltest du im Stehen einschlafen. Ich möchte nicht, daß du dich verbrennst oder umfällst und dich verletzt, solange du in meinem Haus bist, Diane.«

»Warum hassen Sie mich und Bob so, Mrs. Hughes?« fragte Diane bekümmert. »Wir haben nichts getan, daß Sie uns so hassen müssen.«

»Ich hasse dich nicht, Diane, und Robert auch nicht, der liebe Gott weiß, das ist die Wahrheit. Ihr beiden tut mir aufrichtig leid. Ihr tut mir leid, weil ihr soviel zu geben habt, aber ihr wißt nicht, wie man gibt, nur wie man nimmt. Ihr denkt, aber ihr denkt immer falsch. Und auf dieser Welt gibt es soviel mehr zu tun, Diane, als falsch zu denken und zu nehmen. Es gibt so vieles, was euch beiden Freude machen und euch näher zusammen und näher zu Gott bringen könnte. Was glaubst du, wird Gott zu dir sagen, Diane? Glaubst du, wenn du vor Ihn trittst, wird Er dich mit offenen Armen dafür willkommen heißen, daß du dein ganzes Leben lang falsch gehandelt hast? Glaubst du, Er liebt dich dafür, daß du deine Kinder verlassen und jemand anderem zur Obhut gegeben hast? Glaubst du, du wirst jung bleiben und ewig leben, Diane? Ihr seid keine Kinder mehr. Dann könnte ich euch beiden verzeihen und sagen, es ist nur die Unwissenheit der Jugend. Aber jetzt nicht mehr. Ihr seid erwachsen und benehmt euch immer noch wie Kinder, die nichts anderes wollen als herumlaufen und spielen. Du kannst nicht dein ganzes Leben lang herumlaufen und spielen, Diane. Eines Tages wird alles seinen Preis fordern, Diane, der Mißbrauch, den du mit Körper und Geist getrieben hast, wird seinen Preis fordern, und dann wirst du entweder sterben und in der Hölle für deine Sünden bezahlen, oder du landest im Irrenhaus. Und dort wirst du bleiben, eine verrückte, einsame alte Frau. Ich weiß es, Diane. Du glaubst, ich bin dumm, nur weil ich alt und ehrlich bin. Glaubst du, als ich jung war, haben Menschen nicht genauso gehandelt wie Ihr? Ich habe alles gesehen, Diane. Ich bin nicht so dumm, wie du glaubst.«

Jetzt tauchte Bob mit zwei Koffern und Kleidungsstücken über der Schulter auf. »Ich hab' sie gefunden, Mama«, verkündete er. »Sie waren auf dem Speicher hinter den Möbeln, die du da oben verstaut hast.«

»Gut, gut, freut mich, daß ich sie nicht gefunden und weggegeben habe. Wenn ich sie gefunden hätte, wären sie nicht mehr da. Ist sonst noch etwas da oben, was dir gehört?«

»Ich glaube nicht, Mama«, sagte Bob und sah nach unten, um dem verächtlichen Blick seiner Mutter auszuweichen. »Falls doch, gib es weg. Ich kann mir immer etwas Neues holen.«

»Aber sicher, du gehst einfach hin und stiehlst es. Habe ich dir schon erzählt, wie er mir die Waschmaschine mit Trockner zu Weihnachten geschenkt hat, Diane? Oh, das war herrlich. Keine Kleider mehr auswringen, keine Waschzuber voll schmutzigem Wasser ausschütten, aber weißt du was, Diane? Ich muß vor jeder Wäsche einen Vierteldollar einwerfen. Oh, er hat die Vorderseite des Münzbehälters abgeschraubt, damit ich meinen Vierteldollar zurückbekomme, aber was würden meine Freundinnen sagen, wenn sie das sehen würden? Was würde die Polizei sagen, wenn sie käme, um das Haus, wie schon so oft, nach Robert zu durchsuchen, und dabei die Münzschlitze an den Maschinen sähe? Ich weiß, was sie sagen würden, sie würden sagen: ›Mrs. Hughes, ab ins Gefängnis mit Ihnen, denn es ist gegen das Gesetz, eine Waschmaschine mit Münzeinwurf daheim zu haben. Jedesmal wenn ich ein Polizeiauto in unsere Straße einbiegen sehe, Diane, muß ich runter in den Keller laufen und nachsehen, ob die Wäsche richtig davor hängt, damit die Polizei die Münzschlitze nicht sieht, wenn sie mein Haus durchsucht. Ich frage dich, Diane, warum durchsucht die Polizei immer mein Haus? Sie durchsucht nicht die Häuser meiner Freunde oder Nachbarn. Die bekommen nicht mitten in der Nacht Besuch von der Polizei, die einen Haftbefehl hat, damit sie das Haus durchsuchen darf. Nur ich, nur ich. Warum hat Gott mich auserwählt und so gestraft? Was kann ich nur getan haben, daß ich das verdiene?«

Bob trat von einem Fuß auf den anderen. Schließlich verkündete er: »Nun, wir müssen gehen, Mama. Auf bald. Sei lieb und tu nichts, was ich nicht auch tun würde.«

»Ich frage dich, was könnte ich schon tun, wozu du nicht fähig bist?« fuhr seine Mutter fort. »Welche Sünden könnte ich begehen, die du nicht schon tausendmal begangen hast? Verlaß mein Haus und nimm deine verrückte Frau mit! Nimm sie mit zu dir und wasch ihr den Mund mit Wasser und Seife aus, Robert. Hast du mich verstanden, wasch den Mund deiner Frau mit Wasser und Seife aus!«

Mittlerweile waren Bob und Diane zur Tür draußen und gingen die Stufen hinunter. Bob sah deprimiert aus, wie immer, wenn er seine Mutter unter der Tür stehenlassen mußte, wo sie ihre Frustration in die Nachbarschaft hinausschrie. Diane war nicht so sehr wütend, mehr verletzt und erbost, als würde sich eine arthritische Schulter wieder melden und als würden die Schmerzen, so warm die Sonne auch scheinen mochte, nie völlig aufhören.

Drei Tage später waren Bob, Diane, Nadine und Rick in eine neue Wohnung eingezogen. Sie hatten so viele Kleider gestohlen, daß sie für eine ganze Weltreise nach dem letzten Schrei angezogen gewesen wären, wäre es ihnen in den Sinn gekommen, eine zu unternehmen, und sie hatten einen Gebrauchtwagen gekauft. Den alten hatten sie mit steckendem Schlüssel stehenlassen, in der Hoffnung, daß ein Halbstarker daherkommen, ihn stehlen und damit in der Stadt herumfahren würde. Auf diese Weise würde die Polizei in die Irre geführt werden, sollten sie ihm folgen oder danach suchen. Und wo würden sich Bob und sein Team aufhalten? Überhaupt nicht in der Stadt, sondern an der Küste, wo sie sich um das jungfräuliche Krankenhaus kümmern wollten, das so still und ruhig im Wald lag.

Nadine nahm allen Mut zusammen. »Muß ich auch mitkommen?« fragte sie. »Ihr braucht doch keinen Schreihals oder ein Shimmy-Mädchen dafür, oder? In Krankenhäusern haben sie immer Schilder, auf denen ›Bitte Ruhe‹ steht, und wenn ich mit der Shimmy-Nummer anfange, werfen sie mich wahrscheinlich in die Psychiatrische und lassen mich nie wieder raus.«

Bob hatte gerade nach einer Dosis Dilaudid etwas von Davids Speed genommen. Er war gut drauf. Sein ganzer Körper summte eine strahlende Melodie, die so leise und beruhigend war, daß nur er selbst sie hören konnte. In solchen Augenblicken, wenn er gut drauf war, wirklich gut, konnte Bob so nett sein, wie man es sich nur wünschen konnte. Er nahm Nadines Frage zur Kenntnis und dachte eine Weile darüber nach. Nein, es sah nicht so aus, als wären mehr als drei Leute erforderlich, um dieses Krankenhaus auszunehmen. Außerdem konnte Nadine wirklich ein Klotz am Bein sein, besonders dann, wenn sie von Anfang an kein gutes Gefühl hatte.

»Klar, wieso eigentlich nicht«, sagte er schließlich. »Du kannst getrost hierbleiben, Nadine. Aber mach die Tür nicht auf und geh nur raus, wenn es sich absolut nicht vermeiden läßt. Wir haben kein Telefon hier, also wirst du damit keine Probleme haben. Leg dich einfach hin und entspann dich, sieh fern und schau, daß es dir wieder besser geht. Warte, bis wir wieder da sind. Du wirst die teuflischste Sammlung Stoff sehen, die du in deinem Leben je zu Gesicht bekommen hast. Und Krankenhäuser gibt es schließlich genug. Wenn du das hier versäumst, heißt das noch lange nicht, daß du alles versäumst. Ich werde zweifellos verdammt schnell von einem anderen hören oder eins sehen, und wenn es so gut ist wie dieses hier, dann plündern wir es aus, so wie wir jetzt dieses hier ausplündern. Alle Hunde! Ich sehe die hübschen Flaschen mit den bunten Pillen, die in diesem Krankenhaus auf mich warten, jetzt schon vor mir.«

Nadines Augen leuchteten. »Wo du gerade von Hunden sprichst, Bob, glaubst du, Rick und ich könnten einen Hund haben, einen kleinen Welpen, damit ich etwas zum Streicheln und Schmusen habe, wenn ihr weg seid?« Nadine sprach schüchtern auf ihre Kleinmädchenweise.

»Nee, keine Hunde, und das ist endgültig«, schoß Bob zurück.

»Was hast du gegen Hunde, Bob?« mischte sich Rick ein, aber nicht, weil er einen wollte, sondern weil ihm nicht gefiel, wie Bob die Bitte der Frau so einfach abgelehnt hatte, ohne auch nur eine Erklärung abzugeben.

»Keine verdammten Hunde!«

Seine Stimme klang so endgültig, daß sie alle Gänsehaut bekamen.

»Erzähl ihnen, was aus dem letzten geworden ist, den wir gehabt haben, Bob«, fügte Diane schließlich hinzu; ein Versuch, die Stimmung aufzubrechen und ein gewisses Verständnis herbeizuführen.

Plötzlich fühlte sich Bob elend. Alles würde schiefgehen, seine Hochstimmung war dahin, das liebliche Lied der Mohnblumen war verklungen. Sein Kopf pochte und schmerzte, weil er so eine große Dosis Speed genommen hatte. Er setzte sich auf das Sofa und stützte den Kopf in die Hände. »Wenn du meinst, sie sollen es erfahren, dann erzähl du es ihnen doch, Diane«, sagte er.

Diane wandte sich von deutlicher Besorgnis erfüllt zu Bob, dann wieder an Rick und Nadine. »Nun, wir haben einmal einen Hund gehabt, einen Cockerspaniel. Das süßeste Hündchen, das ihr je gesehen habt. Bob hat ihn aus einem Auto gestohlen, an dem wir auf der Straße vorbeigekommen sind. Er hat den kleinen Hund gesehen und sofort gewußt, daß er ihn haben mußte. Er ist hingegangen und hat die Scheibe des Autos vor aller Augen eingeschlagen, nur um den kleinen Kerl zu bekommen. Der Hund folgte Bob auf Schritt und Tritt, und wenn er ihn allein ließ, legte er sich vor die Tür und winselte, bis wir wieder nach Hause kamen. Kam so weit, daß wir Kinder holen mußten, die bei dem verdammten Vieh Babysitter spielten.

Einmal hat ihn ein Bulle getreten, der unsere Wohnung auseinandergenommen hat, und ich habe Bob nie so wütend gesehen. Er hat den Bullen angesprungen und hätte ihn zu Klump geschlagen, wenn die anderen Bullen sich nicht auf ihn gestürzt und ihn weggezerrt hätten. Das war der einzige Kampf, bei dem ich genau wußte, daß Bob ihn gewonnen hätte. Herrgott, war der wütend.

Wie dem auch sei, einmal fuhren wir durch eine kleine Stadt südlich von hier und suchten nach einem Drugstore, den wir ausnehmen konnten. Damals waren wir ganz scharf drauf, sie einfach nur auszunehmen. Wißt ihr, er hat einfach einen Mülleimer durch das Schaufenster geworfen, ist reingesprungen, an die Schublade und wieder raus. Ich hielt mit laufendem Motor vor dem Geschäft. Wir sehn also diese Giftküche, und die sieht gar nicht schlecht aus, wißt ihr, aber eben auch nicht gut, weil sie in so kleinen Städtchen nie besonders gut sind, jedenfalls nicht zum Ausnehmen, weil das Poizeirevier meistens nur einen oder eineinhalb Blocks entfernt ist.

Jedenfalls waren wir drei- oder viermal an dieser speziellen vorbeigefahren, und Bob hatte das Fenster runtergekurbelt, damit er was sehen konnte, weil es regnete und verdammt dunstig war. Schließlich sagt er zu mir: ›Das ist sie, sie gehört mir.‹ Ich bleib' mit dem Auto stehn, er springt mit 'nem Brecheisen raus, schlägt die Scheibe ein und hüpft in das Geschäft.

Nun, ich habe gesehen, wie Panda zum runtergekurbelten Fenster rausspringen wollte, und als ich nach ihm greife, rutscht mir der Fuß von der Kupplung, das verdammte Auto macht 'nen Satz auf den Gehweg, und wir fangen an, Parkuhren umzumähen. Ich mußte wieder hinter das Lenkrad schlüpfen und das verdammte Auto unter Kontrolle bringen, und da war der verdammte dumme Hund schon zum Fenster rausgesprungen und durch das Loch in der Scheibe gerannt, um bei Bob zu sein. Bob hatte die Schublade, sah nach unten, erblickte den Hund und schnappte ihn, während er zum Auto lief.

Inzwischen hatte ich das Auto wieder unter Kontrolle und stieß rückwärts dorthin, wo ich sein sollte. Sie kamen gut raus und wir fuhren los, und keinen Augenblick zu früh, denn schon kam der Streifenwagen und war uns auf den Fersen. O Gott, ich hätte nie gedacht, daß wir davonkommen würden. Wären wir auch nicht, aber ich bin zu schnell um eine Ecke gebogen, habe die Kontrolle über den Wagen verloren, wir kamen ins Schleudern und schlitterten mindestens fünfzehn Meter verkehrt rum den Highway runter. Der Bulle kam sofort hinterher und mußte lenken wie der Teufel, damit er nicht frontal in uns reinraste.

Wie auch immer, wir entkamen, aber Bob meinte, wir sollten den Stoff besser vergraben. Ich fand einen schmalen Feldweg, der in den Wald führte, fuhr rein und schaltete die Scheinwerfer aus, während Bob den Stoff im Gebüsch versteckte. Er stieg wieder ins Auto ein, und alles war gut. Aber jetzt mußten wir entweder durch die Stadt zurückfahren, die wir gerade überfallen hatten, oder dem Bullen, der uns verfolgte, entgegenfahren. Wir entschieden uns dafür, durch die Stadt zurückzufahren, weil der Bulle uns gesehen hatte, wir aber nicht glaubten, daß sie in der Stadt schon eine gute Beschreibung von uns hatten.

Was ist also passiert? Sie schnappten uns direkt vor dem Drugstore, hielten uns an und nahmen das Auto auseinander. Mittlerweile wimmelte es von Bullen, und einer sah Pandas blutige Fußabdrücke im Drugstore. Er mußte sich in den Fuß geschnitten haben, als er über die ganzen Scherben in den Drugstore lief. Und wir ab ins Gefängnis. Wir haben uns beide größte Mühe gegeben, daß wir Panda auf Kaution frei und in die Obhut von Freunden bekamen. Aber darauf gingen die Bullen nicht ein. Sie sagten nein, er wäre der Kronzeuge und müsse im Knast bleiben bis zu unserer Verhandlung.

Bob traf Vorbereitungen, ihn rausholen zu lassen. Er hatte Freunde informiert, die es machen wollten. Als wir zu einem Vorverhör mußten, was glaubt ihr, haben sie uns da als Beweise präsentiert? Pandas Kopf und Pfoten, genau das. Sie sagten, er wäre an einer Infektion seines aufgeschnittenen Fußes gestorben. Ich hab' den Hurensöhnen nie geglaubt. Ich schrie und schrie, bis sie mich an einen Stuhl fesselten und knebelten, und jedesmal, wenn sie Kopf und Pfoten des armen Hundes in den Gerichtssaal brachten, wollte ich wieder losschreien.«

Nadine sah grün im Gesicht und den Tränen nahe aus. »Warum haben sie nur den Kopf des armen Hundes mitgebracht?« sagte sie. »Warum die Füße, das ist mir klar, aber den Kopf?«

Bob sah voll Ekel auf. »Sie haben den Kopf reingebracht, Nadine, um zu zeigen, was an den Füßen dran war, damit alle Leute aus der Stadt sagen konnten: ›Ja, richtig, das ist der Hund, den sie bei sich hatten.‹ Und vielleicht haben sie ihn nur reingebracht, um Diane schreien zu sehen, denn die hat uns mit ihrem Geschrei die glatte schiefe Ebene des Gesetzes runterrutschen lassen. Ich meine, wenn man jedesmal verzweifelt schreit, wenn sie deinen toten Hund in den Gerichtssaal bringen, zweifeln die Geschworenen kaum daran, daß einem der Hund gehört hat. Außerdem hat Diane nicht nur geschrien, sie hat gebrüllt: ›Oh, ihr Wichser, ich bring' euch um, ihr elenden Scheißkerle‹, und ähnliche hübsche Gossenausdrücke, und das, meine Damen und Herren, hat uns in die Haftanstalt gebracht. Diane bekam zweieinhalb Jahre und ich fünf, und ich habe nie ein Wort gesagt. Mir ist das nie klargeworden, aber verdammt, wer versteht schon das Gesetz. Sie geben einem Kinderschänder sechs Monate im County-Gefängnis, und am selben Tag machen sie eine Kehrtwendung und schicken einen armen kranken Drogenfreak achtzig Jahre in die staatliche Haftanstalt, weil er mit einem Gramm verzuckertes Heroin heimgelaufen ist, das er sich am Abend in den Arm drücken wollte, weil er sich andernfalls vor Morgengrauen gewünscht hätte, er wäre tot. Wer kann das Gesetz verstehen? Nicht mal das Gesetz selber kann das Gesetz verstehen. Man muß regelmäßig Geographieunterricht in Strafrecht nehmen, damit man herausfinden kann, wohin man noch scheißen kann, ohne daß es gleich ein Schwerverbrechen ist.«

Je länger sie sich über das Thema Hunde unterhielten, ihren Hund Panda und Hunde im allgemeinen, und je länger sie sich über das Gesetz unterhielten, desto deprimierter und elender wurde Bob zumute. Schließlich sprang er auf und schrie: »Wird alles abgeblasen, wir fahren nicht zur Küste, wir fahren überhaupt nicht weg! Weißt du, was du uns gerade angetan hast, Nadine, nur weil du in unserer Wohnung was von Hunden gesagt hast?«

»Nein, Bob«, sagte Nadine kopfschüttelnd. »Was habe ich denn getan?«

»Du hast einen dreißigtägigen Fluch über uns gebracht. Gerade eben hat uns das Glück für dreißig Tage verlassen. Jetzt werde ich einen Monat nicht mehr durch die Stadt fahren, wenn Diane am Steuer sitzt. Haben wir einen Kalender, um Himmels willen? Jemand soll es im Kalender ankreuzen, damit wir wissen, wann der Zauber aufhört, sonst hängen wir monatelang hier rum und warten darauf, daß die dreißig Tage zu Ende gehen. Was für ein Monat ist überhaupt?«

Rick wußte nicht, was er sagen sollte, aber es war offensichtlich, daß er etwas zu sagen hatte. »Großer Gott, Bob, niemand hat uns gesagt, daß wir Hunde nicht erwähnen dürfen. Woher sollten wir das wissen?«

Bob zog sich in seiner getretensten, mißbrauchtesten Art und Weise hoch: »Weißt du, warum niemand Hunde erwähnt hat? Ich will dir sagen, warum niemand Hunde erwähnt hat. Allein Hunde erwähnen, und wir wären verhext gewesen.«

»Nun, wo wir jetzt gerade beim Thema sind, gibt es andere heilige Themen oder Sachen, die wir nicht tun dürfen, weil sie unsere gemeinsame Zukunft gefährden?« fragte Rick sarkastisch.

»Da gibt es tatsächlich ein paar, und weil wir sowieso dreißig Tage stillgelegt sind, können wir sie gerne einmal aufzählen. Hüte – wenn ich jemals einen Hut in diesem Haus auf dem Bett liegen sehe, wird sein Besitzer keine Gelegenheit mehr haben, ihn zu tragen, weil ich nämlich seinen Kopf so platt prügle, daß der Regen rechts und links daran vorbeifällt. Und Spiegel. Betrachtet nie die Rückseite eines Spiegels, denn wenn ihr das macht, beeinflußt ihr eure Zukunft, weil ihr euch rückwärts betrachtet. Tatsächlich betrachtet ihr eure innere Persönlichkeit und erkennt sie nicht, weil ihr diese Seite von euch noch nie gesehen habt. Jedenfalls könnt ihr dadurch eure Zukunft beeinflussen, im Guten wie im Schlechten. Egal wie, das Risiko wollen wir einfach nicht eingehen.

Und dann Katzen. Eine Menge Leute fürchten sich nur vor schwarzen Katzen. Mir ist die Farbe egal, sie sind alle schlecht. Ist euch schon mal aufgefallen, wie sie einen manchmal ansehen, als wären sie einem überlegen? Nun, das liegt daran, daß sie es sind, sie können nämlich sehen, was einem in der Zukunft zustoßen wird, und sie können deine Zukunft beeinflussen, besonders wenn man sich auf eine setzt, einer auf den Schwanz tritt oder eine sonstwie stinkesauer macht. Deshalb halte ich mich immer von der ganzen Bande fern.

Aber das Wichtigste ist, vergeßt das mit den Hüten nicht. Ein gottverdammter Hut ist die absolute Krönung von allem. Der ist soviel wie fünfzehn Jahre Pech, vielleicht sogar Tod. Mir wäre der Tod lieber, weil fünfzehn Jahre Pech könnte ich nicht aushalten. Heiland, gütiger Heiland, könnt ihr euch vorstellen, daß alles, was ihr anfangt, fünfzehn Jahre lang in 'n Arsch oder schiefgeht?«

Rick und Nadine blieben stumm und grübelten über Bobs jüngstes unberechenbares Verhalten nach. Aber Diane stimmte allem, was Bob gesagt hatte, vollkommen zu. Sie hatte schon oft gesehen, wie alles genau so gekommen war, wie Bob eben erzählt hatte. Sie verstand nicht alles, das wollte sie auch gar nicht. Sie wußte nur, daß es Einfluß auf sie und ihre Freunde hatte und daß es einfach am besten war, dem Unaussprechlichen, so es möglich war, aus dem Weg zu gehen. Daher sagte sie jetzt: »Ruhig, Bob, laß uns eine Weile ausruhen. Du bist schon tagelang auf Achse. Diese dreißig Tage werden uns nicht umbringen. Wir haben immerhin Glück und haben so viel Stoff, daß wir bis dahin über die Runden kommen.«

Ohne ein weiteres Wort drehte sich Bob um, ging aus dem Wohnzimmer, warf sich aufs Bett, streckte sich und machte die Muskeln schlaff und entspannt. Diane folgte ihm, machte das Schlafzimmerlicht aus und legte sich leise neben ihn.

Bob dachte, daß es schön wäre, einfach einzuschlafen, aber dann fing er wieder an, über das Schicksal des armen Hundes nachzudenken, und danach machte er sich wieder Sorgen wegen Hexerei. Herrgott, dachte er, es war beschissen, jemandem zu erklären, was Glück ist, der nicht jeden Tag seines Lebens davon abhängig war. Teufel auch, er konnte sich nicht einmal selbst alles zusammenreimen. Er wußte einfach aufgrund jahrelanger Erfahrungen die Dinge, denen man aus dem Weg gehen, und die Zeichen, auf die man achten mußte; beispielsweise wenn man über den Ladentisch einer Apotheke sprang und nach einer lausigen Flasche Percodan suchte, weil einem zu elend und zittrig zumute war, nach etwas Besserem zu sehen, und dann dahinter fand, was man wirklich wollte, das Dilaudid. Das war ein Zeichen. Es war, als wollte derjenige, der solche Sachen einfädelte, einem damit sagen: »Geh raus und hol's dir, Junge, es ist alles zum Greifen nah, und diese Woche ist alles umsonst. Ich lasse dich wissen, wenn deine Zeit um ist. Du wirst die Zeichen sehen.«

Man mußte nur nach den Zeichen Ausschau halten, überlegte sich Bob. An manchen Tagen ging einfach nichts schief, und wie dumm man sich auch anstellte, alles verlief erfolgreich; und an anderen Tagen klappte überhaupt nichts. Das waren diejenigen, die Vorstopper waren, besonders wenn man eine ganze Strähne erwischte. Es konnte da draußen hinter den Ladentischen verdammt stickig werden, wenn einem der Schweiß zwischen die Arschbacken lief und die Hände so sehr zitterten, daß man sich nichts schnappen konnte, ohne mit den Fläschchen zu klirren, das heißt, wenn man sie überhaupt fand. Und man wußte schon, bevor man die Wohnung verließ, daß es so sein würde, daß nichts glattgehen würde, daß man sich den Weg aus jedem Laden freikämpfen mußte, den man auszunehmen versuchte. »Lieber Gott«, betete Bob stumm, »beschütze mich bitte davor, daß ich jemals auf Entzug und noch dazu in einer Pechsträhne da raus muß.«

Bob spürte die Wärme und Zuneigung von Diane neben sich. Sie hatte sich Stück für Stück an ihren Mann herangekuschelt. Jetzt sagte sie beinahe flüsternd: »Laß dich nicht unterkriegen, Bob. Manchmal kann Pech Glück sein. Ich meine, überleg doch mal, wie oft wir schon einen Platten oder Ärger mit dem Motor hatten, zu spät zu einem Beutezug gekommen sind und gedacht haben, das wäre Pech, aber aus irgendwelchen Gründen war es Glück. Weißt du, was ich meine?«

Bob drehte sich, damit sich sein Körper mehr den Konturen von Diane anpaßte, und sagte: »Aber das hat nichts mit Hexerei zu tun, Baby. Verhext ist verhext, daraus kann nichts Gutes werden. Das ist so, als würde man bei 'nem Autounfall die Augen verlieren und eine Weile später die total große Kohle machen, indem man mitleidigen Wichsern den Zaster abknöpft, weil die Leute Blinden mehr zu vertrauen scheinen. Das ist kein Glück, Diane. Wenn man blind wird, kann daraus nie was Gutes werden.«

»Ach, du und deine verdammte Hexerei«, sagte Diane wütend und drehte sich weg. »Manchmal glaube ich, du bist ein irrer, stammelnder Idiot, Bob Hughes, und jetzt ist gerade so ein Augenblick.«

Bob zuckte angesichts von Dianes plötzlichem Stimmungsumschwung zusammen, aber nur kurz. Er war daran gewöhnt. Verdammt, manchmal war er selber so.

Dreißig Tage, hm, sagte Bob zu sich selbst. Jede Menge Zeit zum Nachdenken. Im Geist reiste er die Zeit zurück, zum Anfang, zu seinem ersten Beutezug. Er war kaum dreizehn gewesen, und es hatte so ziemlich unvermeidlich ausgesehen, daß er zum Junkie werden würde. Sein Vater war Stahlarbeiter und Säufer, und es war schwer zu sagen, was von beidem ihn letztlich umbrachte. Vielleicht arbeitete er, damit er trinken konnte, vielleicht trank er auch, damit er mit dem Job fertig wurde. Was auch immer, Trinken und Job machten einen definitiven und überwältigenden Eindruck auf den jungen Bob. Er schwor sich schon früh im Leben, daß er niemals in die Fußstapfen seines Vaters treten würde. Soweit es Bob betraf, brachte einen Schwerarbeit um, und das Trinken machte einen zum Narren. Beides hatte seinen Vater fertiggemacht, aber ihn würde es nicht fertigmachen.

Als Bob jung war, lebte seine Familie in einer großen Industriestadt. Der Zweite Weltkrieg war ausgebrochen, und alles schuftete rund um die Uhr, daher hing Bob nach der Schule und an Wochenenden auf der Straße rum, in Billardzimmern oder in Cafés, die von der örtlichen Halbwelt favorisiert wurden. Zu der Zeit suchte er sich Menschen aus, die er nachahmte. Es handelte sich dabei um die angeseheneren Typen der Halbwelt und um Diebe, von denen viele auch Junkies waren. Bob gab sich nicht mit halben Sachen ab. Er wollte wie sie sein, und wenn Dope bei ihnen dazugehörte, dann bedeutete das, daß es auch bei ihm dazugehören würde.

Damals waren Betäubungsmittel aus Apotheken sehr gefragt, da die meisten europäischen und asiatischen Häfen, in denen Drogen verschifft wurden, geschlossen waren. Also Apotheken. Manchmal waren die Typen, die Bob anbetete, längst nicht so ehrenhaft, wie sie schienen. Wenigstens fanden sie es nicht unter ihrer Würde, einen leicht zu beeindruckenden Jugendlichen zu benützen, das zu bekommen, was sie wollten, wie risikoreich sich der Beutezug auch erweisen sollte. Scheiß drauf, wenn er geschnappt wurde, konnten sie ihm kaum etwas tun. Schließlich war er nur ein Kind.

Bob tat, was ihm befohlen wurde, und lernte schnell. Er wurde auch gut, weil er sich nie nur mit den ausgetretenen und erprobten Wegen zufriedengab, sondern stets nach neuen und leichteren suchte. Er versuchte alles und ließ nur sein, was sich als vergeblich oder gefährlich erwies. Der einzige Fehler dabei war, daß er nie von jemandem etwas verlangte, was er nicht auch selbst getan hätte. Daher übernahm er immer die Hauptrolle, und so standen die Chancen schließlich gegen ihn, und er kam erst in Besserungsanstalten für Jugendliche und später in Gefängnisse für Erwachsene.

Im Gefängnis lernte Bob, keinem anderen jemals völlig zu vertrauen, besonders keinem Drogensüchtigen. Er saß seine Zeit stets mit Anstand ab. Er kämpfte nicht dagegen an, ließ sich aber auch nicht unterkriegen. Seine Zeit abzusitzen war für Bob immer eine gute Methode, seine Gesundheit zu verbessern und die Venen zu stärken, indem er Gewichtheben und Übungen machte.

Er machte sich keine Gedanken um die Probleme der Welt draußen. Er las nie eine Zeitung, hörte nie Radio und kümmerte sich auch sonst in keiner Form darum, was außerhalb der Gefängnismauern geschah. Das Gefängnis war seine Welt, und seine Probleme, seine Skandale und der Zustrom von Betäubungsmitteln waren seine einzigen Interessen.

Während Bobs ersten Haftstrafen gab es keine Drogenrehabilitierungsprogramme. Ein Drogensüchtiger wurde abgeschrieben, und niemand machte einen Aufwand seinetwegen. Alle wußten, einmal Junkie, immer Junkie, und jeder einzelne würde seiner eigenen Mutter das Herz rausschneiden, nur um an einen Schuß heranzukommen.

Später, als das Problem besonders unter Jugendlichen um

sich griff und etwas getan oder zumindest diskutiert werden mußte, um die Öffentlichkeit zu beschwichtigen, wurden in den Gefängnissen ein paar lockere, halbherzige Programme erprobt. Aber da war Bob schon älter und ein so eingeschworener Junkie, daß niemand auch nur im Traum daran dachte, ihn in so ein Rehabilitierungsprogramm aufzunehmen. Bob fühlte sich nicht ausgeschlossen, weil er nicht viel von derlei Gruppenprogrammen hielt. Er dachte sich, daß die erste Einschätzung der Behörden wahrscheinlich ohnehin richtig gewesen war und daß ein Süchtiger seine Gewohnheiten selten ändert, besonders weil er Betäubungsmittel braucht, um auf einer Ebene zu funktionieren, wo er sich nicht mehr unsicher oder unterlegen fühlt, so daß depressive Anfälle ihn nicht umwerfen und er die Stimmung oder das Gefühl des Wohlbefindens, das er erreichen will, selbst manipulieren kann.

Vielen Menschen ist überhaupt nicht klar, dachte Bob, was für ein Glück sie haben, daß sie von Tag zu Tag leben und sich einigermaßen gut fühlen können. Oh, sie mögen ab und zu einmal eine Grippe haben und manchmal vielleicht auch Depressionen, wenn alles schiefgeht. Aber das Mißvergnügen, mit dem sich der Durchschnittsbürger herumärgern muß, läßt sich einfach nicht mit den Problemen vergleichen, mit denen der Süchtige tagtäglich fertig werden muß.

Bob fragte sich oft, was die hohen Tiere, die das Betäubungsmittelgesetz kontrollierten, empfinden würden, sollten sie morgen als Schwarze aufwachen, mit wenig oder gar keiner Ausbildung oder Berufserfahrung und einem starken Verdacht, daß ihnen nie etwas Gutes widerfahren würde. Oder wenn sie vielleicht als mexikanische Drogenfreaks in einem Staatsgefängnis in Texas aufwachen würden, wo sie hundert Jahre absitzen mußten, weil sie im Besitz von Betäubungsmitteln im Wert von zehn Dollar gewesen waren und weil die Texaner der Meinung waren, Dope sei hauptsächlich eine mexikanische Angewohnheit, und die Mexikaner konnten sie von vorneherein nicht ausstehen. Er fragte sich, wie die großen Politiker herumsitzen und Alkohol saufen und die ganze Nacht Aspirin einwerfen und dann auch noch, ohne eine Miene zu verziehen, verkünden konnten, daß Menschen, die es ohne eine Krücke überhaupt nicht schafften, also Drogensüchtige, für alle Zeiten eingelocht werden sollten.

Die ganze verdammte Welt war verrückt, eine voreingenommene Mehrheit billigte, ja verlangte sogar, daß andere für das verfolgt wurden, was sie selbst mißbilligte oder was sie mißbilligte, weil es ihr von Machern im Hintergrund, die das Gesetz als Mittel sahen, ihr Vermögen und ihre Macht zu vergrößern, vermittels Gehirnwäsche so eingebleut worden war.. Noch schlimmer als der Macher im Hintergrund war der engstirnige Bürokrat, der nicht soviel zu gewinnen hatte. Er fand überhaupt nichts dabei, Massen von Menschen zu Haftstrafen unter übelsten Bedingungen zu verdammen, damit er immer sicher in seinem Job saß und Papierkrieg führen konnte. Und die Polizei war heutzutage auch verkommen, so sah Bob das jedenfalls. Die Polizisten waren nicht mehr die Staatsdiener von gestern, die einen mit »Sir« ansprachen, selbst wenn sie einem einen Strafzettel ausfüllten oder einen ins Gefängnis brachten. Nein, sie wollten nur noch die Gossen nach menschlichem Abfall absuchen, den sie einsammeln konnten, ohne jemanden an höchster Stelle vor den Kopf zu stoßen, und sie wollten ein Mitspracherecht, wie ihre Opfer zu bestrafen seien. Sie verbrachten beim Ritual der Verhaftung nur ein paar Minuten mit den Opfern, behaupteten aber, sie hätten Erfahrungen aus erster Hand mit Straftätern und dieser enge Kontakt gäbe ihnen das Recht, alle zu verurteilen. Aber man mußte nur abwarten, bis ein Bulle mal überführt wurde, Drogen gedealt oder sogar jemanden im Auftrag ermordet zu haben, dann waren die anderen Beamten die ersten, die ihm zu Hilfe eilten. Er brauchte das Geld, deshalb hatte er Drogen gedealt. Seine Frau war krank, und seine Kinder hungerten. Er hatte etwas unternehmen müssen. Herrgott, dachte Bob, wenn der Bevölkerung jemals klarwurde, wie unheimlich, pervers und machtgierig Polizisten wirklich waren, würde sie das zu Tode erschrecken. Man hatte den Eindruck, je weniger Mitleid sie hatten und je lauter sie nach strengen Strafen schrien, um so wahrscheinlicher war es, daß sie selbst Gesetzesbrecher waren. Den Beweis dafür hatte Bob immer wieder gesehen.

Die Geschichte der menschlichen Rasse sprach nicht eben für die, die daran teilgehabt hatten. Es war noch gar nicht so lange her, da hatten Menschen andere Menschen wegen Hexerei verbrannt. Bob fragte sich oft, wer davon profitiert hatte. Irgend jemand schon, da war er ganz sicher. Niemand machte sich die Mühe, derlei Grausamkeiten zu popularisieren, wenn er sich nicht einen Profit davon versprach, und sei es nur Rache für einen tief empfundenen persönlichen Schmerz. So schlecht er selbst war – und selbst in seinen milderen Augenblicken war Bob der erste, der zugab, daß er nicht gerade ein Musterbeispiel christlicher Werte war –, Bob verspürte keinen Kitzel, wenn er anderen Menschen weh tat. Er schmiedete keine Ränke und setzte sie dann mit Geld und Einfluß in die Tat um, damit er Menschen in kleine Käfige mit unzureichenden oder gar nicht erst vorhandenen sanitären Einrichtungen sperren konnte, wo sie nur noch verbitterter und wahnsinniger wurden. Nein, Bobs Meinung nach waren die wirklichen Bösewichter die hirnlosen Bürokraten, die sadistischen Polizisten und zuallererst die Politiker.

Verbrechensbekämpfung und Bestrafung waren zusammen ein todsicheres Sprungbrett für Politiker. Damit hatten sie ein Thema, über das sie von Seifenkisten herunterwettern konnten. Es brachte ihre Namen in die Zeitungen. Niemand mußte besonders klug sein, um eine kurze, aufs Wesentliche reduzierte Rede auswendig zu lernen, mit der er böse Straßenräuber, Diebe und Mörder verurteilte. Und es war leicht, sich die wohlmeinenden, logischen, aber nicht so ambitionierten politischen Kandidaten vom Hals zu schaffen, indem man lauter schrie, als sie konnten oder wollten, und sie ebenfalls verurteilte, weil sie dem Verbrechen gegenüber zu weich waren. Es gab keinen Politiker, überlegte Bob, von Hitler bis zum unwichtigsten Bürgermeister des kleinsten ländlichen Kaffs, der nicht fünfzig Menschen verhungern oder gleich aufhängen lassen würde, um fünfzig Stimmen zu bekommen. Und dabei machte es die Tatsache so leicht für sie, daß sie den Menschen, die sie verurteilten, nicht von Angesicht zu Angesicht gegenübertreten mußten. Sie mußten sie nicht sehen, also existierten sie auch nicht. So einfach war das. Schließlich war Politik nur ein Spiel, ein Spiel ohne Regeln, möglicherweise abgesehen von einer einzigen, nämlich: Such dir den schwächsten Gegner aus, und geh ihm ans Leder.

Während Bob auf dem Bett ausgestreckt und solchermaßen mit seinen Gedanken beschäftigt war, parkte auf der gegenüberliegenden Straßenseite ein fünf Jahre alter dunkelgrauer Lieferwagen. In diesem kalten Lieferwagen saßen die Polizisten Gentry und Halamer. Gentry beobachtete die Wohnung durch ein Teleskop, das in ein genial getarntes Loch in der Seite des Lieferwagens eingefügt war. Halamer trank kalten Kaffee und nörgelte: »Warum gehen wir nicht einfach rein, schieben ihnen Stoff unter und lassen sie deshalb hochgehen? Verdammt, wir haben jede Menge Leute so geschnappt.«

Gentry wich vom Teleskop zurück, blinzelte ein paarmal, bis er wieder klar sehen konnte, und nahm eine überlegene Haltung ein. »Das will ich dir sagen«, meinte er. »Ich will Bob Hughes nicht wegen Besitz von ein bißchen Scheißdreck hochgehen lassen, und mehr bekommen wir nicht, wenn wir ihn nicht kalt auf dem Heimweg von einem Beutezug erwischen. Außerdem ist Bob anders als die meisten großen Dealer, denen wir Stoff unterschieben. Ich meine, wenn man einen Kerl nicht anders schnappen kann, weil er nie näher als zehn Meilen an den Stoff rankommt und andere die Drecksarbeit erledigen läßt, dann muß man ihm eben Stoff unterschieben, um ihn zu erwischen. Hier ist das etwas anderes. Zuerst einmal hat Bob immer irgendwo Stoff. Das muß er, er hängt sechsmal täglich an der Nadel, wie ich ihn kenne, sogar zwanzigmal. Und dann noch etwas. Bob verkauft keinen Stoff. Für ihn ist das kein Stoff, es ist sein verdammter Lebensinhalt. Er gibt vielleicht einem engen Freund was ab, oder er tauscht gegen etwas anderes, das er dringend braucht, aber er nimmt nie Geld dafür, deshalb werden wir ihn nie wegen Verkauf erwischen. Wir können günstigenfalls auf Diebstahl und Besitz mit Verkaufsabsicht hoffen. Wenn er weiter mit Streichhölzern spielt, vielleicht auf Brandstiftung. Aber ich glaube, von dem Trip haben wir ihn abgeschreckt. Jedenfalls wird er eine Weile ziemlich vorsichtig sein, wo er was anzündet.

Weißt du, eigentlich ist Bob kein übler Kerl. Er hat ein wenig Klasse, und ich muß ihn respektieren, sosehr ich den Hurensohn hasse. Außerdem habe ich dir schon gesagt, er schlägt sporadisch zu, weil er seinen Glückssträhnen folgt, und wenn er heiß ist, schlägt er zu wie ein Tier, und wenn er kalt ist, verkriecht er sich einfach irgendwo in einem Loch und bleibt in der Versenkung. Ich kenne den Hurensohn. Ich bin schon seit fünfzehn Jahren hinter dem alten Bob her, und er war schon damals ein Profi. Ich glaube, sie haben ihn mit dreizehn in seiner ersten Apotheke erwischt, und wie alt ist er heute, dreiunddreißig, fünfunddreißig? Der Bursche ist seit zwanzig, möglicherweise fünfundzwanzig Jahren in dem Geschäft tätig. Glaub mir, der weiß, wo's langgeht. Der kann riechen, wenn etwas heiß ist. Wahrscheinlich weiß er, daß wir hier draußen sitzen, und hat schon längst seinen Anwalt durch die Hintertür reingeschmuggelt, und der wartet auf uns, wenn wir reingehen, um ihm etwas unterzuschieben. Ich sage dir, der Kerl ist genial. Aber wie gesagt, er schlägt sporadisch zu, und manchmal dreht er bei seinen Strähnen so durch, daß er nicht mehr weiß, wann er aufhören muß. Verdammt, er hat gerade zwei erfolgreiche Beutezüge hinter sich und weiß, daß alles gut für ihn läuft. Er wird noch mal zuschlagen, wirst schon sehen. Und wenn ja, sind wir ihm unmittelbar auf den Fersen. Und wenn das so ist, dann schnappen wir ihn auch, denn wenn man Bob nur in einem Drugstore erwischt, kann man ihn mit seiner Vorgeschichte schon festnageln. Ich meine, sämtliche Geschworenen würden ihn mit wenig oder gar nichts verurteilen, nur weil er so berüchtigt ist.«

Halamer trank von seinem kalten Kaffee. »Schön, aber was sollen wir in der Zwischenzeit machen, nur hier herumsitzen und uns die verdammten Eier abfrieren? Und wenn wir einen Monat warten müssen? Ich glaube nicht, daß ich das durchstehe. Ich sollte zwischenzeitlich eigentlich schon was zu tun haben. Vielleicht könnte ich mir eine Leiter holen, rüberschleichen und von Zeit zu Zeit mal in sein Fenster reinspähen. Ich meine, verdammt, wenn er wirklich zwanzigmal täglich an der Nadel hängt, wie du sagst, sollte man ihn doch früher oder später dabei erwischen können, und wenn er wirklich so eine Vorgeschichte hat, bringt ihn meine Aussage vor sämtlichen Geschworenen zu Fall.«

»Nun, das liegt an dir, ich will mich nicht einmischen, wenn du es versuchen willst«, antwortete Gentry. »Aber sei verdammt vorsichtig. Der Kerl ist kein Narr. Ich bezweifle, daß er so dumm sein würde, vor einem offenen Fenster zu fixen, aber es könnte sein, schließlich ist er jetzt im zweiten Stock und nicht mehr im Erdgeschoß. Man weiß einfach nie, was die Burschen machen werden. Sei verdammt vorsichtig.«

Drei Tage später klopfte es spät in der Nacht an die Wohnungstür. Bob sprang aus dem Bett, befahl den anderen, die Wohnung aufzuräumen, und sah durch den Spion in der Tür. Er sah eine alte Dame in Morgenmantel und Hausschuhen draußenstehen. Sie war ihm nicht bekannt, aber er konnte sich kaum vorstellen, daß sie zur Drogenfahndung gehörte. Daher machte er schließlich die Tür auf und fragte sie höflich: »Was kann ich für Sie tun?«

»Nun, ich wohne im Erdgeschoß des Hauses«, sagte die kleine alte Dame, »und das seit mittlerweile zwanzig Jahren. Tut mir leid, daß ich euch junge Leute so stören muß, habe ich euch geweckt?«

»Nein, wir waren noch auf«, erwiderte Bob lächelnd.

»Nun, ich weiß nicht, was ich davon halten soll, aber ich wollte gerade zu Bett gehen, da sah ich einen finsteren Mann mit einer Leiter draußen im Gebüsch herumkriechen. Könnten Sie vielleicht so freundlich sein, hinauszugehen und nachzusehen, ob er weg ist? Ich fürchte, ich könnte kein Auge zutun, wenn so ein wahnsinniger Sexfreak in der Nachbarschaft herumläuft. Ich habe die Polizei nicht angerufen, weil die heutzutage sowieso zuviel zu tun hat, wo die Kriminalität ständig steigt und alles, und vielleicht reicht es ja auch, wenn Sie mal hinausgehen, denn wenn diese Sexfreaks wissen, es ist ein Mann im Haus, schreckt sie das meistens ab. Die sind nicht besonders mutig, wissen Sie.«

Bob mußte sich zurückhalten, um nicht loszuprusten. Er war froh, daß er kein Dieb war, der in einer dunklen Nacht durch ihr Fenster stieg. Wahrscheinlich würde er ein Nudelholz über den Schädel bekommen. Aber was sie gesehen hatte, erheiterte ihn wiederum überhaupt nicht. Er versicherte ihr, daß er nachsehen würde, und schickte sie wieder in die Wohnung. Danach saß er lange auf dem Sofa, während Diane, Nadine und Rick nur herumstanden und ihn ansahen. Schließlich sprang er auf und sagte: »Nun, sie scheinen uns gefolgt zu sein, als wir umgezogen sind, daher werden wir ihnen wohl eine kleine Lektion erteilen müssen.«

Am nächsten Morgen war Bob schon in aller Herrgottsfrühe auf den Beinen und studierte die umliegenden Häuser. Das neben der Wohnung, wo der rote Pritschenwagen aus den fünfziger Jahren davorstand, sah vielversprechend aus. Bob entschied, daß es sogar hervorragend war, als er einen riesigen, grobschlächtigen Mann mit einem Frühstückskoffer unter dem Arm zur Arbeit gehen sah. Der Mann war zweifellos Arbeiter und ein Hurensohn von einem Spießer, überlegte Bob. Er kicherte vor sich hin.

An diesem Vormittag schickte Bob Nadine zum Laden an der Ecke, wo sie Schreibpapier, Umschläge, Briefmarken und einen Kugelschreiber holen mußte. Außerdem bat er sie, die Anschrift des Hauses nebenan aufzuschreiben.

Als sie zurückkam, schrieb er einen Brief in Druckbuchstaben an die Drogenfahndung. Dann schickte er Nadine noch einmal los, um ihn einzuwerfen, und zog sich ins Schlafzimmer zurück, wo er sich aufs Bett legte und darauf wartete, daß die Dinge ihren Lauf nahmen.

»Was hast du überhaupt in dem Brief geschrieben?« wollte Diane wissen.

»Ich habe den Drogenfahndern gerade anonym geschrieben, daß sie Bob Hughes nie wegen Besitz von Betäubungsmitteln drankriegen können, weil er eine Vereinbarung mit dem Mann hat, der an der Nordseite seiner Wohnung wohnt, daß eine dünne Schnur zwischen den beiden Häusern gespannt ist und Bob dem Burschen gegenüber ein Zeichen gibt, wenn er Stoff braucht, worauf der Typ im anderen Haus ihn einfach an die Schnur hängt, damit Bob sich nehmen kann, was er braucht, und der Rest bleibt im Nachbarhaus, wo sie es nie finden werden.«

Diane sah ihren Mann an, als wäre er grade verrückt geworden. »Und wozu soll das gut sein? Selbst wenn sie im Haus des Burschen eine Razzia machen, werden sie nichts finden. Sie werden nicht mal eine Schnur finden. Dann wissen sie, daß sie reingelegt worden sind, und versichern sich wahrscheinlich der Hilfe des Mannes, und wir sind schlimmer dran als vorher. Dann haben sie nämlich ihr Lager gleich nebenan, statt auf der anderen Straßenseite.«

»Abwarten, Süße. Einfach abwarten«, sagte Bob und setzte sein geübtes böses Grinsen auf.

Danach sah er die Wand an und geriet ins Tagträumen. Für einen Mann, der gerade dreißig Tage lang verhext worden war, waren es sogar verdammt gute Tagträume, sagte er zu sich.

Rick und Nadine blieben einfach in ihrem Zimmer und spielten Schach und Doktor. Nadine gefiel Schach besser, aber Rick war ganz verrückt darauf, Doktor zu sein. Keiner wußte, was mit Bob los war. Sie gehorchten ihm einfach und entspannten sich. Wenigstens würden sie dreißig Tage lang nicht losziehen, und das war Nadine recht. Sie fühlte sich viel besser, weil ihr Magen ihr keinen Ärger machte, und sie wollte einfach, daß alles eine Weile so blieb. Rick war jung und ungeduldig und brannte darauf, etwas zu unternehmen, aber wenn sie nichts unternahmen, würde er sich auch nicht beschweren, jedenfalls nicht, solange Nadine da war und er Doktor spielen durfte.

Am nächsten Morgen stand Bob mit einem Frühstücksbeutel in der Tasche auf dem Gehweg vor der Wohnung, als der Mann von nebenan zu seinem roten Pritschenwagen ging. Bob lief zu ihm und fragte: »Sagen Sie, Kumpel, wohnen Sie hier?«

Der Spießer grunzte ein »Ja« und nahm den Frühstückskoffer von einer Hand in die andere. Er hatte mehrere Töchter, und ein Mann in seiner Position konnte einfach nie wissen, ob ein Irrer daherkam und versuchte, eine für sich anschaffen zu schicken. Es waren schon ein paar Vögel bei ihm gewesen und hatten nach seinen Töchtern gefragt, und das paßte ihm überhaupt nicht.

Je länger Bob den Mann bei der Unterhaltung beobachtete, desto sicherer war er, daß sein Plan funktionieren würde, verhext oder nicht. Nachdem er eine Zeitlang gutnachbarlichen Plausch gemacht hatte, beispielsweise »Schönes Wetter haben wir heute« oder »Sie haben da einen echt scharfen Lieferwagen« und derlei Unsinn, und nachdem er gesehen hatte, wie der Mann zunehmend argwöhnischer und gereizter wurde, weil er auf dem Weg zur Arbeit aufgehalten wurde, platzte Bob mit seiner Frage heraus: »Sagen Sie, haben Sie eigentlich gestern nacht den Burschen gesehen, der mit einer Leiter um Ihr Haus geschlichen ist?«

Der Spießer sah Bob nur an, und sein Gesichtsausdruck wurde zunehmend aufgeschreckter.

»Also ich hätte den Kerl auch nicht gesehen«, fuhr Bob fort, »aber die kleine alte Dame, die hier im Erdgeschoß wohnt, sie kam heute morgen um zwei Uhr zu uns in die Wohnung und sagte: ›Da schleicht so ein Sexfreak mit einer Leiter in den Händen ums Haus.‹ Da seh' ich aus'm Fenster, und tatsächlich, da ist der Bursche, ein großer häßlicher Hurensohn mit langem dunklem Trenchcoat, und der steht oben auf der Leiter und sieht in Ihr Fenster droben. Er hatte eine Hand unter dem Mantel, und ich konnte zwar nicht sehen, was er trieb, aber um die Wahrheit zu sagen, von meinem Blickwinkel aus sah es ziemlich wüst aus, wenn Sie verstehen, was ich meine.

Wie auch immer, ich habe mir überlegt, ob ich die Polizei anrufen sollte, aber wir haben kein Telefon, und da dachte ich mir, Teufel auch, es wäre sowieso peinlich, wenn so ein Typ in dieser Position vor Ihrem Haus geschnappt werden würde. Ich meine, die Nachbarn und alle würden doch als erstes denken, was treibt der Mann eigentlich am hellichten Tag bei sich zu Hause, daß er überhaupt erst die Aufmerksamkeit von so einem Irren erregt, wenn Sie verstehen, was ich meine. Und ich dachte mir, ich beobachte den Typen nur mal, aber wenn er versucht hätte, in Ihr Haus einzudringen, hätte ich Zeter und Mordio geschrien. Wahrscheinlich wäre er daraufhin abgehauen, und wenn nicht, wäre ich eben rübergekommen und hätte getan, was ich konnte. Aber verdammt, man sollte nicht vergessen, daß solche Typen normalerweise Bärenkräfte haben. Ich meine, ein Schlag, und man ist futsch, und ich muß selbst eine Frau ernähren. Ich kann nicht ins Krankenhaus gehen und sie allein da oben liegen lassen, und überhaupt, was wäre, wenn ich mich geirrt hätte? Wenn es das Haus dieses Irren gewesen und er nur da oben gewesen wäre, um seine Frau zu beobachten? Das hätte verdammt peinlich werden können!«

Der Spießer nickte, stimmte allem zu, was Bob sagte, und je länger Bob erzählte, desto wütender und röter wurde er. Als Bob mit seiner Nummer fertig war, murmelte der Spießer: »Ich erschieße den Hurensohn. Ich schieße dem Hurensohn die Eier weg.«

Bob wich einen Schritt zurück. Das klappte ja noch besser, als er erwartet hatte. »Augenblick mal«, sagte er, »langsam, Mister. Mit 'ner Schießerei will ich nichts zu tun haben, und vergessen Sie nicht, daß ich das gesagt habe. Herrgott, die Bullen werden sich einschalten, und so weiter. Man kann nicht einfach Leute erschießen, weil einem nicht gefällt, was sie machen.«

»Warten Sie ab«, murmelte der Spießer heiser vor Wut. »Warten Sie nur ab!«

»Jetzt mal sachte«, fuhr Bob fort. »Vergessen Sie nicht, wenn wir wegen dieser Sache alle vor Gericht müssen, daß ich Sie vor Ihrem verrückten Einfall gewarnt habe und nichts damit zu tun haben will. Ich hätte Ihnen überhaupt nichts von dem Burschen erzählen sollen. Wenn ich es nur nicht getan hätte. Ich glaube, ich sollte auf der Stelle zu jemandem mit Telefon gehen und die Polizei anrufen.«

Mittlerweile war das Gesicht des Spießers dunkelrot vor Wut über den Spanner mit der Leiter und über Bob. »Hören Sie zu, Sie kleiner dürrer Hurensohn, wenn Sie auch nur einem Menschen von der Sache erzählen, geschweige denn der Polizei, dann drehe ich Ihnen den langen Hals um, und wenn ich damit fertig bin, reiße ich Ihnen den Kopf ab und scheiße in das verdammte Loch!«

»Drohen Sie mir?« fragte Bob.

»Nein, Idiot. Das war ein Versprechen!«

Bob drehte sich um und eilte davon, als hätte er ein Ziel. Der Spießer ging ins Haus zurück, wahrscheinlich um seiner Frau zu sagen, daß sich verdächtige Typen in der Nachbarschaft herumtrieben. Ein paar Minuten später kam er wieder heraus, stieg in den Pritschenwagen ein und fuhr fort. Kaum war er nicht mehr zu sehen, lief Bob in ihre Wohnung zurück, schlug die Tür zu und lachte bis ins Schlafzimmer, wo er sich neben der nackten, schlafenden Diane aufs Bett warf.

Auf der anderen Straßenseite, im Lieferwagen, saßen sich Gentry und Halamer nachdenklich gegenüber. Was sie gesehen hatten, war ungewöhnlich gewesen, um das mindeste zu sagen.

»Was glaubst du, hatte er in der Papiertüte?« sagte Halamer. »Glaubst du, es könnte Junk gewesen sein?«

»Ich weiß nicht«, antwortete Gentry. »Ich weiß nur eines mit Sicherheit, es war nicht sein gottverdammtes Vesper.«

»Hast du gesehen, wie sie miteinander gesprochen haben, die Gestik und alles? Da ist was am Laufen, das sind nicht nur einfache Bekannte, soviel ist mir klar.«

»Ja, ich habe einen Moment lang gedacht, der große Kerl würde Hughes anspringen und in den Gehweg stampfen. Das hätte ich echt gerne gesehen.«

Halamer sah bekümmert drein. »Ja. Und inzwischen hätte Bob wieder einmal einen Beutezug machen sollen.«

»Sieht ihm eindeutig gar nicht ähnlich«, sagte Gentry.

»Nun, wenn er bis morgen abend nichts unternommen hat, blasen wir die Beobachtung ab. Wir können keinen ganzen Monat hier rumsitzen, und wahrscheinlich dauert es so lange, bis er wieder losziehen und sich Stoff beschaffen muß. Wenn ich nur wüßte, was hier im Busch ist.«

Als Polizist Halamer an diesem Abend zur ersten Schicht ging, bekam er den Brief, den Bob mit der Post zum Zentralbüro der Drogenfahndung geschickt hatte. Er las ihn zweimal durch und sagte zu sich: »Also *das* läuft zwischen den beiden. Eine angenehme Übereinkunft. Kein Wunder, daß wir den Hurensohn nie mit etwas schnappen. Er bewahrt es immer bei den Nachbarn auf und läßt sich hinüberseilen, was er braucht. Ha, gut, ich wette, jetzt haben wir den Hurensohn.«

Gentry erschien an diesem Abend nicht zur Arbeit. Er hatte sich bei der Frühschicht eine Erkältung in dem eiskalten Lastwagen geholt. Daher wurde er an diesem speziellen Abend von einem anderen Polizisten vertreten. Es war ein großer, zäher Polack namens Trousinski, der Drogenfreaks von ganzem Herzen haßte. Er tat nichts lieber, als jede Nacht ein paar von ihnen zu würgen, und das machte er für gewöhnlich auch. Sein Spitzname war sogar »der Würger«, weil er mit seinen Pranken Drogensüchtigen auf der Straße die Hälse zudrückte, damit sie nicht schlucken konnten, was sie im Mund hatten, während ein anderer Polizist versuchte, ihnen die Zähne einzuschlagen, damit er nachsehen konnte, ob die Suchtis tatsächlich etwas darin hatten oder nur aus Schmerzen die Gesichter verzogen. Die Schienbeine des Würgers heilten nie richtig, weil die Drogenfreaks, die er in die Höhe hielt, ihm immer dagegentraten und -kickten. Daher freute er sich über diese vorübergehende Versetzung von der Straße zu einem netten, ruhigen Observierungsteam. Vielleicht bekamen seine Schienbeine hier die Chance, etwas Schorf anzusetzen.

Derweil konnte sich Bob den ganzen Abend über kaum beherrschen. Er ging immer wieder zum Fenster der dunklen Wohnung, schob die Vorhänge beiseite und sah nach dem unten geparkten grauen Lieferwagen. Und jedesmal wenn er hinausgesehen hatte, wandte er sich kichernd wieder ab. Manchmal wurden ausgiebige, wiehernde Lachsalven daraus, dann fiel es ihm ziemlich schwer, wieder ins Schlafzimmer zu gehen und sich neben Diane zu legen, der er mit seinem albernen Kichern auf die Nerven ging.

Diane wußte nur, daß etwas Urkomisches bevorstand. Bob konnte nicht einmal fixen. Er strengte sich ungeheuer an, fand eine Vene, holte das Geschirr und brach dann in eine Lachsalve aus, die ihn so heftig schüttelte, daß er verfehlte, wenn er versuchte, den Stoff zu schießen. Danach betrachtete er den geschwollenen Bluterguß am Arm und lachte nur noch mehr.

Das sah Bob überhaupt nicht ähnlich. Diane hatte in ihrem ganzen Leben noch nicht gesehen, daß Bob so reagierte, und sie kannte ihn lange genug und lebte schon eine ganze Reihe von Jährchen mit ihm zusammen.

Als Mitternacht näherrückte, ließ Bob sie alle Stühle holen und sich im Dunkeln vor das zugezogene Fenster setzen. Nur er sah ab und zu hinaus. »Wartet nur ab«, sagte er lediglich und bekam wieder einen Lachanfall, bis sie schließlich alle überzeugt waren, daß er jetzt endgültig übergeschnappt war. Sogar Diane, deren Glaube an ihren Mann unerschütterlich war, sah allmählich besorgt drein. Und Nadine wollte natürlich nichts damit zu tun haben. Sie wollte wieder in ihr Schlafzimmer gehen und Spielchen mit Rick spielen. Das war jedenfalls amüsanter, als vor einem Fenster zu sitzen, aus dem sie nicht einmal rausschauen konnte. Anfangs gehorchte Rick Bob, weil er ihn mochte und sein Urteil respektierte, aber nach einer Weile dachte er, daß das zu weit ging, und er fragte sich, wieviel er noch aushalten konnte, bevor er schließlich aufspringen und Bob anschreien würde, endlich voranzumachen, andernfalls würden er und Nadine wieder in ihr Zimmer gehen und Doktor spielen.

Um Mitternacht sah Bob, wie Halamer und der Würger die Nachtschicht übernahmen, und als er sah, um wen es sich handelte, kippte er vom Fenster weg und wälzte sich lachend am Boden, bis es so aussah, als hätte er einen Anfall. Er schlug die Fäuste auf den Boden und sabberte wie ein toller Hund. Schließlich beruhigte er sich wieder. Das mußte er, denn er war fix und fertig, und seine Flanken taten so weh, daß er noch etwas Stoff spritzen mußte, damit die Schmerzen nachließen.

Schließlich sah Bob um zwei Uhr morgens, wie die beiden Polizisten aus dem Lieferwagen ausstiegen und über die Straße gingen, wobei sie sich bemühten, im Schatten zu bleiben. Sie trugen etwas, und Bob wußte einfach, das mußte die Leiter sein.

Derweil saß nebenan Buford Honeycut, gebürtiger Texaner, der Frau und Töchter beschützen mußte, oben im Schlafzimmer seiner Töchter im Schaukelstuhl, hatte eine automatische Schrotflinte Kaliber zwölf auf den Knien liegen und eine schwache Nachttischlampe eingeschaltet, die spärliches Licht zum Fenster hinaus warf. Er hatte fünf Patronen in dem Gewehr, alle mit feinem Schrot Nummer sieben geladen. Er wollte den Hurensohn nicht umbringen, zumal das dürre Frettchen gegenüber über die ganze Situation Bescheid wußte. Er wollte nur dafür sorgen, daß der dreckige geile Spanner nie wieder einen Grund haben würde, in sein oder irgendein anderes Fenster zu sehen. Verdammt, dachte er, wenn es ein Bengel wäre, würde der Fall anders aussehen. Als Halbstarker hatte er selbst ab und zu gespannt. Aber wenn es ein erwachsener Mann machte, war das einfach nicht normal. Und es hatte sich nicht nach einem verdammten Bengel angehört.

Halamer und der Würger schlichen leise auf Zehenspitzen über den Rasen. Sie sahen die zugezogenen Vorhänge in Bobs Wohnung und das Licht, das durch das Fenster gegenüber herausschien. Sie beratschlagten flüsternd und beschlossen, ruhig einmal in das erleuchtete Fenster zu sehen.

Sie hoben vorsichtig die Leiter und lehnten sie an die Seitenwand von Bufords Haus, was ein leises Pochen erzeugte. Während Halamer nach oben kletterte, überlegte der Würger, daß es eigentlich eine gute Gelegenheit wäre, sich zu erleichtern. Er hatte es sich schon eine ganze Weile verkniffen, daher wartete er auf Halamer und stützte mit einer Hand die Leiter, während er mit der anderen sein Geschlechtsteil herausfischte. Und da stand er und merkte überhaupt nicht, daß ihn zwei Personen beobachteten, und er konnte sich schon gar nicht vorstellen, daß über kurz oder lang noch viel mehr fragen würden: »Aber was hatte er überhaupt mit dem Schwanz in der Hand vor diesem Haus zu suchen?«

Buford hörte das gedämpfte Pochen an der Hauswand ganz deutlich. »Der Teufel soll mich holen«, murmelte er und lief hastig die Treppe zum Erdgeschoß hinunter. Er hatte eigentlich gar nicht damit gerechnet, daß der sexgeile Spanner sich heute sehen lassen würde. Nachdem er fast den ganzen Tag darüber nachgedacht hatte, was ihm der hagere Bursche erzählt hatte, war er sogar zur Überzeugung gekommen, der Bursche sei von jemandem dafür bezahlt worden, daß er die Geschichte erzählte, und alles sei ein Schwindel, damit der Drahtzieher der ganzen Sache sich zurücklehnen und ihn auslachen könne, weil er Nacht für Nacht wachblieb und darauf wartete, daß der Spanner zurückkam.

Nachdem er abends seinen Lieferwagen geparkt hatte, war er unverzüglich zu der kleinen alten Dame nebenan gegangen und hatte sie unverblümt gefragt, ob an der Geschichte etwas dran war. Sie hatte sie bestätigt, aber trotzdem, wer hätte schon gedacht, daß der Spanner Nacht für Nacht zum selben Haus zurückkehren würde? Wie auch immer, die Frage war inzwischen hinfällig, denn der Hurensohn war zurückgekommen, und Buford würden künftige einsame Nachtwachen, während er darauf wartete, bis sich der Bursche zeigte, erspart bleiben. Nach der heutigen Nacht, bei Gott, sagte sich Buford, während er knisternd vor Energie die Treppe hinuntersprang, von Blutgier getrieben wurde und in den Schweiß verliebt war, der ihm aus den Poren drang, während er dem, was ihn erwartete, beinahe ekstatisch entgegensah, nach der heutigen Nacht würde niemand je wieder in seine Fenster sehen. Verdammt, er würde sich nicht einmal mehr die Mühe machen und die Vorhänge zuziehen müssen. Die Leute würden sich an diese Nacht erinnern und das Haus voll Respekt und Ehrfurcht betrachten, wenn sie daran vorbeigingen. Das jedenfalls dachte Buford, der nervös vor sich hin kicherte, als er zum Fenster im Erdgeschoß hinaussah und den Auftritt des Würgers erblickte, der da draußen auf dem Rasen stand und mit einer Hand die Leiter und mit der anderen sein Geschlechtsorgan hielt.

»Der Teufel soll mich holen«, murmelte Buford, der sich angesichts eines stehenden Ziels im offenen Gelände etwas beruhigte. »Der Dreckskerl konnte nicht einmal abwarten, bis er auf der Leiter war und spannen konnte.«

»Rrumms«, dröhnte die Schrotflinte. Buford hatte genau ins Zentrum der Aufmerksamkeit des Würgers gezielt. Der Würger wurde zu Boden geschleudert, und er riß die Leiter, die er hielt, mit sich. Halamer, der sich angestrengt bemüht hatte, durch das Schlafzimmerfenster etwas von entscheidender Wichtigkeit zu sehen, schwang anfangs zusammen mit der Leiter zurück, ließ aber instinktiv los, als ihm klarwurde, daß die Lage nicht besser, sondern nur noch schlechter werden konnte. Er landete auf dem Würger, ein Durcheinander von Armen, Beinen und Leitersprossen.

Kaum hatte Buford den ersten Schuß abgefeuert, hob Bob, der auf dem Boden kauerte und unter dem Vorhang durchspähte, den Arm und schaltete das Wohnzimmerlicht ein, während er gleichzeitig mit der anderen Hand die Vorhänge aufzog. Das Licht aus seiner Wohnung erhellte den Garten zwischen den beiden Häusern so sehr, daß Buford sehen konnte, daß noch ein anderer Bösewicht in diese teuflische Verschwörung gegen seine Familie verwickelt war.

»Der Teufel soll mich holen«, sagte er laut zu sich selbst, »da draußen sind ja gleich zwei schleimige Dreckskerle. Die müssen sich zusammengetan haben; haben sich wahrscheinlich kennengelernt, als sie im Wartezimmer desselben Psychiaters warteten.«

»Rrumms«, dröhnte die Schrotflinte noch einmal. Diese Runde erwischte Halamer direkt am Rumpf, und er schrie wie ein Banshee, während er zwischen den Armen des fluchenden Würgers und den Leitersprossen nach seiner Waffe tastete.

»Das muß eine verdammte Falle sein«, dachte Halamer. »Der wahnsinnige Drogenfreak hat Kokain in die Finger bekommen und ist ausgeflippt.«

Schließlich gelang es Halamer, die Pistole aus dem Halfter zu ziehen, und er sah an der Fassade des Mietshauses hinauf. Tatsächlich, da standen Bob und seine gesamte Mannschaft am Fenster, sahen zu und brüllten vor Lachen. »Nun, die werden nicht mehr lange lachen«, schwor sich Halamer. Er zielte, so gut es ging, in ihre Richtung und feuerte einen Schuß nach dem anderen ab, bis die Pistole leer und nutzlos war.

Diane, Rick und Nadine warfen sich auf den Boden, als der erste Schuß abgefeuert wurde. Bob stand nur da, wippte vor und zurück und kicherte wie irre. Diane packte seine Beine und versuchte mit aller Kraft, ihn zu Boden zu ziehen. Aber Bob wollte einfach nicht. Nichts auf der Welt konnte ihn daran hindern, dieses strahlende Beispiel für die Tüchtigkeit der Polizei mit anzusehen.

Als Buford die Pistolenschüsse hörte, traute er seinen Ohren nicht. Als er schließlich durchblickte, sagte er: »Ach so ist das, die wollen einen verdammten Sex-Krieg, hm?«

»Rrumms, rrumms, rrumms«, dröhnte die Schrotflinte, und sie hätte noch weiter gedröhnt, wenn er daran gedacht hätte, Ersatzpatronen einzustecken. »Aber wer, zum Teufel, hätte sich träumen lassen, daß ein verdammter Krieg daraus werden würde?« wiederholte er hinterher viele Male.

Sie verhafteten Buford Honeycut am nächsten Morgen wegen tätlichen Angriffs auf zwei Polizisten in Ausübung ihrer Pflicht.

Buford Honeycut lachte über die Anklage. »Ausübung ihrer Pflicht! Was soll denn das für eine Pflicht sein, wenn einer in meinem Garten steht und wichst und der andere vorm Schlafzimmer meiner Töchter spannt und hofft, daß er etwas sieht, das er dem anderen erzählen kann, um ihn noch mehr aufzugeilen? Also versucht nur, mich anzuklagen. Ich hoffe sehr, daß ihr versucht, mich anzuklagen. Wenn ich mit diesem Polizeirevier fertig bin, wird kein Sexfreak mehr dort arbeiten.« Und dann sah er sämtliche anwesenden Polizisten eingehend an, als würde er sich schon fragen, wie viele ihren Hut nehmen mußten.

Es erübrigt sich zu sagen, daß das Büro des Staatsanwalts die Anklage gegen Buford Honeycut fallenließ. Er ist wahrscheinlich der einzige lebende Mensch, der fünfmal mit einer Schrotflinte auf zwei Polizisten geschossen hat, am Morgen verhaftet worden ist und am Abend desselben Tages noch nach Hause gehen konnte, um sich die Abendnachrichten anzusehen und dabei die Schrotflinte zu reinigen.

Es dauerte eine ziemliche Weile, bis sich Gentry die Abfolge der Ereignisse zusammengereimt hatte, die sich vor den Vorfällen in den frühen Morgenstunden zugetragen haben mußten, in welche die Polizisten Halamer und Trousinski, die Bürger Buford Honeycut und Gwendolyn Flemish sowie die Drogenfreaks Bob, Diane, Rick und Nadine verwickelt waren. Aber als ihm das endlich gelungen war, als sich das ganze Bild sauber zusammenfügte, wie das Puzzle eines Kindes, setzte sich Gentry mit dem Staatsanwalt zusammen und fragte: »Glauben Sie, wir können ihn wegen Anstiftung zu einem tätlichen Angriff drankriegen? Ich weiß, der Dreckskerl steckt dahinter, und das dürfte nicht allzu schwer zu beweisen sein.«

Der Staatsanwalt war ein makellos gekleideter Mann in mittleren Jahren. Er hatte die Füße auf dem Schreibtisch liegen und das Ende eines Kugelschreibers im Mundwinkel. »Ich weiß nicht, Gentry«, sagte er. »Ich würde mich sicher nicht auf den Fall einlassen. Klar, wir sitzen hier und wissen, wie alles eingefädelt worden ist, aber wie, zum Teufel, sollen wir je die Geschworenen davon überzeugen, daß dieser Bob das Vorgehen unserer Polizisten in dem erforderlichen Ausmaß vorhersehen konnte, um so eine teuflische Falle stellen zu können. Ich meine, wie sollen wir die Geschworenen davon überzeugen, daß Bob die Tatsache vorhersehen konnte, Polizist Trousinski würde mit dem Schwanz in der Hand in diesem Garten stehen, während der andere Dummkopf, Halamer, auf der Leiter stünde und zum Fenster hineinsähe, ohne auch nur einen Haftbefehl oder einen Grund zu haben, abgesehen von einem anonymen Brief? Was unserem Fall aber vollends den Garaus macht, ist die Tatsache, daß die kleine alte Mrs. Flemish Bob darauf aufmerksam gemacht hat, daß Leute im Garten herumschleichen, was sie dann auch Honeycut bestätigt hat. An diesem Punkt der Geschichte spricht für uns, daß Halamer tatsächlich zum ersten Mal durch Honeycuts Fenster gesehen hat. Aber, großer Gott, versuchen Sie einmal, die Geschworenen davon zu überzeugen! Die werden denken, verflucht, wenn sie einmal dabei erwischt worden sind, wie sie es illegal gemacht haben, wer sagt, daß sie es nicht vorher auch schon gemacht haben? Nein, Gentry, ich denke, mit so einem Fall vergeude ich meine Zeit nicht.«

Als nächstes ging Gentry zum Polizeichef. Als er dessen Büro betrat, sah der Chef auf, verzog das Gesicht und fragte: »Was genau hatte denn dieser Dummkopf mit dem Schwanz in der Hand da draußen zu suchen? War es eine Art von getarnter Aktion? Bringen Sie Ihre Jungs mittlerweile dazu, irgendwelche Perverslinge nachzuahmen, damit sie ein Haus auskundschaften können, bevor sie es betreten, war das der Zweck der Übung?«

Gentry schüttelte den Kopf und räusperte sich heftigst. Schließlich verkündete er: »Chef, Sie wissen ja, wie das mit diesen Beobachtungsteams ist. Normalerweise haben sie nichts zu tun, außer herumsitzen und Kaffee trinken, und wenn man das lange genug gemacht hat, muß man auch mal einen Platz zum Pinkeln suchen. Nun, offenbar hat Trousinski gedacht, daß das ein ziemlich guter Platz sei. Verdammt, er war von der Straße weg und fast in den Büschen neben dem Haus. Man kann ihm keinen Vorwurf machen. Er wußte nicht, daß sie reingelegt worden waren. Verdammt, dasselbe hätte uns beiden tausendmal passieren können.«

»Klar, es ist aber nicht Ihnen passiert, sondern ihm, und was werden Sie jetzt unternehmen?«

»Wegen Trousinski oder wegen Hughes?«

»Wegen Hughes. Was Sie wegen Trousinski machen werden, das weiß ich. Sie werden den Rest Ihres Lebens Toiletten für ihn absperren müssen, damit er sich erleichtern kann und niemand sieht, was eine Schrotflinte Kaliber zwölf auf kürzeste Entfernung mit dem Penis eines Mannes anrichtet.«

»Nun, Chef, darüber habe ich gründlich nachgedacht.«

»Das hoffe ich. Und was hat der Staatsanwalt gesagt?«

»Er sagte, er wolle nichts damit zu tun haben. Und daher habe ich mir gedacht, wir könnten uns diesen Hurensohn Hughes eigentlich ein für allemal vom Hals schaffen.«

»Ach ja, und was wollen Sie mit seinen Spießgesellen anfangen? Ich glaube, Sie müßten ein verdammt tiefes Loch ausheben, um alle zu begraben. Und wie wollen Sie den Scheißkerl erwischen, ohne daß sein Team dabei ist? Er unternimmt nichts alleine, jedenfalls nicht sehr oft. Außerdem schmeckt mir die Sache nicht. Warum schrecken Sie ihn nicht einfach ab, deuten an, was der Würger und Halamer mit ihm anstellen werden, wenn sie aus dem Krankenhaus raus sind? Wiegen Sie ihn in dem Glauben, daß Sie nur das Wohl Ihrer Polizisten im Auge haben, Sie wollen nicht, daß sie sich selbst in Schwierigkeiten bringen, und darum machen Sie ihm angst. Scheiße, vielleicht verschwindet der Hurensohn aus der Stadt und läßt sich nie wieder blicken. Können Sie sich vorstellen, wie friedlich diese Stadt ohne Bob Hughes und sein Team wäre? Verflucht, dafür hätte es sich sogar gelohnt, Trousinskis Schwanz zu opfern. Ich halte das für eine verdammt gute Lösung. Dann können Sie das schwanzlose Arschloch befördern und ihm einen Bürojob verpassen, vielleicht im Gefängnis oder sonstwo. Und ich wünsche, daß Halamer, dieser Idiot, bis zur untersten Stufe der Leiter degradiert wird, und ich will nicht sehen, daß er in seinem Leben noch mal was anderes trägt als Blau. Verkehrspolizei, versetzen Sie ihn zur Verkehrspolizei. Dort ist es mittlerweile derart verfahren, daß er da unten sicher nichts durcheinanderbringen kann.«

Gentry verließ das Büro des Chefs mit der Überzeugung, daß eine direkte Konfrontation mit Hughes gerechtfertigt war. Als er an Bobs Tür klingelte, war die ganze Bande damit beschäftigt, ihre Habseligkeiten zusammenzupacken.

Bob ging ans Guckloch, sah Gentry und brüllte durch die Tür: »Haben Sie einen Haftbefehl?«

»Nein, Bob, ich habe keinen Haftbefehl«, rief Gentry in seinem zivilsten Tonfall zurück. »Ich will mich nur einen Augenblick mit dir über das Schlamassel unterhalten, das gestern nacht vor deiner Wohnung passiert ist.«

»Wir haben den ermittelnden Beamten alles gesagt, was wir wissen«, rief Bob zurück, »und dem haben wir nichts hinzuzufügen.«

Gentry trat von einem Fuß auf den anderen. Sein Gesicht wurde rot, und zum ersten Mal seit Jahren fingen seine Hände unkontrolliert zu zucken an. »Du kleiner Scheißkerl«, tobte er. »Wirst du diese Tür aufmachen, oder muß ich sie eintreten?«

»Ich hoffe nur, Sie treten sie ein«, antwortete Bob garstig. »Wir haben mittlerweile eine Bürgerwehr aufgestellt, um uns vor sexbesessenen Polizisten zu schützen, und Buford Honeycut ist gewählter Präsident und einziger Vollstrecker. Treten Sie die Tür nur ein, Kumpel, dann ziehe ich an der Leine, und der große, böse alte Buford kommt mit seiner kleinen Schrotflinte herübergestapft. Wenn Sie glauben, daß ich Spaß mache, treten Sie die Tür ruhig ein. Ich hoffe, daß Sie es machen, und wenn Sie den Schwanz nicht in der Hand haben, wenn er auf Sie schießt, dann werden Sie ihn darin haben, bevor Ihre Kumpel hierherkommen, worauf Sie sich verlassen können.«

Gentry trat vom Guckloch zurück, sah zur Decke und zählte langsam bis zehn. Als er damit fertig war, dachte er darüber nach, was Bob gesagt hatte und wieviel Wahrheit möglicherweise darin steckte, und er kam zu dem Ergebnis, daß etwas dran sein konnte. Daher erzwang er nichts, sondern sprach weiter durch die Tür. »Bob, ich bin hergekommen, um dich zu warnen. Halamer und dieser Trousinski, die wissen, wie du sie verladen hast, Bob. Und ich kann aufrichtig sagen, daß sie alles andere als glücklich über die Sache sind. Sie haben Mordlust im Herzen, was wahrscheinlich noch untertrieben ist, und Bob, ich warne dich nicht, weil ich dich so gern mag. Unser Herrgott weiß, daß ich diese Lüge niemals über mich bringen würde. Es ist nur so, ich möchte nicht, daß meine beiden Beamten wegen dieser Sache noch mehr Ärger bekommen, wenn du weißt, was ich meine. Oh, letztlich könnten wir es wahrscheinlich ausbügeln, und es ließe sich zweifellos beweisen, daß es eine versehentliche Schießerei war, oder einer meiner Männer hatte eben einfach keine andere Wahl. Aber warum sollten wir das alles auf uns nehmen, Bob? Ich meine, ich weiß, du willst nicht angeschossen und verletzt oder gar getötet werden, und ich will auch nicht, daß es soweit kommt. Warum verläßt du die Stadt nicht einfach? Warum fährst du nicht über die Highways und Nebenstraßen dieses großen, ruhmreichen Landes, bis du ein nettes Fleckchen gefunden hast, wo du dich niederlassen kannst, wo sie keine harten Bullen wie Halamer und Trousinski haben, wo die Schubladen in den Apotheken randvoll sind mit allen möglichen feinen Sachen und nur darauf warten, bis du sie nimmst? Hörst du mich, Bob? Was hältst du davon?«

»Scheiß drauf, Gentry. Ich habe den verdammten Krieg gewonnen, nicht Sie. Wie kommen Sie darauf, daß Sie die Bedingungen vorschreiben können? Wenn ich fertig bin, wird in dieser Stadt kein einziger Bulle mehr einen Schwanz haben und Eier auch nicht. Ich sage Ihnen das, Gentry, weil Sie schon immer einen festen Platz in meinem Herzen hatten. Der liebe Gott weiß, ich lüge nicht. Warum suchen Sie sich nicht ein Kleinstadtpolizeirevier, wo Sie Chef werden können, wo Sie sich nicht mit richtigen Verbrechern rumschlagen müssen, wo Sie sich nur samstagabends wegen der üblichen Betrunkenen und an Halloween wegen der Kinder Sorgen machen müssen? Das würde besser zu Ihnen passen, Gentry. Sie können dieses Spiel nicht gewinnen. Dazu sind Sie einfach viel zu dumm.«

Wenn Polizist Gentry für etwas eine Schwäche hatte, dann für eine gute Diskussion, daher machten Bobs Prahlereien ihn nicht noch wütender und aufgebrachter, sondern beruhigten ihn sogar ein wenig. »Weißt du was, Bob? Du weißt nicht mal, was ein verdammter Krieg überhaupt ist. Du glaubst also, du hast den Krieg gewonnen, hm? Ha, du hast nicht einmal ein kleines Scharmützel gewonnen. Du hast bestenfalls bei einem unwichtigen Handgemenge die Oberhand behalten. Verdammt, in einem Monat wird alles vergessen sein, genau wie dein Ableben, Bob. O ja, wir müssen es vielleicht ein paar Tage lang wegerklären, aber früher oder später werden alle vergessen, daß du überhaupt je existiert hast. Das heißt, außer den Apothekern. Die werden wahrscheinlich die nächsten zwanzig Jahre an deinem Todestag einen rauschenden Ball feiern.«

»Der Teufel soll Sie holen, Gentry. Ich wünsche mir wirklich, Sie wären mit dem Schwanz in der Hand da draußen gestanden. Ich habe gebetet, daß Sie es sein würden, Sie impotenter Schwachkopf.«

Gentry ging, er schritt langsam den Flur entlang und überlegte, daß man mit einem Dummkopf wie Bob einfach nicht reden konnte. Wenn man es versuchte und sich Mühe gab, nett zu ihnen zu sein, dann meinten sie, man würde weich, und versuchten, Kapital daraus zu schlagen. Fest zupacken und immer Druck ausüben. So mußte man mit ihnen umgehen, nur das verstanden die dummen Arschlöcher.

Sobald feststand, daß Gentry weg war, wandte sich Nadine an Bob: »Wieso bist du eigentlich immer so garstig zu den Bullen? Vielleicht hat er die Wahrheit gesagt. Vielleicht hat er versucht, uns zu helfen.«

Bob sah sie mit einem Ausdruck unverhohlener Abscheu

an. »Scheiße«, sagte er. »Wer hätte je von einem Bullen gehört, der jemandem hilft? Das war schon in den vierziger Jahren passé. Heute versuchen sie selbst nicht mal mehr, dieses Bild aufrechtzuerhalten. Weißt du was, ich habe mich einmal nett und respektvoll mit einem Bullen unterhalten, und weißt du, was der gemacht hat?«

»Was?« fragte eine zerknirschte Nadine.

»Er hat mir gegen die Kniescheibe getreten, das hat der Scheißkerl gemacht.«

»Und was machen sie, wenn du garstig mit ihnen sprichst?«

»Dann treten sie mir auch gegen die Kniescheibe, aber dann rechne ich wenigstens damit. Bei einem Scheißbullen darf man nie Schwäche zeigen, weil sie dann wissen, daß sie einem zusetzen, und dann geben sie keine Ruhe mehr, weil sie denken, daß sie dieses eine Mal so dicht dran waren. Nein, Nadine, hier draußen findet ein regelrechter Krieg statt, falls dir das noch nicht aufgefallen sein sollte. Und zwar zwischen den Besitzenden und den Habenichtsen. Nun, ich hab' nichts damit zu tun. Tatsächlich bin ich neutral, und das wissen beide Seiten, und beide Seiten halten es für eine Schwäche von uns, weil wir uns mit keiner Seite politisch einlassen. Ich bin ein verdammter Dieb, das bin ich mein Leben lang gewesen, und ein Drogenfreak, ich hab' keine Zeit für die ganze politische Scheiße. Ich muß malochen, damit ich mit meinem Kram über die Runden komme, und beide Seiten wollen mich fertigmachen, weil ich so gut wegkomme, und sie so schlecht. Scheiß drauf, ich werde keinem von denen auch nur einen Zentimeter geben. Natürlich werden wir die Stadt verlassen, aber nur, weil ich es für das Klügste halte. Diane und ich waren schon jahrelang nicht mehr auf der Straße unterwegs. Die Apotheken da draußen im Hinterland müßten dick und fett sein, und die hier in der Stadt werden immer schwieriger. Wir hätten schon vor Monaten die Flatter machen sollen. Das wußte ich damals schon, und ich weiß es heute, also bildet euch nicht ein, daß uns zwei Scheißbullen aus der Stadt jagen, das ist nämlich nicht so. Beeilt euch nur mit dem Packen, weil ich, bevor es dunkel wird, hier weg sein will.«

Ihr Auszug aus der Wohnung fand in mehreren Schritten statt. Diane mußte sämtliche Betäubungsmittel zusammensuchen, etwas beiseite tun, das sie mitnehmen würden, und den Rest dann in verschiedene Taschen und Koffer verpacken, die mit dem Greyhound-Bus an mehrere Adressen geschickt wurden, wo sie haltmachen wollten, damit sie die Drogen holen konnten, wenn sie sie brauchten. Bob hatte seine Theorien zum Überlandreisen oder auf der Straße sein, wie er es nannte, und die Drogen, die man so brauchte, vorauszuschikken, war eine davon. Man konnte es sich einfach nicht leisten, mit einem ganzen Kofferraum voll Betäubungsmitteln erwischt zu werden, wenn man über Land fuhr, daher nahmen sie nur mit, was sie verschmerzen konnten, wenn sie es wegwerfen mußten. Und wenn ein Gesetzeshüter sie anhalten sollte, würden sie ganz genau das tun. Sie hatten immer ein Loch in den Boden ihres Autos gebohrt, und wenn das rote Blinklicht sichtbar wurde, zogen sie einfach den Bodenbelag weg und warfen hinaus, was sie bei sich hatten, während der Fahrer aufs Gas trat und das Auto in Bewegung hielt, bis alles weg war.

Dann folgte das Wettrennen zum nächsten Treffpunkt, denn das Team hatte bestenfalls acht Stunden, dann war der Entzug so schlimm, daß niemand mehr fahren konnte. Wenn es soweit war, fuhren sie manchmal einfach zum nächsten Krankenhaus, legten die Karten auf den Tisch und sagten den Ärzten, worin das Problem bestand. Manchmal fanden sie Mitleid und bekamen einen Schuß, mit dem sie über die Runden kamen, und manchmal bekamen sie nur eine Polizeieskorte zur Stadt hinaus und eine Warnung, sich nie wieder blicken zu lassen.

2. Teil

Zwei Tage später trugen sich Bob, Diane, Rick und Nadine in einem Motel in der größten Stadt des Nachbarstaates ein. Sie fixten alle mehrmals und versuchten, einen Zustand der Euphorie herbeizuführen, bei dem sie zwar nicht unbedingt der Länge nach auf dem Boden lagen, aber das Gefühl hatten, daß ihnen auch das einerlei gewesen wäre.

Bob war wieder an der Speed-Tüte gewesen und ging im Zimmer auf und ab, während er ein Telefonbuch in der Hand hielt und die Namen verschiedener Apotheken, Krankenhäuser und Tierärzte herunterrasselte.

Diane fläzte in einem Plüschsessel. Sie rieb Beine und Schenkel aneinander, leckte sich die Lippen, erschauerte ab und an und seufzte oft, als könnte sie nur so atmen, und dabei folgte ihr Blick Bob hin und her durchs Zimmer.

Rick lag auf dem einzigen Sofa des Zimmers und hatte den Kopf in Nadines Schoß liegen. Er hatte die Augen geschlossen, seine Gedanken waren tausend Meilen entfernt. Ab und zu drang Bobs Stimme zu ihm durch, dann murmelte er jedesmal: »Mein Gott.« Doch bevor er diesen kurzen Satz ausgesprochen hatte, waren seine Gedanken wieder unterwegs und rasten durch andere Korridore, die nicht einmal entfernt etwas mit Drogen, diesem Zimmer oder den Menschen um ihn herum zu tun hatten.

Nadine saß einfach da und versuchte, alles auf die Reihe zu bekommen – ihr Leben, ihre Zukunft, ihren Mann und den Ablauf der Dinge. Einerlei, wie alles zusammenwirkte, es lief immer auf Zero für sie alle hinaus. Es war, als wollte man das Meer mit einer Tomatensuppendose auslöffeln. Je mehr man löffelte, desto riesiger schienen die Wogen zu werden. Und das Schlimmste war, man wußte, man konnte nicht gewinnen, also was sollte das Spiel überhaupt? Wer spielte schon Spiele, die man nicht gewinnen konnte? Jede Menge Leute, beantwortete Nadine ihre Frage selbst, ich schätze, jede Menge Leute.

»Okay«, verkündete Bob schließlich. »Ziehen wir los. Das Morphin wird hier nicht von den Bäumen hängen. Wir müssen raus und welches holen. Diane, du suchst dir ein paar Ärzte und versuchst die alte sexy Pipi-Nummer bei ihnen. Rick und Nadine, ihr kommt mit mir. Wir müssen zuerst herausfinden, was die Giftküchen in dieser Stadt zu bieten haben.«

Bob, Rick und Nadine nahmen das Auto und sahen sich die Apotheken in der Innenstadt an. Es lief folgendermaßen ab. Nadine betrat das Geschäft und tat so, als würde sie die Warenregale durchsehen. Rick trat ebenfalls ein und ging zu den Regalen, aber an eine andere Stelle, so daß er alles von einem anderen Winkel aus überblicken und vielleicht etwas bemerken konnte, was Nadine entging. Derweil ging Bob nicht weit entfernt in eine Telefonzelle, rief den Apotheker an und sagte: »Sagen Sie, ich habe hier ein Rezept für ein Milligramm Dilaudid und habe in der ganzen Stadt versucht, welches zu bekommen. Könnte ich das Rezept bei Ihnen einlösen?«

Sinn und Zweck des ganzen Unternehmens war, den Apotheker dazu zu bringen, zur Betäubungsmittelschublade zu gehen und nachzusehen, ob er ein Milligramm Dilaudidtabletten hatte (und dabei dem Team genau zu zeigen, wo der Stoff verwahrt wurde), herauszufinden, ob die fragliche Apotheke überhaupt Dilaudid in irgendeiner Form führte, und festzustellen, wie sich der Apotheker nun genau verhielt, wenn es um Dilaudid, Betäubungsmittelrezepte und Betäubungsmittel im allgemeinen ging.

In einem Geschäft beobachtete Nadine, wie der Apotheker am Telefon mit Bob sprach und sich schlagartig von einem lächelnden, humorigen Typ in einen stirnrunzelnden, fauchenden, ungehaltenen Krakeeler verwandelte. »Nein, wir haben Dilaudid in keiner Form. Wir führen diesen Mist seit Jahren nicht mehr, also belästigen Sie uns nicht weiter.«

»Was war denn los?« fragte ein neugieriger Angestellter den Apotheker, nachdem dieser den Hörer aufgelegt hatte.

»Ach, wieder so ein verdammter Drogenfreak, der nachfragte, ob wir ein Milligramm Dilaudid vorrätig haben.«

»Dilaudid, großer Gott, ich habe seit Jahren keine Flasche mehr gesehen, das führen wir doch gar nicht, oder?«

»Nein, ich habe das Zeug nicht mehr vorrätig. Früher schon, aber diese irren Drogenfreaks haben mich damit verrückt gemacht. Den ganzen Tag haben sie mich nach zerbrochenen Tabletten gefragt, mich mit getürkten Rezepten belästigt, und nachts brachen sie durch die Vordertür ein, durch die Hintertür, durchs Dach, und ich habe ständig damit gerechnet, daß mal einer durch den Kamin gekrochen käme.«

Nadine und Rick wandten sich voll Abscheu ab. Als sie zur Tür hinausgingen, folgten ihnen die Blicke von Apotheker und Angestelltem. Als sie gegangen waren, stieß der Apotheker einen Seufzer der Erleichterung aus und sagte zum Angestellten: »Das da war so ein Paar, darauf würde ich meinen letzten Dollar setzen. Haben Sie gesehen, wie sie herumgestanden sind und versucht haben, unschuldig und sauber auszusehen? Ja, das waren solche Dreckskerle. Sie ziehen in Rudeln umher, wie Wölfe, und laß sie bloß nicht wissen, daß du noch ein einziges Betäubungsmittel in der Schublade hast, sonst nerven sie dich so lange, bis sie es haben. Sie wissen einfach nicht, wann man aufgeben muß. Sie strömen in Horden in den Laden, und einer von ihnen hält einen tatsächlich fest, schlingt die Arme um einen herum, während die anderen die Regale abräumen. Sie sind wie ein Heuschreckenschwarm. Man kann überhaupt nichts gegen sie ausrichten, wenn sie einmal herausgefunden haben, daß man vorrätig hat, worauf sie scharf sind.«

»Warum rufen Sie nicht die Polizei?« fragte der fassungslose Angestellte.

»Polizei? Haben Sie schon mal versucht, hinter dem Ladentisch zu arbeiten, wenn ein verdammter dickärschiger Bulle den ganzen Tag lang vor dem Tresen hockt, alle paar Minuten aufspringt, herumschleicht und Bilder von den Kunden macht? Verdammt, da nehme ich es lieber mit den Drogenfreaks auf. Was die stehlen, ist zumindest nicht viel Geld wert. Die verdammten Bullen klauen wie die Raben, und die nehmen Sachen mit, die eine Menge mehr wert sind, zum Beispiel Penicillin oder Anti-Baby-Pillen. Lieber Gott, die sind regelrecht verrückt nach Anti-Baby-Pillen. Nein, Bullen kommen für mich nicht in Frage.«

Als Nadine und Rick auf Bob zugingen, der am Gehweg wartete, schüttelten sie beide langsam die Köpfe. Bob grinste und sagte: »Macht nicht so trübsinnige Gesichter. Der Dreckskerl hat jede Menge vorrätig.«

»Ich weiß nicht, Bob«, antwortete Nadine. »Nachdem du angerufen hast, fragte der Angestellte den Apotheker, was los war, und der antwortete, ein verdammter Drogenfreak hätte sich nach Dilaudid erkundigt, und der Angestellte sagte: ›Verdammt, das habe ich seit Jahren nicht mehr gesehen.‹«

»Ach ja, dann haben sie eben für euch eine Schau abgezogen, ich weiß nämlich, daß der Dreckskerl Dilaudid hatte, und das ist noch gar nicht so lange her. Außerdem wären sie nicht so paranoid geworden, wenn sie nichts hätten. Sie wären nicht so ängstlich und garstig geworden. Die haben was für ihre Stammkunden vorrätig. Paßt nur auf, eines Tages werde ich es euch beweisen.«

In den anderen Apotheken lief es ziemlich ähnlich ab, was Bob bewies, daß diese Stadt vor nicht allzu langer Zeit gründlich abgesahnt worden war.

Diane rief den ganzen Vormittag Ärzte an und versuchte, einen Termin für den Nachmittag, den nächsten Morgen oder spätestens den folgenden Nachmittag zu vereinbaren. Sie bekam ein paar Termine, und das lief folgendermaßen ab:

Sie betrat das Vorzimmer und ging zur Sekretärin. »Ich habe um halb zwei einen Termin bei Dr. Clark. Kann er mich empfangen?«

»Ja, ich glaube schon. Ist dies Ihr erster Besuch bei Doktor Clark?«

»Ja.«

»Ich verstehe, würden Sie dann bitte dieses Formular ausfüllen?«

»Danke, das werde ich.«

Danach füllte Diane das Formular aus, und wo nach ihrem aktuellen medizinischen Problem gefragt wurde, schrieb sie: »Nierenschmerzen.«

Schließlich winkte die Sekretärin ihr zu und sagte: »Sie

können jetzt rein, Diane. Gehen Sie durch diese Tür, den Flur entlang bis zur zweiten Tür rechts. Dort gehen Sie hinein und warten auf den Doktor. Während Sie warten, können Sie sich freimachen und den weißen Überwurf anziehen, der auf dem Stuhl liegt.«

Als Diane das Behandlungszimmer betreten hatte, suchte sie zuerst gründlich in allen Schubladen und Schränken nach Rezeptvordrucken. Diesmal fand sie keine. Danach zog sie sich ganz aus, legte ihre Kleidungsstücke zusammen und auf ein Schränkchen. Anschließend nahm sie eine Sicherheitsnadel aus dem Geldbeutel und heftete sie unten an den Saum des weißen Überwurfs. Dann konnte sie sich nur noch auf den Stuhl setzen, ihre leidgeprüfte Miene probieren, das Ergebnis in der Glasscheibe eines Medizinschränkchens studieren und in sich hineinlachen.

Ein paar Minuten später machte ein lächelnder, professioneller Mann in mittleren Jahren die Tür auf und trat mit einer farblosen jungen Krankenschwester im Kielwasser ein. »Wie geht es uns denn heute? Sie sind zum ersten Mal bei uns, richtig?« fragte der Arzt, während er die Karteikarte studierte, die Diane ausgefüllt hatte.

Diane setzte ihre schmerzvollste Miene auf, hob den Überwurf bis zur Taille, deutete zwischen die gespreizten Beine auf ihre Vagina und sagte: »Manchmal tut es da weh und da hinten ständig.« Und dann deutete sie auf den Rücken, wo sich, wie ihr jemand gesagt hatte, die Nieren befanden.

»Hm, ich verstehe«, sagte der Doktor. »Und wie lange haben Sie diese Beschwerden schon?«

»Nun, sehen Sie, es fing ungefähr vor einem Jahr an, und ich ging zum Arzt, der mir Tabletten gegeben hat, Kodein, glaube ich, und davon wurde mir echt schlecht, Junge, Junge, ich war überall ganz geschwollen. Dann gab er mir ein paar winzige weiße, Laudid oder so, die waren gegen die Schmerzen. Zuletzt gab er mir wieder andere, bei denen ich blau pinkeln mußte, und als ich die beiden eine Zeitlang genommen hatte, waren die Beschwerden weg, und ich hatte lange Zeit keine Probleme mehr, bis letzte Woche, da fing alles wieder von vorne an. Ich dachte mir, wenn ich abwarte, hört es vielleicht von allein wieder auf, daher habe ich mich, so gut es ging, beherrscht, aber ich kann die Schmerzen nicht mehr aushalten, besonders beim Pipimachen. Mein Gott, tut es dann weh. Ich halte es einfach nicht mehr aus. Glauben Sie, es ist ein ernstes Leiden, Doktor? Glauben Sie, ich muß mich bis an mein Lebensende damit herumquälen? Meine Mutter hatte vor ihrem Tod dieselben Beschwerden.«

Danach schniefte Diane ein wenig und sah aus, als würde sie gleich in Tränen ausbrechen.

»Aber, aber, stehen Sie mal auf und lassen Sie mich Ihren Rücken betasten. Hmmm, tut es hier weh? Hier? Hier? Und wie ist es hier?«

Derweil schwebte die Schwester herum wie ein Kolibri, der nach einem Landeplatz sucht, und wartete darauf, daß sie wichtige Notizen machen konnte. Und Diane stöhnte und wimmerte jedesmal, wenn der Doktor in einen Teil ihres Rückens drückte, wo sie die Nieren vermutete.

»Hmmm«, sagte der Doktor. »Sie haben Nierensteine, gute Frau. Das ist nichts Ernstes, kann aber mitunter sehr schmerzhaft sein. Ich kann Ihnen nur einen Rat geben, essen Sie eine Menge hartes Weihnachtsgebäck. Aber kauen Sie es nicht, sondern lutschen Sie es langsam. Auf diese Weise gelangt der von den Drüsen produzierte Speichel in den Magen und hilft mit, die kleinen Steine aufzulösen, bei denen es sich eigentlich um Kalziumablagerungen und Salzkörnchen handelt. Und essen Sie auch nicht mehr Salz, als unbedingt nötig ist. Ich schicke Sie jetzt mit der Schwester den Flur entlang zur Toilette und gebe Ihnen ein Fläschchen. Urinieren Sie hinein und versuchen Sie, uns soviel zu geben, daß wir es zur Analyse ins Labor schicken können. Ich kann Ihnen jetzt noch kein Rezept geben, aber kommen Sie morgen früh gegen elf wieder her, dann wissen wir genau, womit wir es zu tun haben, und bringen es wieder in Ordnung.«

»Danke, Doktor«, sagte Diane und lächelte ihn an, ohne die schmerzerfüllte Miene aufzugeben.

Dann folgte sie der Schwester zur Toilette, nahm das kleine Fläschchen, ging in eine Kabine und setzte sich breitbeinig auf den Toilettensessel. Sie nahm die Sicherheitsnadel vom Saum, stach sich in den Finger, ließ zwei Tropfen Blut in das Fläschchen fallen und füllte es dann, wie erforderlich, mit Urin. Blut im Urin, ein Anzeichen für Nierensteine, würde Diane am nächsten Morgen ein Rezept über sechzig Zwei-Milligramm-Tabletten Dilaudid sichern. Außerdem würde sie Tabletten verschrieben bekommen, die helfen sollten, die Steine aufzulösen, doch die würde sie frohen Mutes wegwerfen.

Am Abend kehrten sie alle ins Motel zurück. »Wie ist es gelaufen?« fragte Bob Diane.

»Ach, so la la, du weißt ja, wie es ist. Morgen kann ich drei Felder abernten. Ich dürfte mit hundertachtzig Vierern heimkommen.«

»Tatsächlich? Verdammt, das ist nicht schlecht. Wie uns die Apotheker heute morgen haben abfahren lassen, hätte man meinen können, diese Stadt wäre bearbeitet worden wie eine mexikanische Hure. Hast du gehört, Rick, Diane hat reichlich Erfolg gehabt.«

Diane grinste, während Bob berichtete, und fragte in ihrer flehentlichsten Art: »Bob, muß ich weiter diese verdammten Ärzte abschröpfen? Du weißt, wie ich das Getue hasse. Warum können wir nicht einfach Apotheken überfallen, plündern und ausrauben? Ich kann die verdammten Ärzte und das Herumsitzen in blitzsauberen Wartezimmern nicht ausstehen.«

»Gottverdammt, Diane«, sagte Bob und schüttelte verärgert den Kopf. »Du weißt, daß alles zusammen läuft. Wir brauchen die Rezepte, damit wir herausfinden können, welche Apotheken Stoff haben, und damit wir eine Ausrede haben, Krankenhausapotheken zu besuchen, damit wir sie uns ansehen können. Außerdem kommen die wenigen, die du so zusammenbringst, immer ganz gut zupaß. Es ist unwichtig, wieviel Dope du gerade hast, morgen kann es dir schon wieder dreckig gehen. Du mußt deshalb vorausschauen. Verflucht, ich hab' dir nie einen Rosengarten versprochen. Wer hat dir gesagt, daß Drogenfreaks ein leichtes Leben haben? Verflucht, es ist verdammt harte Arbeit, das ist es. Nichts als harte Arbeit, von morgens bis abends. Kein Bauarbeiter, der zwei Schichten täglich macht, arbeitet härter und hat mehr

Streß als unsereins, das weißt du. Und wenn man träge wird, ist man tot. Dann kann man auch gleich eine Pistole nehmen und sich ein Loch in den Kopf ballern, denn ein träger Drogenfreak hat keinen Ort zum Ausruhen, außer im Gefängnis oder auf dem Rücken, wenn er seinen Arsch verkauft und sieht, was er dafür kriegen kann. Wie würde dir denn das gefallen? Die ganze Nacht in einem schäbigen Hurenhaus verbringen und geilen alten Männern einen blasen, damit du am Morgen so viel Geld hast, daß du dir einen Schuß leisten kannst? Glaubst du, das würde dir besser gefallen? Verdammt, ich kann dir einen Job auf dem Rücken besorgen, wenn du einen willst. Ich würde für meinen Lebensunterhalt arbeiten, ich würde die Ärzte und Apotheker nehmen. Wenn dich einer erwischt und du nur entkommen kannst, wenn du ihm einen bläst, kannst du wenigstens sicher sein, daß er sauber ist.«

Bob kratzte sich am Kinn, zupfte an seinem Gürtel, ging zum Fenster und sah auf die Straße hinaus. Verdammt, wenn man ein Team leitete, mußte man wissen, was man tat, sagte er sich. Schon allein um ein Team zusammenzustellen, brauchte man Urteilsvermögen. Man muß wissen, wann man hart durchgreifen muß, weil sie vielleicht anfangen abzustürzen, und das kann man nicht zulassen, sonst reißen sie einen mit sich. Man mußte eben wissen, wann sie zurechtgestaucht werden mußten; oder wenn sie einfach nur herumhingen und in den Tag hinein lebten, mußte man wissen, wie man sie motivieren konnte. Ein Team leiten, das konnte nicht jeder Narr machen. Verdammt, es war gar nicht so einfach, man mußte eine Mischung aus Vorarbeiter und Freudschem Psychologen sein und ab und zu sogar eine Slapstick-Einlage bringen, um die Stimmung zu heben. Man mußte Männer führen können und Frauen auch, denn selbst die alte Dame konnte, so wie jetzt, den Kopf hängen lassen und mußte dann aufgemuntert werden, um Einsätze zu riskieren, auf die nicht einmal ein Spielerteufel wie Jimmy the Greek einen roten Heller setzen würde. Man mußte verdammt gut sein, dachte sich Bob, dem Rest der Welt ständig einen Schritt voraus. Und irgendwo tief in seinem Innersten empfand er Sehnsucht danach, daß ihm diese Welt Respekt entgegenbrachte, den Wunsch nach einem Schatten Legitimität, ein wenig Anerkennung für sein Geschick und seine Einfälle, nicht nur von den verdammten Bullen, nach einem Kissen, auf das er sich im Alter betten konnte, einer Jubiläumsmedaille, irgend etwas! Aber er wußte, die Wahrscheinlichkeit war groß, daß er bestenfalls eine Kugel ins Herz bekommen würde.

Am nächsten Morgen gingen Bob und Rick in die Stadt und mieteten einen kleinen roten Toyota-Lieferwagen. Das entsprach Bobs Theorie, wonach sie sowieso einen zweiten Wagen brauchten, und zwar einen mit einem Nummernschild dieses Staates. Darüber hinaus fügte sich der Lieferwagen unauffällig in die Gemeinde ein, überlegte Bob, nachdem er die Fahrzeuge in der Stadt sorgfältig sondiert hatte. Die grelle Farbe war so auffällig, daß das schon wieder die perfekte Tarnung war, zudem fuhren viele solche Autos herum, was mehr als verwirrend werden konnte, sollte jemand versuchen, sie zu beschatten.

An diesem Abend wurde Diane krank und ging ins Bett. Aber Bob war wieder drauf und wollte etwas unternehmen, auch wenn es falsch war. Daher brachte er Nadine und Rick in Stimmung, ihn zu begleiten, und sie stiegen in den Lieferwagen und fuhren Richtung Innenstadt. Unterwegs hielt Bob seinen üblichen Vortrag über Drogendiebstahl und Diebstahl im allgemeinen. Das heutige Thema war, daß es immer etwas zu stehlen gab, nur war es manchmal so offensichtlich, daß der unaufmerksame Beobachter es überhaupt nicht bemerkte.

Sie parkten den Lieferwagen, schlenderten durch die Straßen und begutachteten die geschlossenen Geschäfte. Ab und zu kamen sie an einem Café oder einer Bar vorbei, die geöffnet hatten, und sie gingen nie daran vorbei, ohne einzutreten, und sei es nur einen Augenblick, und etwas zu bestellen, auch wenn ihnen nicht besonders danach war, damit sie wie ein Trio aussahen, das sich einen schönen Abend machen wollte, und nicht wie eine Diebesbande, die die Stadt in Augenschein nahm.

Sie waren etwa eine Stunde unterwegs, als sie zum ersten

Drugstore kamen, den sie heute morgen besucht hatten. Sie gingen vorbei, aber dann blieb Bob stehen und fragte aufgeregt: »Habt ihr das gesehen?«

»Was?« sagte Rick, und er und Nadine drehten sich um, was ihnen entgangen war. Aber sie sahen nur eine dunkle Apotheke, nichts Aufregendes, verdammt, sie waren heute abend schon an einem Dutzend vorbeigekommen.

»Die Fensterflügel, habt ihr denn die offenen Fensterflügel nicht gesehen? Mann, das reinste Kinderspiel, und ihr habt es überhaupt nicht bemerkt. Was habe ich euch eben gesagt, ihr müßt die Augen offenhalten, ihr müßt euch umsehen. Vieles wartet nur darauf, gestohlen zu werden, wenn man nur Augen und den gesunden Menschenverstand benützt, den Gott einem gegeben hat. Hat dieser triefärschige Dreckskerl von einem Apotheker nicht gesagt: ›Nein, wir haben kein Dilaudid, den Mist führen wir seit Jahren nicht mehr?‹ Tss, tss, tss, wollen doch gleich mal nachsehen, ob der Typ nicht gelogen hat. Rick, du gehst zum Auto zurück und holst die kleine Brechstange, die ich unter den Vordersitz gelegt habe. Nadine und ich schlendern ein bißchen herum und beobachten, was auf der Straße los ist. Mal sehen, ob irgendwelche Betrunkenen oder Pärchen in den geparkten Autos sitzen.«

Rick ging, und Bob und Nadine schlenderten herum und überprüften die Autos. Nadine fragte Bob: »Wie wirst du es machen?« Ihre Stimme klang brüchig, was ihre wachsende Nervosität verriet.

»Ich will dir was sagen, Baby. Wenn Rick wieder da ist, zeige ich es dir. Überhaupt kein Problem. Wenn Rick die Brechstange bringt, nimmst du sie einfach unter den Mantel. Aber du mußt sie mir jederzeit sofort geben können, ich will nämlich nicht in dem Laden festsitzen, falls sie eine Alarmanlage haben. Ich glaube nicht, daß sie eine haben, weil ich keine sehen kann, aber heutzutage weiß man das nie so genau, und der verdammte Laden ist einfach zu schön, um wahr zu sein, dunkel wie er ist. So was Schönes hab' ich, seit ich ein Kind war, nicht mehr gesehen, und das ist schon eine ziemliche Weile her.«

Wenig später kam der schnaufende Rick mit der Brechstange unter dem Jackett zurück. Auf Bobs Nicken hin gab er sie ihm, und dieser reichte sie an Nadine weiter.

»Okay, Rick, folgendermaßen. Wir warten ab, bis die Luft rein ist, dann gehen wir unter die offenen Fensterflügel. Du verschränkst die Hände, ich stelle den Fuß darauf, du hebst hoch, und ab geht's. Ich ziehe, und du drückst, also geht es schnell. Kurz bevor ich über den verdammten Fenstersims rutsche, gehst du aus dem Weg, weil Nadine dann herkommen und mir im letzten Moment, bevor meine Hand durchs Fenster verschwindet, die Brechstange geben muß. Habt ihr das beide kapiert?«

Nadine und Rick nickten.

»Okay, dann gehe ich zur Rückseite des Geschäfts. Ihr lauft beide zum Hintereingang, denn wenn möglich, werde ich dort rauskommen. Und dann verschwinden wir einfach zum Auto. Es parkt in der nächsten Straße, Rick, nicht? Direkt gegenüber von der Stelle hier?«

»Ja«, sagte Rick.

»Gut, prima. Wir können wahrscheinlich direkt über den Parkplatz da hinten zum Lieferwagen. Okay, alles bereit?«

Sie nickten wieder. Bob sah verstohlen die Straße rauf und runter, bis sie frei war. »Okay, es geht los«, sagte er.

Bob und Rick bewegten sich zielstrebig, traten unter den Eingang der Apotheke, und Rick schob, während Bob sich hochzog. Nadine, die sie und die Straße gleichermaßen im Auge behielt, schien beinahe in Trance zu sein. Alles war ruhig. Bob flog förmlich durch die offenen Fensterflügel, und als seine Beine über den Sims rutschten, ließ er eine Hand (er trug Handschuhe) draußen über dem Rand. Nadine reagierte, gab ihm die Brechstange, und Bob sprang auf den Boden hinunter. Er wirbelte herum und raste an den Regalen entlang, bis er zur verschlossenen Tür zum Hinterzimmer kam. Mit einer heftigen Bewegung brach Bob die Tür innerhalb von Sekunden auf. Jetzt befand er sich in einem Raum, der in zwei Abteilungen getrennt war. Die erste Abteilung bestand aus grobem, schmutzigem alten Holz. Zwei Tresore an einer Wand. Einer war kaum mehr als ein feuerfestes Schränkchen, der andere festgedübelt und mit runder Tür, die Abart, die für gewöhnlich Geldkatze genannt wurde. In diesem Teil des Raumes befand sich auch der Hinterausgang, eine große Schiebetür aus Holz, die innen mit einem Vorhängeschloß und einer billigen Spange gesichert war. Bob trennte beides rasch durch, um seine Flucht zu sichern, sollte er einen Alarm auslösen.

Als nächstes wandte er sich der anderen Abteilung des Hinterzimmers zu. Das war die Apotheke, die ganz in Aluminium und Glas gestaltet war. Bob machte sich über eine schmale Schiebetür her, ging hinein und schritt rasch an den Regalen voll Tabletten und Salben entlang. In der Mitte des Haupttresens fand er die abgeschlossene Schublade. Sie war nicht sehr groß, aber als er sie aufgebrochen hatte, stellte er fest, daß sie randvoll mit kleinen Fläschchen verschiedener Farben und Formen war, die freilich alle eines gemeinsam hatten. Alle hatten die purpurne Steuermarke der Bundesregierung auf den Verschlußdeckeln. Bob grinste, schnappte die ganze Schublade und lief zum Hinterausgang. Er machte die Tür auf, vor der Rick und Nadine schon warteten. Er gab Nadine die Schublade und sagte: »Nimm das, Baby, und bring es zum Wagen. Rick, komm mal einen Moment rein. Ich möchte, daß du dir zwei Tresore ansiehst.«

Rick betrat das Gebäude, und Bob sah Nadine nach, wie sie den Parkplatz überquerte. Sie ging nur ein paar Schritte, dann fing sie an zu laufen und drückte die Schublade gegen den Unterleib wie eine Zigarettenverkäuferin ein Tablett edelster türkischer Tabake. Sie lief so schnell, daß die kleinen Fläschchen auf und ab hüpften und sie sich so ähnlich wie der frühmorgendliche Milchwagen anhörte, der gerade mit der Auslieferung begann. Als sie beim Lieferwagen angekommen war, zögerte sie vor der Pritsche, und Bob konnte förmlich sehen, wie sich die Rädchen in ihrem niedlichen kleinen Kopf drehten, während sie dort stand.

Nadine wollte die ganze Schublade auf die Pritsche schieben, überlegte es sich dann aber anders und stützte sie kurz gegen die Seitenklappe der Pritsche, während sie die Tür an der Fahrerseite aufmachte. Dann packte sie die Schublade, schwang sie, so weit ihre Arme reichten, zurück und riß sie nach vorne wie ein Fischweib, das einen Eimer Wasser ausschüttet, so daß die Fläschchen über Sitze und Boden des Lieferwagens purzelten.

Bob traute seinen Augen nicht. Er rief Rick zu, er solle die Tresore vergessen. Rick kam aus dem Gebäude heraus, machte die Hintertür zu und drehte sich um; er konnte gerade noch sehen, wie Nadine sich mit der leeren Schublade zwischen den Beinen bückte und sich dann aufrichtete und die Schublade über ihren Kopf warf. Sie flog durch die Luft, überschlug sich ein paarmal und landete mehrere Parkuhren entfernt auf der Straße.

Rick und Diane liefen zu Nadine und dem Pritschenwagen. Gleichzeitig kam ein kleiner grauer Volkswagen um die Ecke und bremste vor der Schublade; offenbar wurde sie kurz begutachtet. Dann fuhr er weiter, aber ein anderes Auto kam näher, als Bob und Rick die schlotternde Nadine erreicht hatten. Sie stießen sie hastig in den Lieferwagen, dann fuhr Bob los. Er saß auf einem Stapel Fläschchen und sagte zur Abwechslung einmal nichts.

Bob bog um eine Ecke nach der anderen. Er fuhr ein paar Blocks geradeaus, dann umkreiste er einen Block und fuhr in eine andere Richtung. Schließlich fand er, was er gesucht hatte, ein gemischtes Wohn- und Gewerbegebiet. Beim ersten Haus, das genügend Büsche hatte, hinter denen man Nadine und die Fläschchen verstecken konnte, hielt er an.

»Okay, wir suchen jetzt diese Fläschchen zusammen, und zwar jedes einzelne, werfen sie in einen Sack, und du, Nadine, du nimmst den Sack und gehst, wage nicht zu laufen, zu dem Haus da hinüber und wartest in den Büschen auf uns. Wir fahren zurück, holen die verdammte Schublade und machen sie sauber. Du hast keine Handschuhe angehabt, Baby, und auf dieser beigen Schublade sind nur deine Fingerabdrücke drauf, und, Baby, wenn wir sie nicht wiederbekommen und abwischen können, stehen die Chancen gut, daß du das Innere eines Frauengefängnisses in diesem wunderschönen Staat zu sehen bekommst, weil sie die wasserdichteste, handfesteste Anklage gegen dich erheben können, von der ich in meinem ganzen Leben je gehört habe.«

Sie machten sich schweigend an die Arbeit und brauchten nur ein paar Augenblicke, bis sie die Fläschchen aufgesammelt hatten. Kein einziges war zerbrochen, das war fast ein Wunder. Bob hatte schon vor sich gesehen gehabt, wie er auf dem Boden des Lieferwagens nach Scherben suchte und dann die winzigen Tabletten einsammelte.

Nadine stieg aus, hielt den Sack wie eine normale Einkaufstüte hoch und ging zu den Büschen, während Bob und Rick zur Apotheke zurückfuhren. Bob stieß einen Seufzer der Erleichterung aus, als er die Schublade noch dort liegen sah, wo Nadine sie hingeworfen hatte. Rick sprang hinaus, schnappte sie, sprang wieder herein, und Bob fuhr ruckartig an, fuhr wieder um tausend Ecken und versuchte, ihre vorherige Route nachzuvollziehen. Schließlich fanden sie eine zusammengekauerte, zitternde Nadine und beförderten sie in den Lieferwagen, während sie gleichzeitig die sorgfältig abgewischte Schublade hinauswarfen.

Kaum waren sie wieder im Motel, kam Diane aus dem Bett und sah ihnen zu, wie sie den Sack mit den Betäubungsmitteln leerten. Aber Nadine blieb nicht bei ihnen. Sie ging mit gesenktem Kopf in ihr Zimmer und schlug die Tür zu.

»Was soll das schon wieder?« fragte Diane. »Hast du sie wieder fertiggemacht, Bob?«

Bob schüttelte den Kopf und kramte in dem kleinen Stapel Fläschchen. Schließlich fand er ein kleines mit blauem Etikett. »Hol's der Teufel«, sagte er.

»Was ist, Bob, was hast du gefunden?«

»Dilaudid, nicht mehr und nicht weniger. Eine ganze gottverdammte Zweihundertfünfziggrammflasche pulverförmiges D. Irgendwo müßte noch eine halbvolle sein.«

Er breitete alles auf dem Kaffeetisch aus und sortierte es in verschiedene Kategorien.

»Weißt du, was diese Flasche wert ist, Rick?« fragte Bob, der etwas in die Höhe hielt, was nicht größer als ein Fläschchen Nagellack war.

Rick studierte die Flasche einen Augenblick und schüttelte den Kopf.

»Dann will ich dir sagen, was sie wert ist. Sie ist ein verdammtes Vermögen wert, jedenfalls ein kleines Vermögen. In dieser Flasche sind achthundertvierzig und ein paar zerquetschte Vierer, bei zehn Dollar pro Vierer macht das für achttausendvierhundert Dollar vom besten Stoff, den man für Geld kaufen kann. Jawoll, dieses kleine Fläschchen hier wird uns dreien zusammen wahrscheinlich eine Woche reichen. Heiliges Kanonenrohr, was für ein Fang! Ich schätze, damit sind wir nicht mehr verhext. Ich bin verdammt froh, daß wir auf die Straße gegangen sind, du nicht, Diane?«

Und damit nahm er eine willige Diane in die Arme und wirbelte sie quer durchs Zimmer, wobei sie vor Entzücken quietschte und kreischte.

In ihrem Zimmer saß Nadine auf der Bettkante; sie hatte den Mantel noch an, und Tränen rannen langsam an ihren Wangen herab. Je länger sie denen da draußen zuhörte, desto unglücklicher wurde sie. Es war fast, als wäre deren Glück ihre Niedergeschlagenheit, dachte sie.

Nachdem die drei gefixt hatten, verkündete Bob: »Okay, Partner. Ich zeige euch, wie wir den Stoff hier im Motel verstecken werden. Diane, hol einen Stuhl, stell ihn in den Schrank und mach die Klappe zum Speicher auf, dann schieb ich dich hoch. Du gehst ein paar Einheiten weiter und verstaust den Stoff in der Isolierung über einem anderen Zimmer.«

Als der Stoff verstaut war, wandte sich Bob an Rick. »Geh rein und bring deine alte Dame auf Trab. Sag ihr, wir drei gehen ein paar Stunden weg. Verflucht, vielleicht sehen wir uns sogar mal an, wie das Krankenhaus, das wir heute morgen inspiziert haben, bei Nacht aussieht. Vielleicht können wir uns ja in das Miststück reinschleichen. Ich will damit sagen, wir haben heute nacht eine Strähne, und ich werde erst aufgeben, wenn es danach aussieht, daß alles schiefgehen könnte.«

Rick ging ins Nebenzimmer, wo er eine Weile an die Tür gelehnt stehenblieb und Nadine ansah. Sie saß immer noch im Mantel auf dem Bett und hatte den Kopf gesenkt.

»Kopf hoch, Baby. Du hast es versaut, das passiert jedem einmal. Schließlich ist alles gutgegangen, darauf kommt's an.

Komm her, ich schieß dir zwei Vierer. Danach geht es dir besser. Wir gehen noch mal weg, aber mach dir keine Sorgen, wir sind bald wieder da. Versuch ein bißchen zu schlafen.«

Nadine sah mit tränenverschmiertem Gesicht auf. »Was hat der Hurensohn über mich gesagt?«

»Baby, er hat überhaupt nichts gesagt«, antwortete Rick lächelnd. »Kein Wort. Diane weiß überhaupt nichts davon.«

»Aber er nimmt mich nicht mehr mit, ist es das? Und eines Tages werdet ihr mich einfach an einer Ecke absetzen und mir sagen, ich soll das und das machen, und dann komme ich zurück und warte und warte, aber ihr laßt euch nicht mehr blikken. Ihr seid in die nächste Stadt abgehauen, und ich kann sehen, wie ich zurechtkomme. Ich werde heimatlos und auf Entzug sein, niemand wird mir helfen, ich werde mich an keinen wenden können, und ihr werdet einfach lachen, wenn ihr auf dem Highway zur Stadt hinausfahrt, ihr werdet darüber lachen, wie ich weggelaufen bin, wie ich die Nerven verloren habe und weggelaufen bin. Ich weiß es, gottverdammt.«

Und da wurde ihre Stimme zum Schluchzen, und aus den Tränen wurde eine Sturzflut. Rick kniete neben dem Bett und nahm sie in die Arme. »Baby, wir werden dich an keiner Ecke aussetzen. Wir lassen dich nirgends zurück. Du gehörst zu mir, Baby. Ich lass' dich nicht im Stich. Wenn sie so etwas auch nur andeuten würden, ginge ich mit dir weg und verließe sie, das weißt du – aber das werden sie nicht. Also Kopf hoch, Nadine. Und du wirst wieder mit uns arbeiten. Bob läßt dich heute abend nur zu Hause, weil er weiß, daß du nicht gut drauf bist. Wart ab. Morgen ziehen wir wieder los, als wäre nichts geschehen. Ich wette, er erwähnt es nie wieder dir gegenüber. Er weiß, wie leid dir die ganze Sache tut.«

»Zum Teufel mit dem Hurensohn und seinem Verhextsein und seinen komischen kleinen Tricks. Es war nicht meine Schuld, daß wir die Küste verlassen mußten. Das war seine Schuld. Ich habe keinem Polizisten eine Falle gestellt. Das war er. Warum können wir nicht auf eigene Faust losziehen? Wir können dasselbe machen wie sie, nur ohne sie. Die verdammten Schweine. Wir müßten es nicht so oft machen. Wir würden es gut machen, Rick. Ich weiß es.«

»Komm schon, Baby, beruhige dich. Wir haben hier was Gutes am Laufen. Warum sollten wir es aufgeben? Es läuft prima. Du bist heute abend nur durcheinander. Warte bis morgen. Morgen wirst du alles anders sehen, und dann ist alles wieder gut.«

»Nein, Rick, nichts wird wieder gut. Ich kann ihre großspurige Art und die Scheiße über Hexerei nicht mehr ertragen. Du glaubst das doch auch nicht, oder?«

»Verdammt, Nadine, ich weiß nicht. Spielt das überhaupt eine Rolle? Das ist ihre Sache. Wenn sie an Hexerei glauben wollen, dann sollen sie eben. Weißt du, manchmal klappt etwas bei Leuten, nur weil sie so fest daran glauben. Scheiß drauf, wir müssen doch nur darauf achten, daß wir in ihrem Beisein nicht von Haustieren sprechen und keine Hüte auf dem Bett liegenlassen. Teufel, das ist doch nicht schwer.«

»Nun, dann werde ich euch eben allen beweisen, daß überhaupt nichts an der Sache dran ist.«

Nadine ging schnurstracks zum Schrank und holte einen ihrer Hüte heraus. Sie warf ihn mit Nachdruck aufs Bett und fragte Rick dann: »Glaubst du, es spielt eine Rolle, daß ich einen Damen- und keinen Herrenhut nehme?«

Rick schüttelte langsam den Kopf. »Wenn du das bloß nicht gemacht hättest, Nadine. Das war echt gemein. Ich meine, du kannst machen, was du willst, um unser Leben zu verändern, aber warum willst du dich in das anderer Leute einmischen, ohne sie auch nur zu fragen? Das ist nicht richtig.«

»Der Teufel soll sie holen«, fauchte Nadine zurück. »Ich werde diesen Hut genau da liegenlassen. Du gehst heute abend mit ihnen weg, und wenn ihr zurück seid, werde ich ihnen zeigen, allen zeigen, daß ein Hut auf dem Bett überhaupt nichts zu sagen hat.«

Rick schüttelte wieder den Kopf, legte das Geschirr und zwei Vierer auf den Nachttisch und sagte: »Hier, du kommst doch damit zurecht, oder? Ich glaube, sie wollen gleich los. Wir werden nicht lange weg sein, höchstens ein paar Stunden. Wir gehen rüber und sehen uns dieses Krankenhaus an, das wir heute morgen schon begutachtet haben.«

Das Krankenhaus war ein großes, ausgedehntes, aber nur ein Stockwerk hohes Gebäude. Es hatte einen Innengarten, der von Flügeln des Gebäudes umgeben war, von denen wiederum weitere Flügel abzweigten. Drinnen war es wie ein endloser Flur, der in regelmäßigen Abständen von kleinen Unterabteilungen unterbrochen wurde, die aus hüfthohen Tresen bestanden, welche ein Schaltbrett, ein paar Schreibtische und eine Behandlungsstation umschlossen. In diesen Unterabteilungen trieben sich immer ein paar Krankenschwestern herum. Das waren die Wachhunde, die Bob am meisten fürchtete, denn wenn man von einer gesehen wurde, gab diese Alarm, und dann waren alle wachsam und meldeten jede Bewegung, bis sie einen eingekesselt hatten. Und aus Gründen, die Bob unbegreiflich waren, hingen ständig irgendwelche Polizisten in einem Krankenhaus, egal welcher Größe, herum.

Bobs heutiger Plan sah vor, daß Diane und Rick je ein Auto in der Nähe des Krankenhauses stahlen, es kurzschlossen und damit so viele Autos von Ärzten und Krankenschwestern wie möglich rammten. Das würde ihm Deckung bieten und die Aufmerksamkeit von Polizisten oder Krankenhauspersonal in unmittelbarer Umgebung der Apotheke ablenken.

Also suchten Diane und Rick sich je ein Auto und folgten einander dann zum Krankenhausparkplatz. Rick schlug als erster zu, während Diane auf die Seite fuhr und die Augen offenhielt. Neben dem Eingang zum Krankenhaus parkten zwei Polizeiautos. Rick raste mit haarsträubenden sechzig Stundenkilometern zwischen sie. Zwischen den beiden Autos war nur ein Meter Platz, daher erwischte Rick beim ersten Aufprall gleich beide hinteren Kotflügel. Dann legte er den Rückwärtsgang ein und trat das Gas bis zum Boden durch. Sein Auto blieb einen Moment an den zerbeulten Polizeiautos hängen, die Reifen drehten durch und qualmten. Dann löste sich das zerfetzte und eingedrückte Metall der beiden Wagen plötzlich, und Rick brauste los, bis er zehn Meter weiter in ein anderes Auto vergleichsweise neuer Bauart prallte.

Der Lärm, den das Rammen gemacht hatte, hatte alle in Hörweite an die Fenster gelockt, wo sie heraushingen und den Wahnsinnigen auf dem Parkplatz beobachteten. Und Rick hörte nicht auf. Er verpaßte den beiden Polizeiautos vorsichtshalber noch einen Stoß, dann suchte er sich ein Auto etwas versetzt dahinter aus, streifte es und drückte den rechten vorderen Kotflügel ein. Er war gerade dabei, sich ein weiteres lohnendes Ziel auszusuchen, als keine hundert Meter entfernt zwei Polizisten aus dem Krankenhaus gerannt kamen.

Da schlug Diane zu. Sie drückte auf die Hupe, hielt sie gedrückt und raste mit quietschenden Reifen auf die beiden Polizisten zu, die Rick verfolgten. Sie erwischte keinen der beiden, verfehlte sie aber nur knapp, und beide warfen sich der Länge nach auf das Kopfsteinpflaster. Diane fuhr weiter, bis sie bei Rick ankam, der aus dem Auto gesprungen und jetzt zu Fuß unterwegs war. Sie hielt kurz an, damit Rick hereinspringen konnte, dann fuhr sie mit qualmenden Reifen vom Parkplatz.

Bob hörte in seinem Versteck an der Gebäudefassade das Pandämonium. »Wahrscheinlich werden sie noch in Jahren davon erzählen«, sagte er lächelnd zu sich.

Dann schlug Bob rasch eine Scheibe ein und kletterte in ein unbesetztes Büro. Drinnen durchquerte er das Zimmer, steckte den Kopf zur Tür hinaus in einen langen Flur und trat, da er keine Krankenschwester und auch sonst niemanden sah, über den Flur hinüber zur abgeschlossenen Tür der Apotheke. Nachdem er die Tür kurz inspiziert hatte, nahm er ein kurzes Stemmeisen, schob das flache Ende auf Höhe des Schlosses in die Fuge zwischen Tür und Rahmen und drückte auf das andere Ende der Stange. Die Tür ging mit einem Laut auf, der einem gedämpften Schuß gleichkam.

Bob trat rasch ein und machte die Tür hinter sich zu. Sie blieb zu, aber da ein Stück des Rahmens fehlte, würde sie beim geringsten Lufthauch lautlos aufgehen. Das war nicht gut, daher nahm Bob einen Hartholzkeil zur Hand, den er dabei hatte, und klemmte die Tür zu. Dann begab er sich schnurstracks zu den Betäubungsmittelschränken hinter einem Tresen. Die Schränke waren aus zwei Millimeter starkem Stahlblech und nicht unbedingt eindrucksvoll, auch wenn sie einen potentiellen Dieb in Zeitnot bringen konnten. Bob studierte die Schlösser. Es waren gewaltige Vorhängeschlösser aus Messing, die tagsüber nicht angebracht gewesen waren, daher hatte er sie auch nicht eingehender untersuchen können. Verdammt, dachte er, so weit zu kommen und dann aufzugeben, wo die ganze Sache so perfekt aufgezogen war.

Er versuchte, die Brechstange zwischen den hufeisenförmigen Bügel des Schlosses zu stemmen, aber sie war zu dick. Danach probierte er es zwischen Schloß und Verankerung, aber die Stange rutschte ab.

»Scheiße«, sagte er laut. Schweiß rann ihm in Strömen übers Gesicht, seine Kleidung wurde feucht, die Hände fingen an zu zittern. Er versuchte, die Stange in den Spalt neben der Schranktür zu stemmen, aber die Stange sprang jedesmal heraus, wenn er Druck ausübte. Als nächstes versuchte er, den Schrank von der Wand wegzuheben, aber er war zu schwer. Bob stemmte die Brechstange zwischen Mauer und Schrank und drückte fest. Der Schrank neigte sich zu ihm, aber es war offensichtlich, daß dies zu lange dauern würde.

Blieb ihm nur noch eine Möglichkeit, den Schrank mit den ihm zur Verfügung stehenden Mitteln anzugehen. Er trat einen Schritt zurück und schlug das flachgeklopfte Ende der Stange bogenförmig wie ein Messer nach unten auf die Tür, um so ein Loch in das Stahlblech zu reißen, damit er es wie mit einem Dosenöffner weit genug aufbiegen und hineingreifen konnte. Er war gerade dabei, als eine Schwester den Lärm hörte und zur Apothekentür eilte. Da sie sie nicht aufmachen konnte, wußte sie, daß drinnen etwas mit ernsten Konsequenzen vor sich ging. Daher lief sie zur nächsten Schwesternstation und gab Alarm.

Unverzüglich setzten sich Wachpersonal, Pfleger und Hausmeister des Krankenhauses mit größter Eile in Richtung Apothekenflügel in Bewegung. Bob hatte einen Schrank aufbekommen, mußte feststellen, daß er voll Demerol war, Drogensüchtigen besser als »Attrappenöl« bekannt, und stieß ein »Bäh!« aus. Er machte sich gerade über den zweiten Schrank her, als die Tür der Apotheke unter dem Gewicht von zwei stämmigen Hausmeistern nachgab. Sie kamen in den Raum gestürmt, sahen Bob nur einmal an und trieben ihn sofort in die Enge. Er drehte sich um, schwenkte die Brechstange bedrohlich in ihre Richtung und sprang zu einem Fenster, von dem aus er einen der malerischen kleinen Gärten sehen konnte. Er schlug die Fensterscheibe mit einem Hieb der Brechstange ein und sprang hinaus.

Bob landete auf einem Gehweg und rollte sich ab, aber als er wieder auf die Beine kam, strömte ihm Blut übers Gesicht. »Großer Gott«, sagte er zu sich. »Zum Glück bin ich in einem Krankenhaus, denn bis das hier überstanden ist, brauche ich wahrscheinlich eins.« Hinter ihm versuchte ein Hausmeister, durch das eingeschlagene Fenster zu klettern. Bob verpaßte ihm einen schwachen Schlag mit der Brechstange auf den Kopf, hastete zur Tür eines anderen Flügels und ließ den Hausmeister zurück, der sich bemühte, sich wieder nach drinnen zu winden.

Die Tür war verschlossen. Da Bob vermutete, daß auch die anderen verschlossen sein würden, schlug er ein Loch in die Glasscheibe, die die obere Hälfte einnahm, griff hindurch, machte die Tür von innen auf und lief den Flur entlang. Momentan war es Bob gleichgültig, wo er herauskam, Hauptsache, er kam überhaupt irgendwo heraus. Er nahm ein sauberes Taschentuch aus der Gesäßtasche und versuchte, sich das Gesicht abzuwischen. Aber das Blut floß immer noch ziemlich, und er verschmierte nur alles.

Bob bemerkte eine Toilette weiter vorne, duckte sich hinein und begutachtete den Schaden im Spiegel über dem Waschbecken. Muß eine Ader aufgeschnitten haben, überlegte er, als er sah, wie das Blut in schmalen, aber anhaltenden Schüben aus der Stirn gepumpt wurde. Er wusch sich Gesicht und Kopf, so gut er konnte, drückte sich feuchte Papierhandtücher auf die Wunde, wischte Becken und Spiegel ab und zog sich dann in eine Toilettenkabine zurück. Dort setzte er sich hin und wartete. Wenn jemand eintrat, stand er lautlos auf, trat auf die Kloschüssel und kauerte dort, bis die Luft wieder rein war. Erst als die dritte Person gekommen und gegangen war, wurde ihm klar, daß dies nicht die Herren-, sondern die Damentoilette war. »Na gut, um so besser«, murmelte er.

»Wenn ich mir den Fluchtweg hier raus freikämpfen muß, dann mache ich das lieber mit Frauen als mit Männern.«

Mittlerweile waren Diane und Rick zu ihrem eigenen Auto zurückgekehrt, wo sie sich mit Bob treffen wollten. Da saßen sie zappelnd, und als nach einer halben Stunde noch kein Bob aufgetaucht war, wußten sie, es war etwas schiefgegangen.

»Bob ist wie ein Kaninchen, rein und raus und kein Drumherum«, sagte Diane zu Rick, »und zwar nicht nur bei Krankenhausapotheken. Das paßt überhaupt nicht zu ihm. Er sollte schon längst hier sein, deshalb muß was schiefgegangen sein. Der verdammte Laden muß eine Alarmanlage haben, oder jemand hat ihn rauskommen sehen.«

Aber sie konnte sich nicht vorstellen, daß jemand Bob aufhalten konnte, wenn er auf dem Weg hinaus war. Da war er wie ein verdammter Tiger. Dann war er kein argloser Bursche mehr, den andere unterbuttern und buchstäblich herumschubsen konnten. Wenn sein Leben, seine Freiheit und seine Suche nach dem Glück bedroht waren, wenn er auf dem Rückweg von einem Beutezug war und die Arme voll Betäubungsmittel hatte, dann und nur dann erwachte die Blutgier in ihm. Nichts konnte ihn aufhalten. Er würde alles tun, um zu entkommen. Und deshalb machte sich Diane so große Sorgen. Schließlich sagte sie zu Rick: »Ich gehe rein und sehe nach, was passiert ist. Vielleicht kann ich ihm helfen, rauszukommen.«

Rick schüttelte den Kopf. »Nein, Diane, tu das nicht. Bob hat gesagt, wir sollen hier im Auto auf ihn warten, und das machen wir auch. Du weißt ja nicht mal sicher, ob er Schwierigkeiten hat. Vielleicht hat er noch gar nicht zugeschlagen. Vielleicht liegt er irgendwo auf einem Dach, beobachtet alles und wartet darauf, bis sich die Lage beruhigt hat und er unauffällig hierher zum Auto kommen kann. Nein, bleib hier. Wenn sie ihn geschnappt haben, erfahren wir es noch früh genug. Sie dürften hier in der Stadt kein nennenswertes Gefängnis haben, und wenn wir ihn nicht auf Kaution rausbekommen, dann holen wir ihn eben raus, du und ich. Wir schicken Nadine auf den Weg und gehen mit Gewehren rein, wenn es sein muß, und holen ihn einfach raus.«

»Das würdest du machen?« sagte Diane und sank wieder in den Sitz zurück. »Bist du sicher, daß du es könntest, wenn es dazu kommt? Ich meine, es ist wesentlich einfacher, heute nacht im Auto zu sitzen und darüber zu reden, als morgen nacht tatsächlich ins Gefängnis zu gehen und es zu machen. Ich hoffe, das weißt du, Rick.«

»Ich weiß es, Diane. Ich weiß es, und ich hätte mich nicht in diese Lage gebracht, wenn ich nicht vorher eingehend darüber nachgedacht hätte. Du kannst dich auf mich verlassen.«

Weder Diane noch Rick sprachen ein weiteres Wort. Sie saßen einfach da und machten sich Sorgen, während die Sonne aufging. Sie saßen die frühen Morgenstunden über und sahen den Milchmann kommen und gehen, dann verschiedene Leute, die zur Arbeit aufbrachen. Um zehn Uhr gestand Diane schließlich Rick ein: »Wir können aufgeben. Er kommt nicht mehr. Sie haben ihn, die Dreckskerle haben ihn, das weiß ich, ich spüre es im Herzen. Die Dreckskerle, die elenden Dreckskerle! Wenn sie ihm auch nur ein Haar gekrümmt haben, bringe ich sie um; ich bringe sie alle um!«

Dann fing sie an zu schluchzen. Anfangs langsam, aber dann explodierte es zu einem Gewitter, als Rick den Motor anließ und zum Motel zurückfuhr.

Als Rick und Diane das Motelzimmer betraten, war es merkwürdig still. Rick rief: »Nadine!« Aber lediglich das leise Summen der Heizung antwortete ihm. Er machte die Schlafzimmertür auf und stellte fest, daß der Hut immer noch auf dem Bett lag, aber Nadine war nicht zu sehen. Doch dann sah er sie aus dem Augenwinkel, als er zum Schrank ging, um nachzusehen, ob ihre Kleider noch da waren. Sie lag gekrümmt auf dem Boden neben dem Bett. Lippen und Gesicht hatten eine merkwürdig blaue Farbe. Eine Spritze hing ihr aus der Armbeuge. Blut war hineingesogen worden und hatte sie gefüllt. Rick brauchte einen Augenblick, bis er zur Kenntnis nahm, daß sie nicht mehr atmete und tatsächlich tot war.

»Mein Gott!« stöhnte er, sank auf die Knie und nahm sie in die Arme. »Tut mir leid, Baby«, weinte er. »Ich hätte dich nie in all das mit reinziehen dürfen.«

Die Tränen strömten ungehindert, während er sie in den Armen wiegte. »O Baby, o verdammt, was kann ich nur tun?«

Er brach vollkommen zusammen, als Diane das Zimmer betrat, um nach dem Rechten zu sehen. »Mein Gott«, sagte sie. »Nicht schon wieder!«

Diane kauerte über Rick, hatte die Arme um ihn geschlungen und schluchzte gegen seinen Rücken, als Bob zur Eingangstür hereinkam. Gesicht, Stirn und ein Arm waren von weißen medizinischen Binden verdeckt. Sein Mantel war vom Saum bis zum Kragen mit getrocknetem Blut verschmiert. »Zum Teufel, was ist denn hier los?« fragte er und betrat das Schlafzimmer.

Diane drehte sich um, sah sein zugerichtetes Äußeres mit einem Blick und lief ihm in die Arme. »Was haben die Dreckskerle mit dir gemacht? Wie bist du entkommen? Bist du auf Kaution raus?«

Aber Bob hatte nur Augen für den Hut auf dem Bett. »Wer hat den Hut auf das gottverdammte Bett gelegt?« brüllte er.

Rick sah zu Bob auf. »Sie war es, Bob«, schluchzte er. »Sie wollte uns damit nicht schaden, sie wollte nur beweisen, daß es überhaupt keinen Einfluß hat, daß es nur Aberglauben ist, ein Ammenmärchen, hat sie gesagt. Ihr war so elend zumute, weil sie das mit der Schublade verpatzt hatte, daher habe ich ihr eben ihren Willen gelassen, und jetzt schaut her, was daraus geworden ist. Herrgott, alles ist meine Schuld. Ich hätte es ihr nicht erlauben sollen. Ich hätte bei ihr bleiben sollen. Ich hätte sie nicht allein lassen dürfen.«

Da bemerkte Bob zum ersten Mal, was Rick in den Armen hielt. Er hatte schon so viele Opfer einer Überdosis gesehen, daß ihm der Fall sofort klar war. »Wer hat ihr den Stoff gegeben? Mit zwei Vierern hätte sie das nicht geschafft. Was hat sie gemacht, hat sie gespart?«

Da bemerkte er das kleine Fläschchen auf dem Nachttisch, daneben den gebogenen, geschwärzten Löffel, den Nadine offenbar benützt hatte. Er hob es auf und hielt es ins Licht. Die Flasche war halb leer. »Wie, zum Teufel, ist sie da rangekommen?« fragte er und hielt das Fläschchen so, daß Rick und Diane es sehen konnten.

Sie wußten es nicht. »Was ist es?« fragte Rick.

»Dilaudidpulver. Ich wußte, es hätte noch ein angebrochenes Fläschchen in dem Schlamassel gestern nacht sein müssen. Ich habe es sogar gesagt. Sie muß es sich genommen haben, als wir die Fläschchen von Sitz und Boden aufgesammelt haben, oder sie hat es aus dem Sack genommen, während sie in den Büschen auf uns gewartet hat. Dieses dumme, diebische Dreckstück!«

Rick sprang auf, als wäre er geschlagen worden. »So kannst du nicht über sie reden! Sie ist tot, sieh sie doch an«, schluchzte er. »Sie ist tot! Sag nichts Schlechtes über sie!«

Bob schüttelte angeekelt den Kopf. »Sie hat dich beschissen, Mann. Dein eigenes Mädchen hat dich um einen Teil deines Anteils von diesem Beutezug beschissen. Sie hat bekommen, was sie verdient hat. Nicht nur das, die elende Schlampe hat uns wieder verhext, und wir können von Glück sagen, wenn wir mit dem Leben davonkommen. Doch damit nicht genug, jetzt sitzen wir auch noch mit einer Überdosistoten hier herum, was in diesem Staat, wenn ich mich nicht irre, auf eine Mordanklage hinausläuft. Wenn du wegen einer dämlichen Schlampe, die dir den Stoff gestohlen hat, um sich selbst damit umzubringen, lebenslänglich willst, nur zu, ich hab' nichts dagegen. Aber vergiß, daß du mich überhaupt je gekannt hast, kapiert? Du hast nie von Diane und mir gehört. Und um Gottes willen, nimm den verdammten Hut vom Bett und schaff die tote Schlampe in den Schrank, bevor das Zimmermädchen zum Bettenmachen kommt. Dann bete, daß sie dabei nicht diesen Schrank aufmachen muß, denn wenn sie das macht, sitzen wir alle ganz schön tief in der Scheiße.«

Damit ging Bob zusammen mit Diane, die sich immer noch an ihn klammerte, aus dem Schlafzimmer und schlug die Tür zu. »Wie bist du denn rausgekommen?« fragte Diane und sah zu ihm auf. »Wir haben die ganze Nacht gewartet. Ich wollte sogar reingehen und dich suchen oder wenigstens rauskriegen, was passiert ist, aber Rick wollte nicht, daß ich gehe.«

Bob senkte den Kopf und liebkoste Dianes Hals. »Schon gut, Baby«, sagte er. »Ganz ruhig. Ich bin einfach zu lange dortgeblieben. Sie haben mich erwischt, und ich mußte zum

Fenster rausspringen. Den Rest der Nacht habe ich mich in einer Damentoilette versteckt. Schließlich bin ich eingeschlafen und vor einer Stunde wieder aufgewacht, als die Putzfrau gekommen ist, um sauberzumachen. Sie hat um mich herum geputzt. Ich mußte mich höllisch vorsehen und so viel Lärm machen, um ihr zu zeigen, daß die Kabine besetzt ist. Schließlich ging sie weg, und ich stolperte auf den Flur hinaus. Kaum war ich draußen, kommt eine Schwester des Wegs, bemerkt meinen Zustand und fragt mich, was passiert ist. Ich tu' so, als ging's mir viel schlechter, stolpere ein bißchen rum und erzähl' ihr, ich sei heute morgen betrunken nach Hause gekommen, mit dem Auto durch die Mauer meiner Garage gefahren und hätte mich teuflisch geschnitten. Dann habe meine Frau mich ins Taxi gesetzt und ins Krankenhaus geschickt, und als ich nach der Unfallaufnahme fragte, hätten sie mir die Richtung gesagt, aber irgendwo unterwegs müsse ich mich verlaufen haben und schließlich hier gelandet sein. Ich weiß nicht, ob sie mir die Geschichte abgekauft haben, denn sie haben mich verdammt komisch angesehen, aber schließlich haben sie mich verbunden, ein paar Schnitte genäht und heimgeschickt. Ich glaube nicht, daß mir jemand nach Hause gefolgt ist, aber es wäre kein Problem gewesen. Ich mußte ein Taxi nehmen. Ich hab' hier angerufen, aber es hat niemand abgenommen.«

»Verdammt, Herzblatt, was sollen wir denn jetzt machen?« sagte Diane kopfschüttelnd.

»Es hat keinen Zweck, wenn wir versuchen, Nadine heute morgen hier wegzuschaffen, also holen wir etwas Stoff, fixen und denken eine Weile darüber nach. Herrgott, mir ist hundeelend.«

Nachdem sich Bob und Diane gewaschen, gefixt und sich umgezogen hatten, legten sie sich aufs Bett und dachten nach. »Ich weiß was«, rief Diane aus. »Schaffen wir sie auf den Speicher und verstecken sie heute da oben. Dann wird das Zimmermädchen wenigstens nicht über sie stolpern.«

»Weißt du was, Diane?« sagte Bob und stützte sich auf einen Ellbogen. »Das ist wahrscheinlich der beste Einfall, den du seit Jahren gehabt hast. Komm mit.«

Sie gingen ins Schlafzimmer und sahen Nadines Leichnam, wo der Hut gewesen war. Rick kniete auf dem Boden und hatte den Kopf auf dem Bett, als würde er beten. Bob ging zu ihm hin, hob ihn von hinten hoch und schleifte ihn aus dem Zimmer.

»Diane, tu sechs Vierer in einen Löffel. Wir müssen Rick ins Bett bringen. Er war die ganze Nacht wach und weiß wahrscheinlich nicht mehr, was er macht, oder, Rick? Okay, gehen wir. Du kannst dich in unserem Zimmer hinlegen.«

Daher schafften sie Rick ins andere Schlafzimmer, verpaßten ihm einen Schuß, legten ihn auf ihr Bett und konzentrierten sich dann wieder auf Nadines Leichnam. Diane stieg auf einen Stuhl, machte die Falltür auf und kletterte auf den Dachboden. Bob nahm die Leiche wie ein Feuerwehrmann auf die Schultern und trug sie zum Schrank. Es war einige Anstrengung erforderlich, sich selbst und die Leiche in den Schrank zu zwängen und dann auf den Stuhl zu steigen und Nadine so zu halten, daß Diane von oben ziehen konnte, aber schließlich gelang es ihnen, die Leiche auf den Speicher zu schaffen, und zwar gerade noch rechtzeitig. Kaum waren sie heruntergeklettert, hatten die Klappe zugemacht und den Stuhl aus dem Schrank geholt, klingelte es. Es war das Zimmermädchen. Sie ließen sie herein, erklärten ihr, daß der Mann im Bett krank war und trieben sie an, ihre Arbeit zu machen, bis sie wieder weg war.

Als die Spannung nachließ, sank Bob auf einen Sessel und sagte: »Was für ein Scheißtag, und er ist noch nicht vorbei. Zum Teufel noch mal, wie komme ich immer in solche Situationen, Diane? Kannst du mir das sagen? Ich meine, verflucht, ich gebe mir Mühe, mein Geschäft sauber zu erledigen. Ich versuche, mich um meine Leute zu kümmern. Ich teile ihnen sogar ihre Rationen zu, was sie meiner Meinung nach verkraften können, damit so was nicht vorkommt, und was passiert? Die blöde Schlampe klaut mir den Stoff. Mir, dem Mann, der die ganze verdammte Blase auf dem Rücken trägt, als wäre sie mein eingeborener Sohn. Weißt du was, Diane, es hätte noch ein angebrochenes Fläschchen von dem Stoff da sein sollen, nicht nur eine ganz volle. Ich habe es sogar gesagt. Da hab' ich schon gedacht, daß sie jemand beiseite geschafft haben könnte, aber ich hätte nie gedacht, daß es Nadine war. Verdammt, ich dachte, Nadine würde überhaupt nichts an dem Zeug liegen. Ich dachte mir, vielleicht hat Rick es genommen und für einen verregneten Tag weggelegt. Wenn ich nicht so gutmütig wäre, hätte ich das ganze Team abgeklopft, aber wer will seinen Freunden schon so etwas vorwerfen. Das ist, als würde man die eigene Familie bestehlen, und was für ein Scheißkerl würde so etwas schon machen? Mein Gott, mein lieber Gott, was ich auch anstelle, scheint irgendwie schiefzugehen. Zum Teufel, was ist aus den guten Menschen geworden, den echten Dieben, den Typen und Schlampen, auf die man sich verlassen konnte?«

»Ich will dir sagen, was aus denen geworden ist, die sind alle tot oder im Knast«, sagte Diane. »Ich glaube, wir sind eine aussterbende Rasse, Baby. Ich glaube, die Tage der Büffel sind endgültig gezählt. Drogen werden bald legal sein. Mit Methadon haben sie schon angefangen, und wenn es soweit ist, dann gibt es nur noch Mitläufer und Tramps. Gibt keine guten Menschen mehr, weil es heutzutage aus der Mode ist, ein guter Mensch zu sein. Wer schneller ist, gewinnt. Scheiß auf deinen Partner, scheiß auf die alte Dame deines Partners und klau ihm alles, was er hat, wenn er zum ersten Mal im Knast sitzt und seine alte Dame und den Stoff nicht beschützen kann. Die verdammten Bengel heutzutage haben überhaupt keinen Verstand. Allesamt Fernsehbabies. Die sehen, soweit sie sich zurückerinnern können, in der verdammten Glotze, wie sich Leute erschießen und bescheißen, deshalb kennen sie nichts anderes. Verdammt, sie denken, es ist legal, es ist das richtige.«

»Ich weiß, Liebes. Aber das kann man nicht ändern. Wir müssen einfach lächeln und es hinnehmen. Entweder das oder sauber werden und ein anständiges Leben führen, und das könnte ich, glaube ich, nicht ertragen. Komm, legen wir uns eine Weile hin. Die Betten sind gemacht. Komm schon.«

Diane folgte Bob in das leere Schlafzimmer, wo sie sich gemeinsam auf dem Bett ausstreckten. »Arme Nadine«, begann Bob, »war noch ein verdammtes Kind. Ich konnte sie ja nicht besonders leiden, weil sie immer zu aufmüpfig war, wollte immer, daß es nach ihrem Kopf ging, wollte ständig dies, wollte ständig das. Schätze, wenn ich gewußt hätte, worauf es bei ihr hinauslaufen würde, hätte ich ihr öfter mal ihren Willen gelassen. Verdammt, ich hab' versucht, so nett wie möglich zu sein, aber man kann sie nicht noch mehr verhätscheln, ohne sie zu verzogenen Gören zu machen. Herrgott, es ist, als würde man ein paar gottverdammte Kinder erziehen, wenn man so ein Paar aufnimmt und versucht, ihnen beizubringen, wie man stiehlt. Weißt du das, Diane? Als würde man Kinder großziehen. Das dauernde Gerangel, die ewigen Eifersüchteleien, das ständige Was-wenn. Ich werde zu alt für diese Scheiße. Ich hab' mein ganzes Leben lang Dope gestohlen und Dope geschossen, und momentan wünsche ich mir zum ersten Mal, ich hätte etwas anderes getan. Ich weiß nicht was, weil ich nichts anderes kenne. Vielleicht hätte ich im Gefängnis etwas lernen sollen, als sie versucht haben, jedem was beizubringen, und dich anschließend abholen sollen, als ich wieder raus war, und deine Kinder, und normal leben. Herrgott, ich sehe uns förmlich vor mir, wie wir den ganzen Tag streiten und die ganze Nacht durch trinken, damit wir am Morgen nicht gleich wieder streiten, wie wir die Kinder anschreien, einander anschreien, wie wir jeden verdammten Tag von morgens bis abends genervt sind, weil wir wissen, es gibt ein besseres Leben, und das haben wir einmal gehabt. Bin ich verrückt, Baby, oder hab' ich recht? 'ne Menge Leute, die mich das sagen hören, würden aufspringen und behaupten, daß ich verrückter als 'ne Scheißhausratte bin, und weißt du was, Baby? Ich glaube, die sind verrückt. Ich hab' ihre Lebensweise wenigstens ein paarmal ausprobiert und fand sie gar nicht so beschissen. Und sie sitzen da. Sie haben höchstens ein paar Hetzartikel über Drogenfreaks gelesen und sind schon überzeugt, wir taugen alle nichts, wir sind Untermenschen, sie sind besser als wir, man sollte uns in einen Käfig sperren und bis an unser Lebensende dort lassen. Und warum? Weil wir mit unseren Körpern machen wollen, was uns paßt. Sie sitzen herum und jammern über das Verbrechen auf den Straßen, verdammt, dabei müßten sie Dope nur legal und billig machen, und sie hätten keins mehr. Und weißt du, wer dagegen ist? Die verfluchten Bullen. Die wären nicht so groß und wichtig, wenn es kein Verbrechen auf der Straße mehr geben würde. Ohne ein Dutzend Anrufe nachts, die sie beschäftigt halten, würden sie sich zu Tode langweilen. Verdammt, die Ärzte wollen, daß es legalisiert wird, das wird dir jeder einzelne sagen. Die Apotheker auch. Alle außer den Bullen und ein paar Politikern, die so viel damit absahnen, daß sie es sich gar nicht leisten können, es zu legalisieren. Wie während der verdammten Prohibition, und so lange das organisierte Verbrechen hundert Milliarden Dollar jährlich damit machen kann, daß verzuckertes Heroin verkauft wird, und sie die Bullen und Politiker bezahlen, werden sie es nie legalisieren, wenn sie es verhindern können.«

Diane kuschelte sich enger an Bob. »Ruhig, Schatz. Du kannst nicht gegen die ganze Welt kämpfen. Entspann dich. Alles wird gut. Weißt du noch, wie ich gesagt habe, daß Pech manchmal Glück sein kann? Nun, ich glaube, manchmal kann sich auch Glück wenden und Pech werden. Sieh mal, was für eine tolle Beute du gestern nacht gemacht hast und was daraus geworden ist. Wer kann so was vorhersehen? Du nicht und ich nicht, und wenn wir hundert Jahre hier sitzen und Trübsal blasen. Wir können nur versuchen, es nicht so schwer zu nehmen, unser Bestes zu geben, zu hoffen, alles nehmen, wie es kommt, und lachen, wenn es schiefgeht.«

»Weißt du, Baby«, grinste Bob. »Ich glaube, das ist das Intelligenteste, was dir in deinem ganzen Leben eingefallen ist. Hast du Lust, aufzustehen und noch ein bißchen Stoff zu holen? Ich hol Wasser und Löffel. Ich brauch' auf jeden Fall was. Der letzte Schuß hat's irgendwie noch nicht so gebracht.«

Zehn Minuten später läutete das Telefon. Bob sah es ein paar Augenblicke argwöhnisch an, dann nahm er zögerlich den Hörer ab.

»Mr. oder Mrs. Hughes?«

»Mr.«, sagte Bob.

»Möchten Sie heute abreisen?«

»Nein, warum?«

»Nun, es tut mir leid, Sir, aber als Sie sich angemeldet haben, sagten Sie, Sie wollten nur zwei Tage bleiben. Wir haben eine Reservierung für Ihr Zimmer, und wenn wir gewußt hätten, daß Sie länger bleiben wollen, hätten wir Ihnen schon bei der Ankunft gesagt, daß wir Ihr Zimmer heute benötigen.«

»Sie meinen, ich muß sofort ausziehen?«

»Ja, Sir«, antwortete die Frau. »Es wäre zu freundlich, wenn Sie das tun würden.«

»Hören Sie mal zu. Einer unserer Gäste ist sehr krank, und ich glaube nicht, daß wir heute noch aufbrechen und ein anderes Motel suchen wollen. Wie wäre es mit morgen? Wir reisen gleich morgen früh ab.«

»Tut mir leid, Sir, aber ich muß Sie bitten, gleich zu gehen. Sehen Sie, wir haben eine Versammlung von Sheriffs in der Stadt, und die Zimmer wurden schon vor neunzig Tagen für sie reserviert. Wir können ihnen die Zimmer nicht vorenthalten, nachdem wir die Reservierung angenommen haben.«

»Augenblick mal. Warten Sie. Ich muß ins Büro, mit Ihnen reden. Ich bin gleich da.«

»Was ist denn los?« fragte Diane, als Bob aufgelegt hatte.

»Sie wollen uns aus dem Zimmer ausquartieren.«

»Gleich?«

»Ja, auf der Stelle. Sieht so aus, als hätten sie einen Sheriffskongreß hier und brauchen die Zimmer.«

»Einen was?«

»Du hast schon richtig gehört. Ich spreche mit der Lady im Büro, ob sie uns das Zimmer nicht noch einen Tag überlassen können, und wenn nicht, mach dich bereit, denn irgendwas müssen wir unternehmen. Gütiger Himmel, ausgerechnet ein Sheriffskongreß. Warum konnte es keine Apothekerversammlung sein oder, noch besser, eine von Bauunternehmern?«

Bob ging zum Büro des Motels, wo er sich einer großen, lächelnden Blondine hinter dem Tresen gegenübersah. »Tut mir leid, Mr. Hughes«, sagte sie. »Sie hätten uns sagen sollen, daß Sie länger bleiben möchten. Dann hätten wir Sie selbstverständlich über unsere Verpflichtungen informiert.«

»Hören Sie, Lady. Ich habe einen Partner im Motelzimmer, der Mumps hat. Ich habe Angst davor, ihn zu bewegen. Was ist, wenn es sich verschlimmert? Wir würden Ihnen einen Prozeß anhängen, der Sie ruiniert. Können Sie nicht ein bißchen mit den Zimmern jonglieren oder dem gebuchten Gast anderswo eine Reservierung beschaffen?«

»Tut mir leid, Mr. Hughes. Ich wünschte, wir könnten Ihnen zu Diensten sein, aber ich fürchte, das ist vollkommen unmöglich.«

»Nun, dann will ich Ihnen mal was sagen, Lady. Ich werde auf der Stelle die Gesundheitsbehörde anrufen und fragen, was sie von der Sache halten. Vielleicht stellen sie unser Zimmer unter Quarantäne. Sie werden nicht zulassen, daß ein armer Kerl hereinkommt und Gefahr läuft, Mumps zu bekommen, so lange er in Ihrem Motel ist, das weiß ich, und ich will nur noch einen einzigen Tag. Ich will hier auch nicht festsitzen, und der Arzt sagt, noch einen Tag, und wir können ihn transportieren. Also, wie sieht's aus?«

»Nun, in diesem Fall gehen Sie bitte wieder in Ihr Zimmer. Ich muß mit dem Manager reden. Möglicherweise können wir für diese eine Nacht anderswo ein Zimmer reservieren.«

Als Bob das Büro verließ, konnte er spüren, wie ihm der Schweiß an Brust und Rücken hinabrann.

»Und?« fragte Diane, als er zurückkam.

»Ich glaube, sie lassen uns das Zimmer noch eine Nacht.«

Diane seufzte. »Mein Gott, wie sollen wir sie denn hier wegschaffen, wenn es nur so von betrunkenen Bullen wimmelt, die die ganze Nacht kommen und gehen?«

»Ich weiß nicht, Diane. Wirklich nicht.«

»Vielleicht können wir einfach verschwinden und sie hierlassen.«

Bob sah sie verblüfft an. »Diane, bist du verrückt? Sie würde binnen einer Woche vom Speicher runtertropfen. Die Leute hier haben sie gesehen. Sie werden sich erinnern, daß sie mit uns hier war. Nein, wir müssen sie heute nacht wegschaffen.«

Bob saß lange da und dachte nach. Schließlich schnippte er mit den Fingern und sagte: »Okay, wir machen folgendes. Du fährst in die Stadt, gehst in ein Koffergeschäft und kaufst einen Plastiküberzug mit Reißverschluß zum Anzüge-Aufhängen. Da packen wir sie rein, und ich trage sie auf dem Rücken raus, als wäre er voller Anzüge, Mäntel und so weiter. Nimm einen farbigen, keinen durchsichtigen. Und kauf eine Schaufel.«

Bevor Diane indessen ging, saßen sie und Bob erst noch herum und fixten mehrmals. Diane versuchte ein- oder zweimal, eine Unterhaltung anzufangen, aber Bob achtete nicht auf sie. Er saß in einem großen Sessel und sah einfach zu Boden, wenn er nicht mit Fixen beschäftigt war. Schließlich sagte Diane: »Ihr Tod ist dir echt an die Nieren gegangen, Bob, was?«

Bob dachte eine Weile über die Frage nach, dann sah er sie zum ersten Mal an diesem Nachmittag direkt an. »Ja, so könnte man es wohl ausdrücken. Ich bin nicht gerade erfreut, daß sie uns so unvermittelt verlassen hat. Ja, man könnte schon sagen, daß es mir an die Nieren gegangen ist. Dir nicht?«

»Das meine ich nicht, Bob. Ich habe dich schon bei anderen Überdosisfällen gesehen, und da warst du nie so.«

»Wie?«

»Ach, ich weiß auch nicht. Einfach anders.«

»O ja, gut, dann will ich dir sagen, was los ist. Ich habe Angst. Ich habe eine Scheißangst, daß jeden Moment ein verdammter Riese von Bulle durch die Tür gestapft kommt und sagt: ›Raus hier, das ist mein Zimmer, raus.‹«

»Ach komm schon, Bob. Du hast schon in schlimmeren Klemmen als dieser gesteckt.«

»Nein, Diane, das glaube ich nicht«, sagte Bob, der langsam den Kopf schüttelte.

»Was war damals, als sie Danny, deinen Partner, erschossen haben, als du aus dem Drugstore in der Elften rausgekommen bist?«

»Diane, da war ich auf der Flucht und hab' was gemacht. Ich hatte keine Zeit, so zu werden. Ich konnte nicht einfach rumsitzen und warten und nachdenken und schwitzen.«

Diane wechselte das Thema. »Haben sie was wegen deinen Verbänden gesagt, als du im Büro warst?«

»Nein, kein Wort. Darüber habe ich mich auch gewundert. Vielleicht waren sie so mit ihren vordringlicheren Problemen beschäftigt, daß sie vergessen haben, danach zu fragen.«

Schließlich ging Diane los, um den Anzugbeutel und eine Schaufel zu kaufen. Als sie zurückkam, saß Bob immer noch da, wo sie ihn verlassen hatte, an einem Ende des Sofas über dem Kaffeetischchen, und fixte verschiedene Lösungen. Nachdem sie ihn eine Weile beobachtet hatte, sagte Diane: »Willst du so weitermachen, Bob, bis Rick und ich dich auch auf den Speicher schaffen müssen?«

Bob sah Diane eine Weile an. Schließlich grinste er und legte weg, was er fixen wollte. »Ja, du hast wohl recht«, sagte er. »Irgendwie hilft das Scheißzeug sowieso nie, wenn man es wirklich braucht. Ich frage mich, woran das liegt? Wenn man wirklich auf etwas angewiesen ist, geht es nie so aus, wie man erwartet. Ist dir das auch schon aufgefallen, Diane?«

»Bob, geh rein und leg dich eine Weile hin.«

Bob grinste albern, stand langsam vom Sofa auf und ging ins Schlafzimmer. »Herrgott, Diane, hat jeder Höhen und Tiefen wie wir, oder ist bei uns ständig so ein Drunter und Drüber, weil wir Drogenfreaks sind?«

»Bob, reg dich eine Weile ab und hör auf, an diesen Mist zu denken. Du kannst so oder so nicht mehr ändern, was bereits geschehen ist. Du kannst sie nicht zurückbringen, Bob, und wenn du noch so klug und entschlossen bist, du kannst sie nicht zurückbringen. Sie ist fort. Für immer.«

Aber Bob war noch nicht beim Bett angelangt, als das Telefon klingelte. Er ging hin und nahm ab.

»Mr. Hughes?«

»Ja.«

»Tut mir leid, daß es so lange gedauert hat, Ihre Bitte um einen weiteren Tag zu bearbeiten, aber der Manager war nicht da, und ich mußte mit ihm reden. Er sagt okay, aber, Mr. Hughes, Sie müssen das Zimmer bis morgen geräumt haben. Wir brauchen es.«

»Nun, vielen Dank, Miss. Wir reisen in der Frühe ab. Wir haben gepackt und sind reisefertig. Der Doktor sagt, noch eine Nachtruhe und unser Gast dürfte außer Gefahr sein, und ich möchte mich bei Ihnen bedanken. Wir sind Ihnen sehr verbunden für alles, was Sie für uns getan haben.«

Bob legte den Hörer auf und wandte sich an Diane. »Wir haben das Zimmer. Herrgott, es muß vier Uhr sein, hm? Ich frage mich, welche Zeit für unser Vorhaben am besten ist. Darf nicht zu spät sein. Ich will nicht mitten in der Nacht mit 'ner Leiche im Auto rumfahren. Wir müssen abwarten und sehen. Vielleicht können wir sie spätabends ins Auto schaffen und dann bis morgen früh warten und sie irgendwo aufs Land fahren.«

»Du solltest dir im Büro einen Wecker holen, Bob, denn wer weiß, wann wir wieder aufwachen, wenn wir eingeschlafen sind.«

»Gute Idee, Diane. Holst du ihn, ja? Ich geh' mit den Verbänden nicht gerne raus. Sieht so verdächtig aus.«

»Herrgott, hätte ich bloß den Mund gehalten. Okay, ich hol' ihn.«

Sie bekamen den Wecker und legten sich beide ins Bett. Nach wenigen Minuten schnarchte Diane leise. Bob sah nur zur Decke, als würde er jeden Moment damit rechnen, daß Nadine heruntergekracht kam. Schließlich stand er auf und ging wieder ins Wohnzimmer. Er fixte etwas Dilaudid, legte sich aufs Sofa und versuchte, sich zu entspannen. Nichts schien zu helfen, daher gab er schließlich auf, setzte sich hin und starrte auf den Boden. Da saß er immer noch und studierte die Muster im Teppich, als der Wecker um vier Uhr morgens läutete. Nach dem dritten Läuten schaltete Diane ihn aus. Dann stand sie auf und stolperte ins Wohnzimmer.

»Bist du noch auf?«

»Nein, ich habe etwas geschlafen«, log Bob. »Ich bin nur vor einer Weile aufgestanden und zum Fixen hier rübergegangen.«

»Nun, wir sollten aufstehen und sie da oben runterschaffen«, sagte Diane. Sie gähnte und warf den Kopf zurück, damit sie das Haar aus dem Gesicht bekam. »Himmel, ich frage mich, ob das viel Lärm machen wird.«

Diesesmal kletterte Bob auf den Speicher. Er mußte sich überwinden, die Leiche anzufassen. Er hatte zu sehr über sie nachgedacht, und mittlerweile war die ganze Sache völlig unproportional verzerrt. Schließlich kauerte er sich auf die Knie, packte Nadine unter den Armen und versuchte, sie durch das Loch hinunterzuschieben, aber ihre steifen Gliedmaßen widersetzten sich seinen Bemühungen. Als es ihm endlich gelungen war, die Leiche auf Armeslänge durch die Öffnung zu schieben, war ihm zum Kotzen zumute.

Diane stand auf dem Stuhl und versuchte, Nadine auf den Rücken zu nehmen. Aber sie war zu schwer. Dianes Beine gaben nach, sie stürzte mit Leiche und Stuhl nach unten.

Der ausgelaugte und niedergeschlagene Bob lag einfach auf dem Dachboden und betrachtete das Schlamassel unten. Derweil klopfte ein Nachbar, zweifellos ein Sheriff, gegen die Wand und brüllte: »Um Gottes willen, macht nicht so einen Lärm da drüben!«

Schließlich konnte sich Diane aus dem Häufchen befreien, schleifte Nadines Leichnam in ein Schlafzimmer und setzte sie auf einen Stuhl, während Bob herunterkletterte. Sie brauchten fast eine halbe Stunde, bis sie den Leichnam so in den Anzugsack gestopft hatten, daß man den Reißverschluß zumachen konnte.

»Herrgott, was für ein Gerangel«, sagte Bob, der sich den Schweiß von der Stirn wischte, als sie mit ihrer grausigen Arbeit fertig waren. »Wir hätten Rick wecken sollen, damit er uns hilft. Dann würde er vielleicht besser auf seine alten Damen achtgeben, und wir hätten nicht dauernd das Schlamassel.«

»Das solltest du eigentlich besser wissen, Bob«, widersprach Diane. »Es war nicht seine Schuld, ebensowenig wie deine. Es ist eben passiert. Kommt vor. Niemand weiß, wie oder warum, es ist eben so. Was meinst du, wie kannst du sie in diesem Ding raustragen? Das Mädchen ist verdammt schwer. Hätte nie gedacht, daß sie soviel wiegt. Mann, in ein paar Jahren wär' sie regelrecht fett geworden.«

Bob ging zum Fenster und sah auf den Parkplatz hinaus. Er sah überall nur Bullenfahrzeuge. Es schien, als wären sein Auto und der Lieferwagen die einzigen Fahrzeuge, die nicht überall Funkantennen und rot-blaue Blinklichter hatten.

»Gütiger Heiland, Diane, sieh dir den Parkplatz an! Ich hab' so was noch nie gesehen. Ich weiß nicht, ob ich die Nerven habe, mit ihr auf dem Rücken über den Parkplatz zu gehen. Sieh dir den verdammten Parkplatz doch an!«

Diane trat neben ihn und sah hinaus. Sie atmete heftig durch, seufzte und sagte: »Du kannst es, Bob. Du kannst es. Ich nicht. Sie ist zu schwer. Ich will es Rick nicht zumuten, und du auch nicht. Du mußt es machen.«

Bob streckte sich nervös und schlug die Vorhänge zurück. »Okay«, sagte er. »Du gehst zuerst und schließt mein Auto auf; wir nehmen das. Sieh dich dabei etwas um. Ob jemand herumschleicht. Schau auch ins Büro.«

Diane zog den Mantel an, stellte sich auf die Zehenspitzen und küßte Bob. »Keine Bange, Bob«, sagte sie. »Wir schaffen es, wie immer, nicht?« Dann lächelte sie, wandte sich zur Tür und ging über den Parkplatz.

Bob stand herum und fuchtelte nervös. Er wollte Diane vom zugezogenen Fenster aus beobachten, wußte aber, daß es ein Fehler gewesen wäre, das zu tun.

Diane war etwa zehn Minuten weg. »Alles klar«, sagte sie, als sie zurückkam. »Die Autotür ist offen, und ich habe niemanden gesehen. Das Büro ist dunkel, sämtliche Vorhänge sind zugezogen.«

»Gut«, sagte Bob und hob das Bündel vom Boden auf. »Und jetzt mach die Tür auf, Diane, und geh vor mir her. Halt die Augen offen und sieh dich um. Wenn uns jemand entdeckt, spring hinter's Lenkrad, laß den Motor an und laß uns von hier verschwinden wie der Teufel, bevor sie herkommen und uns genauer in Augenschein nehmen können, kapiert?«

Diane nickte und machte die Moteltür auf. Es waren etwa fünfzig Schritte bis zum Auto, und Bob schnaufte und stöhnte, als wäre er eine Meile gelaufen, bis er dort war. Den Anzugbeutel auf den Rücksitz zu bekommen, war eine verdammte Plackerei, aber Bob vermutete, ohne den Beutel wäre es noch viel härter gewesen.

Nachdem sie das Auto abgeschlossen hatten und ins Zimmer zurückgegangen waren, bemerkte Diane, daß Bobs Kleidung durchnäßt war. »Puh, was für eine Schlepperei«, sagte er, hob träge die Hand und strich sich über die tropfnasse Stirn. »Mann, war die Schlampe schwer. Hast recht, Diane, in ein paar Jahren wäre sie fett gewesen. Ich bin froh, daß sie sich entschieden hat, der Sache jetzt ein Ende zu machen und nicht so lange zu warten. Dann hätte ich es nie geschafft.«

Bob sah Diane an und versuchte zu grinsen, aber es sah gezwungen aus. Er wirkte fast wie ein kleines Kind, das gleich zu plärren anfängt. Außerdem quoll ihm der Schweiß immer noch mit erschreckender Heftigkeit aus allen Poren. Schon bald knatschten seine Füße in den Schuhen. Er fühlte sich schrecklich, als würde er noch einen Fix brauchen, dabei hatte er die ganze Nacht nichts anderes gemacht, als sie reinzupumpen.

»Ich geh' duschen, Diane«, sagte er schließlich. »Wie wäre es, wenn du auf den Speicher gehst, unseren Stoff holst und aufteilst? Wir geben Rick das Auto und den Stoff, den wir zu den Busbahnhöfen vorausgeschickt haben. Mach du das. Laß ihn nicht zu kurz kommen. Gib ihm den größeren Anteil.«

Diane sah Bob an, bis er sich abwandte. »Was hast du vor, Bob? Was geht dir im Kopf herum?«

Bob sah sich ausweichend im ganzen Zimmer um. Er setzte mehrmals zum Sprechen an, sagte aber nichts. Er drehte sich um und ging durchs Schlafzimmer zur Dusche.

Als Diane das Wasser fließen hörte, seufzte sie und stand auf. Dann kletterte sie auf den Dachboden und holte den Stoff herunter.

Bob blieb ziemlich lange unter der Dusche. Als er herauskam, war Rick aufgestanden und fixte, Diane saß auf dem Fußboden und hatte drei Stapel Betäubungsmittelfläschchen vor sich. Niemand sagte etwas, bis Rick fertig war. Er machte sein Geschirr sauber, legte es weg und fragte Bob: »Was geht hier vor?«

Rick schien in Ordnung zu sein. Es schien, als hätte er sich wieder gefangen. Es sah aus, als wäre er zu allem bereit. Bob betrachtete ihn mit stummem Staunen und wünschte sich, er könnte so sein oder zumindest so scheinen. Aber das konnte er nicht. Man sah ihm an, wie er sich fühlte, das wußte er, und das machte alles um so schlimmer. Er saß da und ließ die Frage unbeantwortet, und Rick überlegte, ob er sie überhaupt gehört oder begriffen hatte oder ob die Frage möglicherweise so lächerlich war, daß er sie gar nicht beantworten wollte. Schließlich hüstelte Rick und fragte noch einmal: »Was geht hier vor? Trennen wir uns oder was? Verdammt, ich hab' nichts von dem Stoff gewußt, den sie genommen hat. Ich hatte keine Ahnung, daß sie den Stoff hatte oder so was durchziehen wollte.«

Rick und Diane warteten beide darauf, daß Bob etwas sagen würde. Bob wich ihren Blicken aus und studierte alles im Zimmer sorgfältig, als wäre er zum ersten Mal hier. Schließlich sah er sie wieder an und sagte: »Das hat nichts damit zu tun, Rick. Ich meine, ich gebe dir nicht die Schuld an dem, was geschehen ist. Wie Diane gesagt hat, es ist eben passiert, und wir können nichts anderes machen, als die Spuren zu beseitigen. Ich habe die ganze Zeit daran gedacht, wieder zur Küste zurückzugehen. Ich glaube, ich melde mich zu dem einundzwanzigtägigen Methadonentziehungsprogramm, damit ich wieder einen einigermaßen klaren Kopf bekomme, diese alte Welt sozusagen unverfälschter sehe, und versuche, mit ein paar Dingen ins Reine zu kommen.«

»Du machst Witze!« rief Diane aus.

»Keineswegs«, sagte Bob und schüttelte den Kopf.

»Nun, ich mach' bei keinem Entzugsprogramm mit, was wird dann aus mir?«

»Mach, was du willst, Diane. Nimm, was du brauchst oder hast. Ich brauch' nur so viel, daß ich zur Küste komme, ein bißchen Stoff und ein bißchen Geld. Du kannst den Rest haben. Du und Rick könnt teilen, wie ihr wollt.«

»Du meinst, das war's, du verläßt mich?« fragte Diane kalt.

»Nein, ich verlasse dich nicht. Du hast gefragt, was mit dir wird, was du machen sollst, und ich hab' dir gesagt, was ich für dich tue. Mehr kann ich nicht machen. Ich hab' sonst nichts. Wenn du mit mir kommen willst, prima.«

»Nein, danke, Kumpel! Nicht, daß du mir gegenüber mal ein verdammtes Wort erwähnen würdest. Du kommst aus heiterem Himmel damit, daß du Schluß machen willst, was ich nicht kann, wie du weißt, also ist das nur eine Möglichkeit, mich loszuwerden, klar? Ich will dir eins sagen, Bob, du hättest dir nicht soviel Mühe geben müssen, mich loszuwerden. Hättest nur sagen müssen: ›Hau ab‹, und ich wäre gegangen. Du mußt dir nicht so eine Scheiße ausdenken!«

Rick stand einfach nur herum und sah verlegen drein, während Bob sich weiterhin ausweichend und unsicher verhielt. Seine Bewegungen waren eckig, ein Zucken begann in der rechten Wange. Er hustete, als fiele ihm nichts anderes ein, und sagte schließlich: »Wir sollten die restlichen Sachen ins Auto packen und zusehen, daß wir von hier verschwinden. Du folgst uns mit dem Lieferwagen, Rick. Wenn wir in der Stadt sind, übernehme ich ihn und liefere ihn auf dem Weg zur Bushaltestelle ab.«

Nachdem er fast den ganzen Morgen lang über Schotterwege gefahren war, fand Bob seine Stelle. Es war ein dichtbewaldetes Gebiet fernab von Farmen und Holzfällerlagern.

»Hol die Schaufel, Diane«, sagte Bob, als sie am Rand des Schotterwegs angehalten hatten. »Ich kümmre mich um sie«, fuhr er fort und nickte in Richtung der Leiche. »Du bleibst hier, Rick, und hältst Ausschau, daß niemand kommt und uns fragt, ob wir hier ein Picknick oder so was machen.«

Bob scheint sich etwas gefangen zu haben, überlegte Rick. Hauptsache, er hatte was zu tun, dann konnte er nicht anders, so kaputt er sonst auch sein mochte.

Rick saß zusammengesunken auf dem Vordersitz des Autos und sah Bob dabei zu, wie er Nadines Leichnam in der Anzughülle aus dem Auto und ins Gebüsch schleifte. Rick fragte sich, wie sie es gemacht hatte, ob sie es gewollt oder einfach versehentlich zuviel in den Löffel getan hatte. So deprimiert hatte sie doch gar nicht gewirkt. Es gefiel ihr nicht, wie die Sache lief, aber das schien kein ausreichender Grund für so einen dramatischen Schritt zu sein. Sie hatte einfach keine Ahnung gehabt und zuviel genommen, entschied Rick. Dilaudidpulver war ein verdammt tödliches Zeug, mit dem man nicht herumalbern sollte, besonders dann nicht, wenn man keine Ahnung hatte, was man tat.

Jetzt hatte es den Anschein, als ob Bob ihm die Schuld gab, und das zu Recht, wahrscheinlich war er schuld daran, jedenfalls mehr als alle anderen. Ein Drogenfreak und Dieb mußte sich um seine alte Dame kümmern, auf sie aufpassen, damit ihr nichts passierte, sie nicht im falschen Augenblick etwas sagte oder etwas stahl oder auch nur Anstalten traf, so etwas zu tun. War schon komisch, die Beziehung zwischen einem Fixer und seiner alten Dame. Frauen wurden unter Fixern, die sie sich leisten konnten, als Luxus betrachtet. Was konnten sie schon für einen tun, außer ein wenig Gesellschaft bieten? Wenn sie nicht die Klappe hielten und ihre Sache ordentlich machten, gar nichts! Und wenn sie dickköpfig waren, wie die meisten, waren sie lästige Schlampen.

Rick dachte wieder über Bob nach. Herrgott, der benahm sich echt merkwürdig. Sah so aus, als würde er wirklich die Hände hochnehmen und auf eigene Faust losziehen. Irgend etwas ging ihm eindeutig im Kopf herum.

Rick erinnerte sich, wie er Bob und Diane kennengelernt hatte. Er war gerade in Kalifornien aus dem Knast gekommen und nach Norden gezogen, weil er gehört hatte, daß es dort besser war und er zudem nicht noch einen Aufenthalt in einem kalifornischen Gefängnis ausgehalten hätte.

Als er in der Stadt aus dem Bus gestiegen war, hatte er sich in einem verlausten Hotel niedergelassen und war anschließend auf der Suche nach jemandem, den er kannte, durch die Straßen gegangen. Nach einer Woche hatte er jemanden gefunden. Aber der Typ war keineswegs erste Sahne, und überhaupt, so gut hatte er ihn auch wieder nicht gekannt. Er hatte ihn nur mal auf dem Gefängnishof gesehen. Sie unterhielten sich trotzdem, und es schien, daß der Typ auch nicht mehr laufen hatte als Rick, dabei war er schon seit sechs Monaten draußen.

Er tat sich mit seinem Bekannten zusammen und fing mit Ladendiebstählen an, und so hatte er Bob und Diane kennengelernt. Sein Freund hatte ihn mit zu Bob genommen und versucht, einen Tausch zu machen, ein paar Kleidungsstücke gegen Stoff. Bob war arrogant wie der Teufel, und anfangs konnte Rick ihn nicht ausstehen. Bob war so überheblich und beschissen. Er tat so, als wäre jeder auf der Welt unter seiner Würde und müsse tun, was Bob verlangte, andernfalls tauge er nichts. Das ging eine Zeitlang so, bis Bob Rick einmal bat, noch dazubleiben, als er und Tommy zum Tauschen vorbeigekommen waren. Bob war brüsk wie immer, aber kaum war die Tür hinter Tommy ins Schloß gefallen, hatte Bob einen totalen Stimmungsumschwung und fragte: »Sag mal, Rick, möchtest du für mich arbeiten und den Arsch 'ne Zeitlang von der Straße wegbekommen?«

Irgendwie hatte er aus diesem kurzen Satz eine Herausforderung gemacht und ein wenig Respekt vor Rick kundgetan, als hätte er in Wirklichkeit gesagt: »Du bist ein guter Mann, und ich weiß, du wirst dich bezahlt machen. Du brauchst nur etwas Rat und Hilfe, dann werden wir ein tolles Team sein und können die ganze verdammte Welt aus den Angeln heben.«

Rick sagte ja, aber mit Vorbehalten. Er konnte damals nicht sagen, daß er Bob leiden konnte, und er war nicht sicher, ob er machen konnte, was Bob zweifellos von ihm verlangen würde. Er fand aber schnell heraus, daß Bob ein Aufschneider war; er benahm sich Außenstehenden gegenüber garstig, weil er so gut zu denen war, die mit ihm zu tun hatten, und es sich einfach nicht leisten konnte, zu viele Freunde zu haben. Es dauerte nicht lange, da merkte Rick, daß er sein ganzes Leben lang von Bob gehört hatte, sogar unten in Südkalifornien. Man sprach von dem Fixer, der einfach alles versuchte, von dem Typen, der mehr Apotheken an der Westküste ausgenommen hatte als jeder andere, dem Arsch, der, selbst wenn er fette Beute gemacht hatte, keinem Betäubungsmittel verkaufte.

Und dann dachte Rick daran, wie er Nadine kennengelernt hatte. Er war kurz vor Ladenschluß mit Bob und Diane in einen kleinen Drugstore gegangen, und es war niemand mehr da, außer dem Mädchen an der Kasse im Hauptteil des Ladens sowie dem Apotheker im hinteren. Rick sollte das Mädchen in eine Unterhaltung verwickeln und ablenken, bis Bob und Diane bereit waren zu handeln. Dann geschah etwas ganz Seltsames. Rick und das sexy blonde Mädchen fingen Feuer, da hatten sie sich noch keine zehn Sekunden unterhalten. Das Blut schoß Rick ins Gesicht, und er überlegte sich dort auf der Stelle, daß er das netteste, niedlichste, kuscheligste junge Ding vor sich hatte, das ihm je unter die Augen gekommen war. Er sah, daß sie ebenso aufgeregt war wie er, denn sie kam unmerklich nach vorne, und die Wärme schien förmlich aus ihrem Busen herauszuströmen, sie lächelte ein Komm-schon-Lächeln und ergab sich der Größe und Stärke und dem Aussehen des Mannes vor ihr.

Und als es Ricks Pflicht war, sie in den Schwitzkasten zu nehmen, während Diane den Apotheker mit der Pistole in Schach hielt und Bob nach den Schubladen tauchte, war Rick so eigentümlich zumute, tief bewegt, weil er auf so grobe Weise gegen das Mädchen vorging, das ihn fast in Verlegenheit brachte, als es schwach zu ihm aufsah, mehr verwirrt als ängstlich, nicht etwa, weil er so grob war, sondern weil er ihr nicht traute. Und schließlich konnte Rick es nicht mehr ertragen und rief Bob zu: »Bob, sie kommt mit mir.« Bob sah mit den Händen voller Fläschchen und dem fassungslosesten Gesichtsausdruck auf. »Was?« Und Rick hatte weiter gesagt: »Du hast schon richtig gehört, Bob, ich will diese Frau. Du hast eine Frau, warum kann ich nicht auch eine haben?« Und Bob stand mit einem schmerzerfüllten, bestürzten Gesichtsausdruck da und vergaß fast, was er tat, und Diane hatte so sehr zu lachen angefangen, daß sie beinahe die Pistole fallenließ und wie bei einem Anfall zu Boden stürzte. Aber Nadine, die sah nur zu Rick auf, war über seine Anmaßung alles andere als überrascht oder erbost und sagte ihm mit ihren sanften Augen: »Schon recht so, du bist mein Mann.«

Und jetzt war sie tot. Nadine war nicht mehr. Würde es je wieder eine wie sie geben? fragte sich Rick.

Derweil grub Bob abseits der Straße, wo er nicht zu sehen war. Anfangs machten ihn Gras und Wurzeln fast fertig, aber er schlug und hackte und grub und hackte, bis er schließlich ein etwa dreißig Zentimeter tiefes flaches Grab ausgehoben hatte. Dann zerrte er den Plastikschutz mit Nadines Leiche zu dem Loch und ließ ihn hineinrutschen. Im letzten Augenblick machte er den Reißverschluß auf und sah nach unten.

Nadine lag mit einem überraschten Gesichtsausdruck und offenen Augen da und sah ihn ebenfalls an. Bob erschauerte, machte den Reißverschluß wieder zu und fing an, das Loch zuzuschaufeln. Als er fertig war, stolperte er geistesabwesend durch das Gelände, hob wahllos Äste auf und brach Teile von Büschen ab, die er über die frisch aufgeworfene Erde legte. Diane machte dem schließlich ein Ende, indem sie sagte: »Gehen wir, Bob. Das reicht.«

Da drehte sich Bob um, und es war fast, als hätte er keinen eigenen Willen mehr und nur auf den Befehl gewartet, wieder zum Auto zu gehen.

Dort angekommen, nahm er seine Koffer und Kleidungsstücke aus dem Auto, verstaute sie hinten im Lieferwagen, setzte sich ohne ein weiteres Wort, nicht einmal mit einem Blick zu seinen Freunden, hinter das Lenkrad, ließ den Motor an, drehte sich auf dem Sitz um, damit er zur Heckscheibe hinaussehen konnte, und fuhr rückwärts den schmalen Feldweg entlang.

Diane stand im Unkraut am Wegrand und sah ihm nach. Sie sah, wie er davonfuhr, und blieb stehen, als rechnete sie damit, daß er seine Meinung in letzter Minute ändern und zurückkehren würde. Fünfzehn Minuten vergingen, schließlich regte sich Rick auf dem Vordersitz des Autos und steckte den Kopf zum Fenster heraus. »Was ist los? Was soll das Getue?« fragte er.

Diane zuckte die Achseln und sah zu Boden. »Verdammt, ich weiß auch nicht.«

»Glaubst du, er wird wirklich alles machen, Entzug und so weiter?«

Dianes Körper schien sich unter der Last von Kopf und Schultern zu beugen, während sie langsam zur Beifahrerseite des Autos ging. »Klar, ich glaube schon«, sagte sie. »Ich habe noch nie erlebt, daß Bob etwas gesagt hat, was er nicht wenigstens versucht hätte.«

»Scheiße, was meinst du, wie lange er durchhält? Eine Woche, einen Monat, ein paar Tage?«

»Du mußt noch eine Menge lernen, Kumpel«, sagte Diane und sah Rick direkt an, als sie ins Auto einstieg. »Aber wenn du vorsichtig bist, den Mumm hast und wirklich ein Dieb werden willst, kann ich es dir vielleicht beibringen. Mach dir keine Sorgen mehr wegen Bob. Er macht, was er will, und wie es auch ausgehen mag, für ihn wird es das richtige sein. Denk lieber mal über uns nach. Ich weiß, du bist zehn Jahre jünger als ich, aber ich suche auch nicht nach einer Romanze. Ich suche nach jemandem mit Mumm. Du hast es bei Bob leicht gehabt, sogar zu leicht. Bei ihm hättest du nichts gelernt. Oh, du hättest gesehen, wie es gemacht wird, das schon, aber das ist nicht so, als müßte man selbst reingehen und die Sache befehligen. Wenn du glaubst, daß du das kannst, bilden wir hier und jetzt ein Team. Du suchst dir eine alte Dame und ich mir einen Typen, und wir werden sie nicht aussuchen, weil sie schön sind, sondern wir nehmen die, die die besten Diebe in unserer Clique sind, und, Baby, in dem Team wird jeder mal abtauchen dürfen. Das wird keine Ein-Mann-Show. Wer als erster aufgestellt wird, macht die Sache, und keine krummen Touren, sonst schicken wir sie zum Teufel. Wir machen sie verrückt. Wir geben den Apothekern eine Show, die sie tagelang bei Laune hält, wenn sie herumsitzen und ihren Freunden davon erzählen. Verdammt, wahrscheinlich wird es sie gar nicht stören, ihr bißchen Stoff zu verlieren. Bleib bei mir, Rick, ich zeig' dir, was Sache ist. Bob war sowieso zu weich. Konnte keiner Fliege was zuleide tun, weißt du, und nicht kämpfen. Fast jeder Apotheker an der Küste hat ihn einmal zusammengeschlagen. Mann, aber Prügel einstecken, das konnte er.«

Und Diane lächelte und dachte an die verrückten Sachen, die sie und Bob im Lauf der Jahre gemacht hatten, während Rick mit dem Auto vom Schotterweg auf den Highway bog und in Richtung des nächsten Treffpunkts fuhr. Ja, dachte sie, der Hurensohn bestand nur aus Herz und Hirn, ohne Mumm dazwischen. Einmal hatten sie sogar seinen Partner bei einem Überfall auf einen Drugstore getötet, weil Bob einfach nicht zurückschießen konnte. Er lief auch nicht weg, er warf schließlich einfach die Waffe fort und versuchte, seinen Partner nach draußen zu ziehen. Ein Wunder, daß sie ihn nicht auch umgelegt hatten. Diane zuckte für sich die Achseln: »Na ja, man sagt ja, daß Gott Betrunkene und Narren beschützt, Bob hat Er auf jeden Fall oft genug beschützt, und vielleicht kümmert Er sich auch jetzt ein wenig um ihn.« Aber es würde schwer werden, das Gesetz war immer noch sauer wegen der Schießerei, die er eingefädelt hatte. Außerdem paßte die ganze Sache nicht zu Bob. Nun, vielleicht änderte er sich im Herbst seines Lebens, überlegte Diane. Auf jeden Fall war er verdammt schnell umgeschwenkt. Sie konnte es immer noch nicht richtig glauben; und noch dazu alles wegen einer Schlampe, die sich eine ÜD geschossen hatte. Herrgott, es mußte mehr als das sein. Zugegeben, Bob war so weich wie Watte, aber er hatte die ganze Scheiße nicht zum ersten Mal durchgemacht, aufräumen und Leichen begraben. Unter Drogenfreaks war es so gewöhnlich, daß jeder, der ins Drogengeschäft verwickelt war, es mindestens ein paarmal durchgemacht hatte. Am schlimmsten war, dachte Diane, daß sie Bob wirklich liebte. Sie hatte ihn immer geliebt und würde ihn wohl immer lieben. Er war in so vieler Hinsicht gut zu ihr gewesen. Sie war mit anderen zusammengewesen, aber keiner hatte sie so glücklich gemacht wie Bob. Selbst wenn sie mehr und größere Mengen Dope stehlen konnten und echt versiert wurden und den Zaster ranschafften, irgendwie schienen sie nie lange zu überstehen. Sie waren zu ungeduldig und konnten sich nicht beherrschen, so wie Bob. Entweder das, oder der ganze Stoff, den sie stahlen, stieg ihnen schließlich zu Kopf, sie wurden größenwahnsinnig, machten etwas ausgesprochen Dummes und wurden entweder geschnappt oder getötet. Aber dieser Rick, das war ein Gerissener. Er hatte sich nie beschwert, daß er im Hintergrund bleiben mußte. Sie mußte ihn etwas hochpäppeln und möglicherweise anschubsen, damit er loslegte. Aber das war vielleicht gut so. Wenigstens war er nicht ungeduldig und schien einigermaßen Verstand zu haben. Das waren ausgezeichnete und ungewöhnliche Eigenschaften unter den Dieben, die sich in der Drogenszene herumtrieben. Wenn sie alles von vornherein sorgfältig ausarbeitete und dem Luftikus auf die Finger sehen konnte, dann konnten sie vielleicht ein gutes Team werden.

Während Rick vor sich hin pfiff und lässig den Highway

entlang nach Norden fuhr, ging Diane in Gedanken sämtliche Pläne durch, Drogen zu stehlen. Sie überlegte, wen sie versuchen würden, in ihrem Team zu Soldaten zu befördern, und wo sie ihre Operationen beginnen würden, sollten sie mit ihren Plänen so weit kommen, daß sie wieder anfangen konnten.

Während sie überlegte, gab Bob den gemieteten Lieferwagen zurück, nachdem er sein Gepäck am Greyhound-Busbahnhof abgeliefert hatte, ging langsam zu Fuß zurück und kaufte sich eine Fahrkarte für den nächsten Bus zur Küste.

Als Bob einen Sitz im hinteren Teil des Busses belegt hatte, stellte er die Lehne sofort, so weit es ging, zurück und versuchte, sich zu entspannen. Doch er konnte seinen Körper nicht dazu bringen, es zu tun. Er rutschte hin und her und fuchtelte mit Armen und Beinen, um eine annehmbare Stellung zu finden, aber ohne Erfolg. Er stellte die Lehne nach vorne und versuchte, aufrecht zu sitzen. Danach probierte er verschiedene Sitzstellungen zwischen diesen beiden Extremen aus. Nichts half. Schließlich versuchte er, etwas Interessantes in der Szenerie entlang des Highway zu finden, er betrachtete die wogenden Hügel, die Felsen und Bäche, die am Fenster vorüberglitten. Sie sagten ihm nichts. Er war kein naturverbundener Typ. Er kannte keine Plätze im Freien, es sei denn, es handelte sich um einen mit Dornengestrüpp bewachsenen Hügel, der freien Zugang zu einer Kleinstadt behinderte, wo er die Apotheke überfallen wollte.

Bob lächelte, als er an die vielen Waldgebiete dachte, die er durchquert und doch nicht gesehen hatte, durch die er, auf dem Weg zu einer Apotheke oder auf der Flucht, einfach so getrampelt war. Er erinnerte sich an eine spezielle Nacht, als er und Johnny Palmer sich während eines heftigen Regensturms durch drei Meilen verfilztes Gestrüpp gequält hatten, nur um ungesehen an einen Drugstore ranzukommen. Der Bulle der Stadt saß stets die ganze Nacht unter der einzigen Ampel der Hauptstraße. Es war buchstäblich unmöglich, in die Stadt hinein- oder herauszufahren, ohne daß er einen sah. Daher waren sie durchs Gebüsch gegangen.

Sie legten etwa eine Meile pro Stunde zurück, als sie sich durch die nassen Sträucher schlugen. Schließlich hatten sie die Apotheke erreicht, und es stellte sich heraus, daß die Seitentür, die Bob für ein Kinderspiel gehalten hatte, mit Kette und Vorhängeschloß um die inneren Türgriffe gesichert war. Es war fast zuviel, aber Bob war noch nicht bereit aufzugeben, als ein paar Autos vorbeifuhren und sie sich zurückziehen und wieder in die Büsche schlagen mußten.

Bob war körperlich erschöpft. Er saß auf dem kalten, durchnäßten Boden, während der Wind ihm den Regen ins Gesicht wehte, und versuchte, sich ein Werkzeug auszudenken, das sie hier draußen in der Wildnis machen oder aus einer Garage stehlen konnten. Sie hatten ein Brecheisen dabei, aber dem Vorhängeschloß war mit einem Brecheisen unmöglich beizukommen. Und dann kam ein langer Güterzug auf die Stadt zugerollt, und Bob wußte, daß er den Drugstore in der Tasche hatte. Er sprang vom nassen Gras auf und sagte zu Johnny: »Das ist es, Partner. Dieser liebe, gute Zug wird nicht nur jeglichen Lärm übertönen, den wir machen, er verhindert auch, daß Verkehr von der anderen Seite der Stadt durchkommt.«

Daher zwängte Johnny die Finger in den Spalt der teilweise geöffneten Doppeltür und hielt ihn, so weit es ging, auf. Dann schlug Bob mit dem schweren Ende der Brechstange auf die Kette ein. Es waren viele laute Schläge erforderlich, und jedesmal wenn Bob zuschlug, klatschte die Wucht des Schlags die beiden Türflügel und Johnnys Finger heftig zusammen. Doch die Stange hielt die Flügel gerade weit genug auf, daß Johnny keine zerquetschten und gebrochenen Finger hatte, sondern nur aufgeschürfte.

Dann rannten sie beide hinter die Ladentische und nahmen das Haus auseinander. Bob fand die Betäubungsmittel ziemlich schnell in einem abgeschlossenen Metallspind. Dieser ging unter Einwirkung der Brechstange mühelos auf. Sie rafften zusammen, was sie wollten, und machten sich wieder durch das Gebüsch davon, das erneut Schritt für Schritt gegen sie kämpfte, als hätten sie es mit einem störrischen Gegenspieler zu tun, der sich nur jemandem ergab, der noch störrischer und verzweifelter war. Und als sie schließlich zum Auto zurückgekommen waren, wo Diane die ganze Nacht gewartet hatte, fragte sie auf der Stelle: »Habt ihr irgendwelche Blauen?«

Bob lächelte in sich hinein. Er fragte sich, ob sich Diane je ändern würde. Er bezweifelte es. Diane war Diane, ein Einzelstück, die einzige, die aus diesem Holz geschnitten worden war. Diane konnte einen Mann lieben, wie nur eine Frau es konnte. Das Problem ist nur, dachte Bob, sie liebte ihren Mann aus anderen Gründen und in einem anderen Licht. Sie liebte, wie andere Frauen, einen Mann, der alles beschaffen konnte, und sie liebte sehr intensiv. Aber wenn er nicht beschaffen konnte, was sie von ihm wollte, nun, dann leb wohl, Mann. Sie wog sich vielleicht in dem Glauben, daß sie den Mann selbst liebte, aber wenn man sie vor die Wahl stellte, folgte sie dem Betäubungsmittelvorrat. Dope war ihr ganzes Leben, und ohne Betäubungsmittel zu stehlen und Apotheken zu knacken, würde Diane zweifellos austrocknen und vergehen, dachte Bob. Sie war schon so lange an der Front und kämpfte in dem ewigen Krieg, daß sie nichts anderes mehr kannte, und sie träumte auch nicht von anderen exotischen, romantischen Situationen. Nichts konnte das Leben ersetzen, das sie führte. Ihre Kinder konnten ins Waisenhaus geschleppt oder hungrig auf die Straße gejagt werden, und Diane würde ungerührt weiter ihre Sache durchziehen. Oh, sie nahm sich vielleicht einen Augenblick Zeit und hatte Mitleid mit ihnen. Sie half ihnen vielleicht sogar, wenn es in ihrer Macht stand. Aber Diane liebte sich selbst zu sehr und wäre nie auf den Gedanken gekommen, das Absolute aufzugeben, und das war eben, mit einem Team herumzuziehen und Apotheken auszurauben. Die tägliche Aufregung mit ihrem Mann, das Herumstreunen, die Betäubungsmittel: Das war alles, was Diane vom Leben wollte, das und nicht mehr.

Bob wußte, er hatte Diane verloren, so sehr sie auch behauptete, daß sie ihn liebte, so sehr sie sich selbst in diesem Glauben wog. Sie würde ihren Lebensstil nie aufgeben. Warum auch? Dann wäre sie buchstäblich nichts, eine von vielen frustrierten Hausfrauen, die ein Leben voll Langeweile und Trübsal vor sich hatten. Jetzt war sie Königin, eine Expertin auf ihrem Gebiet. Andere suchten ihren Rat, und nicht nur Frauen, Männer auch. Viele Frauen hatten versucht, ihren Lebensstil nachzuahmen, aber nur die wenigsten hatten die Nerven, den Mumm und das Durchhaltevermögen, es zu schaffen. Diane hatte die Sicherheit aufgegeben, die zu suchen die Beschäftigung der durchschnittlichen Hausfrau ist. Es war ihr ziemlich einerlei, wie ihr Mann aussah, wie er sich benahm oder was er beim Frühstück zu ihr sagte. Sie kam mit allem zurecht, solange er ein erfolgreicher Drogendieb war, solange sie Königin einer ausgewählten Gruppe sein konnte. Diane kam in die Jahre und hatte kein leichtes Leben hinter sich, aber das spielte im Grunde genommen wirklich kaum eine Rolle. Solange sie noch Feuer hatte und ihren Mann auf Beutezüge schicken konnte, war sie in ihrer Welt der Jemand, der sie in ihrer Jugend nicht hatte sein können.

Bob grinste in sich hinein, als er daran dachte, wie er Diane kennengelernt hatte. Er war gerade aus dem Staatsgefängnis gekommen. Er war jung, ungeduldig und brannte darauf, die Puppen tanzen zu lassen. Aber zuerst brauchte er ein Auto, um zu der Apotheke zu gelangen, die ihm vorschwebte, und wieder weg. Er hatte die Stadt durchkämmt und jemanden gesucht, der ihm entweder eins leihen konnte oder der mitkam und fuhr, während er den Laden ausnahm. Statt dessen fand er Diane. Sie machte Babysitter bei Freunden von ihm, und während sie darauf warteten, daß die Freunde zurückkamen, erzählte er ihr von sich.

Sie war jung, sehr jung, und zweifellos leicht zu beeindrukken. Außerdem war sie niedlich und ganz die kleine Dame von Welt. Bob, ein gesunder, gutaussehender, gerade freigelassener Bob, beeindruckte sie zweifellos gewaltig. Bevor sie richtig wußte, wie ihr geschah, erzählte sie ihm alles von ihren Schulaktivitäten, von ihren Vorlieben und Abneigungen und ihren zahlreichen unbedeutenderen Romanzen.

Bob saß da und grinste sie an. Ihm gefiel, was er sah, und wenig später erzählte er ihr alles über sich. Als er erwähnte, daß er gerade aus dem Gefängnis entlassen worden war, sah er, wie sie zusammenzuckte, und er dachte bei sich, wahrscheinlich fragt sie sich jetzt, wie sie eigentlich dazu kommt, hier in diesem Haus ganz allein mit einem verknackten Süchtigen zu sein. Aber wenig später lächelte sie wieder, und Bob spürte, daß alles gut werden würde.

Diane hatte fest umrissene Vorstellungen von Drogensüchtigen, aber irgendwie paßte Bob nicht in dieses Schema. Tatsächlich war er ziemlich schüchtern, umgänglich und schien sich sehr für sie zu interessieren. Er war kein aggressiver Typ, und Diane glaubte allmählich, daß er ein Mann war, der sie nicht nur lieben und respektieren, sondern den sie auch beeinflussen konnte, wie es ihr gefiel. Später fand sie heraus, daß viele ihrer ersten Eindrücke richtig gewesen waren, aber ganz gleich, was sie sagte oder tat oder androhte, wie sehr sie bettelte oder flehte, sie konnte Bob nicht von seinen Apotheken abbringen. Als ihr das schließlich klargeworden war, gab sie sich keine Mühe mehr, ihn auf den rechten Weg zu bringen, sondern machte bei seinen illegalen Aktivitäten mit. Anfangs aus reiner Verachtung. Sie wollte ihm zeigen, wie lächerlich die ganze Sache war. Aber es dauerte nicht lange, und sie ging völlig in der Welt der Betäubungsmittel auf. Jetzt konnte man sagen, daß Diane Bob überrundet hatte. Bob dachte darüber nach, wie seine Frau nun davonzog, und er lächelte vor sich hin, und das Lächeln baute sich auf, bis er sich nicht mehr beherrschen konnte. Er kicherte ein paarmal, dann lachte er regelrecht, bis ihn die Blicke der anderen Passagiere zum Verstummen brachten. Bob machte es sich auf dem Sitz bequem und dachte an seine erste Reise mit Diane auf der Straße. Am Tag nach ihrer ersten Begegnung hatte er sie mit dem einzigen Anliegen, ihr das Auto abzuluchsen, zu Hause besucht. Am Ende erzählte er ihr eine lange Geschichte, wieviel Geld sie mühelos machen konnten, wenn sie durch Kanada und den Südosten Alaskas reisten. Sie fiel auf seine Geschichte herein, aber anstatt ihm einfach nur den Wagen zu geben und ihn durchstarten zu lassen, verlangte sie, daß er sie mitnahm. Zuerst wußte Bob nicht, was er davon halten sollte, ob sie einfach nur in seiner Nähe sein wollte oder ob ihr wirklich etwas am Schicksal ihres zehn Jahre alten Autos lag. Er war nicht gerade eine Kapazität in Sachen Frauen, hatte er doch mehr als zehn seiner zarten fünfundzwanzig Jahre in verschiedenen Haftanstalten verbracht. Er wußte nur, was er auf Gefängnishöfen aufgeschnappt hatte, wo es immer einen Überschuß an Männern gibt, die alles über Frauen wissen, was man wissen muß. Was Bob über diese Frauen gehört hatte, schien überhaupt nicht zu dem niedlichen kleinen Mädchen zu passen, das er in Diane sah. Allmählich mochte und respektierte er sie, und er dachte, sie wäre echt ein netter Mensch, wenn sie nur damit aufhören würde, andauernd zu versuchen, ihn von seinen illegalen Aktivitäten abzubringen.

Und so brachen sie in Dianes altem, zerbeultem Dodge nach Alaska auf, ohne einander auch nur geküßt, geschweige denn, miteinander geschlafen zu haben. Bob wußte nicht, was er tun mußte, um diese Situation herbeizuführen, und Diane wußte nicht, was sie erwarten sollte. Bob schien mehr einen Partner für unterwegs als eine Freundin oder Frau zu wollen. Diane war nicht von gestern. Sie wußte, worum es bei Liebe und Sex ging, jedenfalls glaubte sie das, bis sie schlußendlich doch irgendwie mit Bob ins Bett fiel. Damals nahm Bob keine Betäubungsmittel, und zwar in erster Linie, weil er kein Geschirr hatte. Aber er hatte etwas Speed, und das nahm er. Es war besser als nichts, und außerdem hatte er einen langen Weg vor sich. Damals fuhr Bob noch, es sei denn, sie mußten fliehen.

Und so kam es, als sie endlich Zeit und ein Motelzimmer hatten, daß Bob sich an sie ranmachte, und sie ließ ihn, weil sie davon ausging, daß es von ihr erwartet wurde und Teil ihres neu erlangten Berufs war. Bis dahin hatte Diane nicht viel Gutes über Sex zu sagen. Es war nur eine widerliche, schmerzhafte Geißel, die den armen Frauen zusammen mit jeder Menge anderem Mist zugemutet wurde. Aber mit Bob war Sex anders. Er war nicht nur zärtlich und bedacht, er war auch ein unerschöpflicher Liebhaber. Er machte es manchmal stundenlang am Stück, als wollte er versuchen, die Zeit einzuholen, die er verloren hatte. Er wußte eigentlich nicht genau, was er machte. Er machte alle Bewegungen rein instinktiv, und offenbar waren manche davon richtig. Und nachdem Bob sich seines Stils sicher war, und mit Hilfe des Speed, das ihn aufpeitschte, eroberte er Diane jetzt und für immer.

Bob war nicht wie die anderen Männer, die Diane gehabt hatte, welche mit der drängenden, keuchenden, lüsternen Technik daherkamen, die sie zu befriedigen schien, bei der sie selbst sich aber schmutzig und mißbraucht fühlte. Bob hatte ein vom Speed beeinflußtes, unstillbares Verlangen nach Sex. Diane hielt das für Liebe und gab soviel, wie sie bekam. So gerieten sie in einen sexuellen Ringkampf, der wochenlang andauerte. Schließlich platzten die Venen in Dianes Oberschenkeln von der dauernden Anstrengung, dem Krümmen des Rückens und den stoßenden Hüftbewegungen. Anfangs wußte sie gar nicht, was los war. Ihre Beine taten weh, und sie konnte nicht gehen. Schließlich brachte der besorgte Bob sie erst zum Arzt und dann ins Krankenhaus. Die Ärzte fanden nicht heraus, was Dianes Beschwerden verursacht hatte, und Diane und Bob auch nicht, erst viele Jahre später, als dasselbe wieder passierte. Als Bob sie schließlich wieder aus dem Krankenhaus droben in Prince George, British Columbia, herausholte und heim ins Motelzimmer brachte, schlief er als allererstes wieder mit ihr. Diane konnte immer noch nicht gehen, und Bob trug sie überallhin. Er trug sie oft zur Toilette und wurde so erregt, während er sie hielt, daß er sie, wenn sie wieder zum Bett getragen werden wollte, vorsichtig hinlegte und dann erneut über sie herfiel.

Inzwischen liebte Bob Diane mit Leib und Seele. Nicht einmal Betäubungsmittel hatten ihm je das Vergnügen und die unverfälschte Befriedigung geben können wie Diane zu der Zeit. Später fragte er sich oft, warum er seinen Betäubungsmittelkonsum nicht aufgegeben, sich mit Diane niedergelassen und versucht hatte, das Richtige zu tun. Es ist einfach nicht so gekommen, überlegte Bob, obwohl er auch dachte, daß er den Grund dafür irgendwie kannte. Jedesmal wenn er versucht hatte, das Richtige zu tun, waren prompt unüberwindliche Ereignisse eingetreten und hatten seine guten Absichten zunichte gemacht. Es war unheimlich. Wenn er aus dem Gefängnis kam und tatsächlich einen Job bekam, löste sich dieser Job einfach irgendwie in Rauch auf. Und wenn es das eine nicht war, dann das andere. Wenn die ganze Gruppe, in der er arbeitete, nicht streikte, dann hing sein Bewährungshelfer herum und tötete Bob so lange den Nerv, bis er kündigte. Und wenn das nicht passierte, wurde er von einem übereifrigen Drogenfahnderbullen hopsgenommen, landete ein paar Tage im Knast, und schon war die Sache, die er laufen gehabt hatte, wieder im Arsch.

Wenn er Unrecht tat, passierte ihm so etwas nie. Dann fiel ihm alles wie auf dem silbernen Tablett überreicht zu. Diebstahl, Überfall, Einbruch, fast alles, was man sich an Ungesetzlichem vorstellen konnte, fiel Bob so leicht, daß er schließlich die Tatsache akzeptierte, daß ihm das zugedacht war. Irgend jemand da oben im Himmel wollte aus einem verrückten Grund, daß es so weitergehen sollte, was immer er auch unternehmen mochte. Manchmal spielte Bob mit dem Gedanken, daß möglicherweise der Teufel sein Schutzengel war, daß er in allen Situationen über den alten Bob wachte und ihn nur erwischt und bestraft werden ließ, wenn Bob etwas tat, wogegen der olle Satan Einwände hatte. Verdammt, es war eine gute Theorie, so gut wie diejenigen, auf der die Bibelbrüder beharrten, von denen man allerorten hörte. Wer konnte es mit Sicherheit wissen? Im Grunde genommen gar niemand, und es war so ein Mischmasch, das Leben, so ein Netz von Intrigen, daß Bob erst gar nicht mehr versuchte, es zu verstehen. Er akzeptierte seine Rolle im Leben, die des Drogensüchtigen und Diebs. Das war Bob, und darin war er gut. Er war sogar einer der ganz wenigen Drogenfreaks und Diebe, die er kannte, die sich eine Frau leisten konnten. Er kannte jede Menge Junkies, die das nicht konnten, denn selbst wenn eine Frau nicht selbst Stoff nahm, mußte sie irgendwie leben, und was diese Burschen je in die Finger bekamen, drückten sie fast ausschließlich in die Arme. Und wenn sie auch Stoff benutzte und keine Prostituierte oder Diebin war, so daß sie den Kopf über Wasser und möglicherweise sogar ihren Macker aushalten konnte, dann war sie allein, denn, allen Ernstes, Drogenfreaks brauchten die Zuwendungen einer Frau wahrhaftig nicht, selbst wenn sie sich eine leisten konnten.

Bob seufzte. Es machte ihn echt fertig, Diane nach all den Jahren zu verlieren. Sie war gut zu ihm gewesen. Sie stand nicht herum und wimmerte, wenn sich dadurch nichts erreichen ließ. Statt dessen machte sie sich selbst an die Arbeit. Und sie blieb immer bei ihrem Mann, auch wenn es ihr elend ging und sie irgendwo mit ihm gestrandet war. Sie stand es immer durch. Und seine Sache war ihre, solange Stehlen und Betäubungsmittelschießen dazu gehörte. Man konnte sich keine bessere Partnerin wünschen, überlegte Bob. Sie zögerte nicht, einem Bullen ins Gesicht zu spucken. Sie war buchstäblich in jeder Hinsicht furchtlos.

Bob grinste, als er daran dachte, wie sie einmal beschlossen hatte, normal zu werden. Sie hatte ihre Argumentation und ihre Loyalität während des ersten Gefängnisaufenthalts gewechselt. Dort hatte sie auf regelmäßiger Basis eine Gruppentherapie besucht. Die anderen Frauen in dieser Gruppe waren schrecklich verbittert gewesen. An allem waren die Männer schuld. Ein gräßlicher, schmutziger, geiler Mann hatte sie alle durch das eine oder andere Täuschungsmanöver in ihre momentane Klemme gebracht. Und so dachte Diane daran zurück, wie Bob sie in die Welt der Betäubungsmittel eingeführt hatte. Sie erinnerte sich, wie sie sich anfangs geweigert hatte, etwas mit Dope zu tun zu haben. Sie machte den Beutezug mit, sie nahm vielleicht sogar ihren Anteil am gestohlenen Geld. Aber kein Dope, nein, Bob, vielen Dank. Aber irgendwie hatte es dann irgendwo angefangen. Sie hatte damit begonnen. Es war etwas verschwommen, wie alles vonstatten gegangen war. Aber es war geschehen, das stand außer Frage, und plötzlich glaubte Diane die Doktrin der Gruppe von ganzem Herzen. Männer, die taugten doch zu überhaupt nichts. Sie saßen immer auf dem Fahrersitz und übervorteilten aus irgendwelchen Gründen das andere Geschlecht dauernd, hielten den Daumen drauf, übten Druck aus und setzten ihren gottverdammten Kopf immer durch. Bald hörte Diane auf, Bob zu schreiben, und ließ ihn sogar aus dem Postverteiler der Haftanstalt streichen. Dann fing sie an, ihn zu hassen. Als sie rauskam, sah sie sich um und fand einen netten, gemütlichen Burschen, dessen einziger Traum darin bestand, ein wohnliches Zuhause mit Frau und Kindern zu haben.

Diane schluckte es eine Weile. Sie redete sich sogar ein, daß ihr die alltäglichen Pflichten wie Windelnwechseln, Waschen, Kochen und andere kleine Arbeiten im Haus, die ihr neues Leben mit sich brachte, Spaß machten. Sie hätte ihre Meinung zweifellos aus eigenem Antrieb wieder geändert, weil ihr Enthusiasmus für diese Rolle sich arg in Grenzen hielt. Aber eines Samstagvormittags blieb ihr Mann mit den Kindern zu Hause, während sie mit der wöchentlichen Wäsche zur hiesigen Wäscherei fuhr. Kaum hatte sie angefangen, die fein säuberlich sortierte Schmutzwäsche in die Waschmaschinen zu stopfen, kam Bob mit einem anderen Dieb herein. Sie hatten ein Gerät dabei, mit dem sie die Münzautomaten knacken konnten. Und als Bob Diane sah, die sich über ihre schmutzige Wäsche beugte und sie in die Waschmaschinen warf, fing er an zu lachen. Er lachte, bis er auf dem Betonboden des übelriechenden Raums herumtorkelte, bis sein Bauch weh tat und ihm Tränen die Wangen herunterliefen.

Er hatte von der Wandlung gehört, die Diane in der Haftanstalt durchgemacht hatte, und damals hatte er es stoisch zur Kenntnis genommen. Zum Teufel, hatte er damals gedacht, man kann niemandem einen Vorwurf daraus machen, wenn er sein Leben zum Besseren verändern will. Er akzeptierte die Tatsache, daß er sie verloren hatte und möglicherweise nie wiedersehen würde. Und dann fand er sie so, in ihrem alten Hauskleid, in den ausgetretenen Pantoffeln, Haar im Gesicht und kein Make-up, das war einfach zuviel, er konnte sich nicht beherrschen. Dafür hatte sie ihr Leben so drastisch geändert. Bob konnte kaum glauben, daß jemand das, was sie gehabt hatte, dafür aufgab, schon gar nicht Diane.

Diane verteidigte ihre Position. Sie stemmte die Fäuste gegen die plumpen Hüften und sah Bob nur böse an. Er war der Mann, den sie mehr als jeden anderen verabscheute, derjenige, der beinahe ihr ganzes Leben kaputtgemacht hatte.

Bob lachte immer weiter. Er wußte gar nicht, was er hätte sagen sollen. Er wollte ihr nicht weh tun, Scheiße, er liebte sie, trotz ihres strähnigen Haars und allem, und es war irgendwie komisch, besonders wenn man ohnedies einen merkwürdigen Sinn für Humor hatte, so wie Bob. Was andere für tragisch hielten, brachte Bob nicht selten zum Lächeln oder Kichern.

Er konnte wochenlang darüber lachen, daß ein ihm bekannter Dieb durchs Dach gestürzt war, sich das Bein gebrochen hatte und deshalb geschnappt worden war. Bobs Leben war so voll von vergeblichen, endlosen Tragödien, daß er ewig hätte weinen müssen, wenn er erst einmal damit angefangen hätte. Daher lachte er sogar über sein eigenes Pech. Er war sogar der erste, der über sich selbst lachen konnte, aber über das Pech anderer lachte er ebensogerne.

Damals hatte sein Lachen Diane wütend gemacht. Aber als er, immer noch lachend, gegangen war, konnte Diane an nichts anderes mehr als an ihr gemeinsames Leben denken. Die ganze Zeit, während sich Waschmaschinen und Trockner drehten, brütete sie darüber nach. Sie dachte daran, daß sie nie gottverdammte Wäsche machen mußte, als sie noch mit ihm zusammen war, weil es eben einfacher war, neue Kleidungsstücke zu klauen oder ein paar unbedeutende Betäubungsmittel bei anderen Ladendieben einzutauschen, als die alten zu waschen, zu trocknen und zu bügeln. Es dauerte nicht lange, da sah Diane alles in einem anderen Licht.

An jenem Tag war Diane als geplagte Hausfrau zur Wäscherei gegangen, die nichts anderes im Kopf hatte als schmutzige Wäsche und schmutzige Kinder. Als sie ein paar Stunden später nach Hause kam, war sie ein Tiger. Sie hatte den Kampfgeist wiedergefunden. Sie lachte und sah nicht mehr stirnrunzelnd oder als wäre sie den Tränen nahe drein. Als sie mit der sauberen Wäsche, die bereit war, eine neue Schicht Schmutz aufzunehmen, daheim war, ließ sie sich in einen Sessel fallen und eröffnete ihrem Mann, von jetzt an könne er waschen, wenn er gewaschen haben wolle, und er könne kochen und das Haus putzen, und wenn er noch mehr Kinder wolle, müsse er sich eine andere suchen, der er sie machen könne, weil sie das ganze Schlamassel gründlich satt habe.

Drei Tage später verließ sie ihr armseliges Zuhause und hing an Plätzen herum, wo Bob wahrscheinlich früher oder später auftauchen würde. Es dauerte eine Woche, bis sie ihn traf, und als sie ihn schließlich sah, ging sie zu ihm, schlug ihm eine ins Gesicht, so fest sie konnte, und verkündete dann: »Das ist dafür, daß du mich ausgelacht hast, du Dreckskerl!«

Bob fing wieder an zu lachen, aber jetzt lachte er mit ihr statt über sie.

Sie schlang ihm die Arme um den Hals, stellte sich auf die Zehenspitzen und flüsterte: »Kannst du Gesellschaft brauchen, Junkie?«

Und Bob antwortete: »Klar doch, Baby, wer braucht keine Gesellschaft?«

Und so kam es. Diane war wieder da und wollte nie wieder weg, es sei denn natürlich, Bob wurde eine Weile aus dem Verkehr gezogen, und dann handelte Diane nur aus Bequemlichkeit auf eigene Faust, um ihre Bedürfnisse zu befriedigen und ihm auch gefällig zu sein. Sie vergaß Bob niemals wieder und war ständig auf Achse, um ihm jeden noch so kleinen Wunsch zu erfüllen, wenn er saß und sich nicht selbst versorgen konnte. Diane wurde von allen in der Welt der Drogenfreaks und Kriminellen, die sie kannten, als Boß-Lady betrachtet.

Bob streckte sich wieder auf dem unbequemen Sitz des Busses aus und dachte über die Apotheken im allgemeinen nach, die er überfallen hatte, und über die ausgefeilten Pläne, mit denen er manche geknackt hatte. Vor Jahren, in den Fünfzigern, war es ein Kinderspiel gewesen, Apotheken auszunehmen. Man mußte nur von einem obskuren Notfall sprechen und den Apotheker bitten, ob man sein Telefon benutzen durfte oder die Toilette, nur um hinter den Apothekentresen zu kommen, bevor ein Partner den Apotheker packte und im Hauptteil des Geschäfts festhielt. Manchmal ging Bob als Telefonarbeiter hinein und behauptete, es läge eine Störung des Telefons vor. Als das nicht mehr klappte, kletterte er an den Mauern oder sogar auf die Dächer von Apotheken hinauf und sorgte dafür, daß das Telefon nicht funktionierte. Dann war da die Nummer mit dem Arzneimittelvertreter. Aber dafür mußte man eine Menge Fachkauderwelsch beherrschen. In Extremfällen hatte Bob sogar jemanden dazu gebracht, sich betrunken zu stellen und durchs Schaufenster zu fahren, und während alle vorne waren und große Aufregung herrschte, hatte er zugeschlagen. Aber heutzutage wurde einem nichts mehr geschenkt. Man mußte sich etwas

Originelles ausdenken, zum Beispiel die junge Frau mit Anfall und entblößter Scham. Es schien, als würden die Apotheker auch dann hingehen, wenn sie wußten, daß es ein Ablenkungsmanöver war, vielleicht weil sie einfach nicht glauben konnten, daß jemand soviel Mühe auf sich nahm, sie zu überlisten, oder vielleicht weil sie sich einbildeten, daß ihnen so etwas nie passieren konnte.

Dann waren da die schiefgegangenen Fälle, wenn er in flagranti erwischt worden war. Herrgott, dachte Bob und erinnerte sich an eine Gelegenheit, als er vor einer Betäubungsmittelschublade gekniet und sich die Taschen vollgestopft hatte und plötzlich wie aus dem Nichts ein Apotheker aufgetaucht war, um ihm Einhalt zu gebieten und einen Tritt in den Hintern zu verpassen. Bob prallte mit dem Kopf gegen die Schränke und fiel halb bewußtlos und stöhnend zu Boden, und der Apotheker krönte seine Aktion damit, daß er Bob in jede ungeschützte Stelle trat, die er finden konnte.

Diane, die sich im Hauptteil des Geschäfts mit dem anderen Apotheker über Diaphragmakrämpfe unterhalten hatte, hörte die Tritte und das Grunzen und sah Bobs Angreifer, aber nicht Bob. Das reichte aber. Sie wartete nicht, bis sie mit Bestimmtheit wußte, daß ihr Mann Ärger hatte. Sie nahm eine Flasche Shampoo und warf sie nach dem Angreifer. Sie verfehlte ihn, aber als die Flasche an anderen Flaschen hinter dem Kopf des Apothekers zerschellte, sah er auf und konnte sich gerade noch vor einer zweiten Flasche ducken. Danach warf Diane eine dritte, verfehlte aber erneut. Inzwischen kam der angesichts des Flaschenwerfens vorübergehend fassungslos verblüffte erste Apotheker wieder zu sich, machte einen Sprung und wollte ihre Arme packen. Diane duckte sich und warf eine vierte Flasche auf dieses nähere Ziel, die den Mann an der Brust traf. Der Apotheker wich zurück, sah erstaunt drein und rieb sich die Brust. Diane zielte noch einmal nach ihm und warf eine weitere in die ungefähre Richtung des Ladentischs.

Derweil wurde Dianes Apotheker mutiger, wozu ihn zweifellos die Angst trieb, sie könnte das Geschäft in Trümmer legen. Das versuchte Diane auch. Sie riß mehrere Artikel hoch und überschüttete ihn damit, während er sich auf sie stürzte. Sie wich ihm aus und stieß einen Schauständer um. Ihr Apotheker versuchte, über den Wirrwarr zu springen und den Angriff fortzusetzen, aber er trat mit einem Fuß auf eine Flasche, die wegrollte, und landete mit einem Poltern inmitten des ganzen Durcheinanders.

Während er stöhnend dort lag, nahm Diane den Angriff auf den zweiten Apotheker wieder auf. Sie verringerte die Entfernung zwischen sich und dem Ladentisch, damit sich der Mann nicht so leicht ducken konnte, und bombardierte ihn mit allem, was ihr in die Finger kam. Er versuchte verzweifelt, um Hilfe zu telefonieren, aber sie landete einen Volltreffer, ehe er die Nummer ganz gewählt hatte. Daher gab er auf und floh ins Hinterzimmer, während Diane hinter den Tresen lief und versuchte, Bob nach draußen zu zerren. Es gelang ihm, seine Benommenheit so weit abzuschütteln, daß er mit Dianes Hilfe wenigstens einigermaßen navigieren konnte. Und als sie es schließlich doch noch bis zum Auto geschafft hatten, fragte Diane als allererstes: »Hast du irgendwelche Blauen?«

Bob lächelte in sich hinein, sah sich im Bus um und fragte sich, ob einer der anderen Passagiere je in so einer verrückten Situation gewesen war. Wahrscheinlich nicht, überlegte er, aber man konnte die Leute nicht mehr nur ansehen und etwas über sie sagen. Die Welt war von den verschiedensten Menschen bewohnt, und nur weil Leute älter waren und versuchten, als respektabel zu gelten, bedeutete das noch lange nicht, daß das auch zutraf. Nehmen wir als Beispiel nur einmal diese reizende Großmutter da drüben, spekulierte Bob, die so emsig strickt. Wenn man sie betrachtet, sollte man nicht meinen, daß sie in ihrem Leben je was anderes gemacht hat, als ihre Kinder und Kindeskinder großzuziehen. Aber wer weiß, vielleicht war sie während des Goldrauschs eine Nutte und Stripperin droben in Alaska gewesen. Sie hätte im Ersten Weltkrieg eine Spionin der Deutschen sein können. Sie hätte vierzehn Menschen töten und häuten und verspeisen können, wer konnte das schon wissen. Aber derzeit, in diesem Augenblick, war sie eine reizende alte Großmama, und wahrscheinlich war sie nie etwas anderes gewesen.

Aber Bob hatte in seinem Leben viele alte Menschen gekannt, die nicht nett und anständig waren, nur weil sie alt waren oder so aussahen und sich so verhielten. Zum Beispiel der Typ im zweiten Sitz da drüben. Er war heute ein halber Krüppel, zerknittert und fettig wie jeder Penner in der Gosse. Und wer war er? Vor ein paar Jahren noch hätte er ohne weiteres ein gestandener Geschäftsmann sein können. Viele der Penner und Wermutbrüder von heute waren das vor gar nicht allzu langer Zeit gewesen. Oder er hätte ein Killer der Mafia sein können. Bob grinste über seine Hirngespinste, denn wenn der Alte das gewesen war, hielt er heute eindeutig alle zum Narren. Aber nochmals, war das nicht irgendwie immer so? Wie lange konnte ein Killer der Mafia überleben, wenn er aussah und die Rolle spielte wie im Film?

Über diesen Gedanken mußte Bob auch wieder lächeln, denn er hatte eine Menge Drogenfreaks gekannt, meist jüngere, die aller Welt zeigen wollten, was sie waren. Sie spielten ihre Rolle bis ins kleinste Detail. Das schien ihnen noch mehr Kitzel zu verschaffen als die von den Drogen bewirkte Euphorie. Und dann fragten sie sich, warum die Bullen sie dauernd behelligten und immer wieder filzten. »Die verdammten Petzer«, schworen sie. Petzer, zum Teufel, dachte Bob. Meistens verpetzten sie sich selbst. Sie waren wie ein Einbrecher, der schwarzgekleidet, mit Rollkragenpullover, schwarzen Turnschuhen, Handschuhen und einer Brechstange über der Schulter zum Tatort fuhr. Im Fernsehen sah das gut aus, aber im wirklichen Leben zahlte es sich einfach nicht aus. Kein Bulle in der ganzen Stadt würde einen in Ruhe lassen, wenn er einen in diesem Aufzug auf der Straße sah. Und es gab auch keinen einzigen Drogenfahnder, der einen nicht ganz sorgfältig unter die Lupe genommen hätte, wenn er sah, wie man in der Innenstadt an einer Bushaltestelle stand, an der Wand lehnte, die Augen geschlossen hatte, sich träge am ganzen Körper kratzte und einem dabei deutlich himmlische Wonne im Gesicht geschrieben stand.

Die Busfahrt dauerte acht Stunden, und als Bob in der Küstenstadt eintraf, war er auf Entzug. Trotzdem überprüfte er sein Gepäck, nahm ein Taxi, fuhr zu einem heruntergekommenen Hotel und trug sich ein, bevor er sein Geschirr hervorholte und fixte.

Am nächsten Morgen stand er früh auf, suchte das Methadonzentrum der Stadt im Telefonbuch heraus und ging zu Fuß dorthin. Er war dort, als sie gerade aufmachten. Er folgte ihnen nach drinnen und setzte sich ins Wartezimmer. Wenig später kam eine ältere Frau herein, sah ihn an, ging in ihr kleines Büro, kam wieder heraus und fragte: »Nun, junger Mann, was können wir heute morgen für Sie tun?«

Bob sah grinsend auf. »Ich möchte mich für Ihre Entziehungskur anmelden«, sagte er.

Die Frau lächelte ebenfalls und sagte: »Ich verstehe. Und wann haben Sie Ihren Stoff das letzte Mal genommen?«

»Gestern abend.«

»Dann werden Sie heute schlimme Entzugserscheinungen bekommen? Sie wissen, wenn Sie gleich zur Entziehungskur zugelassen werden wollen, müssen Sie Entzugssymptome dritten Grades zeigen, Schweißausbrüche, Krämpfe, Schüttelfrost, Fieber und so weiter?«

»Ja.«

»Waren Sie früher schon einmal zu einer Unterstützungs- oder Entziehungskur?«

»Nein.«

»Ich verstehe. Und wie lange sind Sie schon süchtig nach dem Stoff, den Sie nehmen?«

»Diesmal?«

»Dann ist dies nicht Ihre erste Entziehungskur?«

»Nein, aber es ist meine erste Entziehungskur mit Methadon.«

»Ich verstehe. Nun gut, wie lange nehmen Sie insgesamt schon Drogen?«

»Mein ganzes Leben.«

»Ihr ganzes Leben?«

Das Gesicht der Frau drückte Skepsis aus.

»Nun, ich nehme Betäubungsmittel, seit ich zwölf oder dreizehn war. Man könnte wohl sagen, daß das mein ganzes Leben ist.«

»Wie alt sind Sie jetzt?«

»Fünfunddreißig.«

»Warum wollen Sie nach der langen Zeit aufhören? Man sollte meinen, Sie sind entschlossen, damit weiterzumachen. Warum hören Sie auf?«

Bob zuckte die Achseln und grinste. »Ich weiß nicht, vermutlich aus Neugier«, sagte er. »Ich dachte mir eben, versuchst du's mal.«

»Ist das Ihr Ernst?« erwiderte die Frau lächelnd. »Ich meine, wir haben jede Menge Typen, die hier reinkommen und versuchen, einen neuen Kitzel zu finden, und dafür sind wir nicht da. Wir sind für Menschen da, die nirgends sonst mehr hingehen können.«

»Nun, gute Frau, so einen Menschen haben Sie gerade gefunden, der nirgends sonst mehr hin kann, also geben Sie mir 'nen Schuß und lassen Sie mich meines fröhlichen Weges ziehen.«

»Herrje, so einfach ist das nicht, junger Mann. Sie müssen alle möglichen Formulare ausfüllen. Sie müssen eine ärztliche Untersuchung machen lassen, und dann können wir Ihnen vielleicht, aber nur vielleicht, weiterhelfen. Aber Sie wissen, Sie müssen erst Entzugserscheinungen haben.«

Bob grinste. »Darüber würde ich mir keine Gedanken machen, Ma'am, die werde ich schon bekommen. So starke, daß Sie mich gar nicht abweisen können. Sie werden schon sehen.«

Bob verbrachte den Tag auf dem Sofa im Wartezimmer. Gegen Mittag fing seine Nase an zu laufen. Um zwei Uhr zitterte er heftig. Um drei bekam er Magenkrämpfe und Niesanfälle, und seine Kleidung war schweißnaß. Um vier Uhr rief er schließlich einen Arzt herein und ließ sich untersuchen. Um sechs stolperte er mit einer Dosis Methadon in sich hinaus. Er war immer noch auf Entzug und zitterte wie Espenlaub, aber er wußte, in einer halben Stunde würde alles vorbei sein und er wieder so weit funktionieren, daß er die Nacht überstand, und damit war die Schlacht schon halb gewonnen.

Er ging in sein Zimmer, legte sich aufs Bett und starrte die Wand an. Wenig später entspannte sich sein zitternder Körper allmählich, und die schreckliche Schwäche, die einen beim Entzug überkommt, ließ nach.

Am nächsten Tag ging er wieder ins Methadonzentrum zurück. Nachdem er seine Dosis bekommen hatte, wurde er in ein kleines Büro geführt, damit er sich mit der älteren Dame unterhalten konnte, die er gestern kennengelernt hatte.

»Hallo, Mr. Hughes, mein Name ist Miss Simpson, und ich bin Ihre Beraterin, solange Sie bei uns sind. Wissen Sie, Mr. Hughes, als ich Sie gestern zum ersten Mal gesehen habe, da habe ich Sie nicht ganz ernst genommen. Ich habe mir sogar überlegt, ob Sie nicht einer der Untersuchungsbeamten sein könnten, die herumschnüffeln, wie wir unser Programm angehen. Ich war sehr erstaunt, als ich den Bericht des Arztes gelesen habe. Ich glaube, Sie bekommen die größte Dosis, die wir hier überhaupt jemals ausgegeben haben.«

Bob lächelte, sagte aber nichts.

»Nun, hmmm, mal sehen, ich wollte Ihnen ein paar Fragen stellen, bevor wir weitermachen. Also, sind Sie verheiratet?«

»Ja.«

»Wo ist Ihre Frau?«

»Ich weiß nicht.«

»Hmmmm, ich verstehe. Haben Sie Kinder?«

»Meine Frau. Ich nicht.«

»Haben Sie Arbeit?«

»Nein.«

»Hmmmm, ich verstehe. Wann haben Sie zum letzten Mal gearbeitet?«

»Noch nie.«

»Noch nie? Sie wollen damit sagen, Sie haben noch nie einen Job gehabt?«

»Nee.«

»Nun, wie leben Sie dann? Sind Sie reich, oder was?«

»Nein, ich bin halt rumgezogen. Nur ein alter Gossentramp, sozusagen.«

»Haben Sie eine Sozialversicherungsnummer?«

»Nein.«

»Hmmm, ich verstehe. Mr. Hughes, sind Sie eines Verbrechens angeklagt worden?«

»Ja, mehrmals.«

»Was war das, welcher Verbrechen wurden Sie angeklagt?«

»Oh, Überfall, Einbruch, Diebstahl, Besitz von Drogen, solche Sachen.«

»Hmmm. Und wie lange waren Sie im Gefängnis, Mr. Hughes?«

»Ach, ich weiß nicht genau, mehr oder weniger fünfzehn Jahre, schätze ich.«

»Nun, dann können Sie kaum Ihr Leben lang süchtig gewesen sein, Mr. Hughes, oder?«

»Was meinen Sie damit?«

»Ich meine damit, Sie können im Gefängnis schwerlich süchtig gewesen sein, oder, Mr. Hughes?«

»Warum nicht?«

»Sie sitzen hier und wollen mir weismachen, daß Sie im Gefängnis drogensüchtig waren?«

»Nun, nicht ständig. Aber ich habe im Knast dauernd gedrückt, und ich denke, manchmal war ich süchtig. Ich meine, was wollen Sie, Lady, die Geschichte meines Lebens? Nun, die kann ich Ihnen erzählen. Ich war ein Junkie. Ich mochte Dope, ich mochte den Lebensstil. Ich war ganz obenauf. Sie bekommen meinesgleichen nicht zu sehen, weil meinesgleichen nicht hierherkommt und um Stoff bettelt. Sie ziehen los und holen ihn sich, und wenn es nicht klappt, gehen sie in den Knast, und dann schlagen sie sich auf eigene Faust durch. Nun, so war ich auch, aber ich hab' mir gedacht, ich ändere mich, daher bin ich hierhergekommen zu Ihnen, um festzustellen, ob einer wie ich sich überhaupt ändern kann, und Sie scheinen nichts anderes im Sinn zu haben, als meine Echtheit anzuzweifeln und mich lächerlich zu machen, weil ich so bin. Was soll ich sagen? Wann hören Sie auf, mir auf den Wecker zu gehen? Sie müssen mich nicht umstimmen. Ich bin hierhergekommen, ich, ich bin hierhergekommen und habe gesagt, könnten Sie mir bitte helfen, meine Sucht loszuwerden? Sie müssen mich nicht belehren. Mich hat kein Gericht hergeschickt. Ich bin von alleine gekommen. Wenn ich nicht aufhören wollte, wäre ich nicht hier, da ich aber nun mal hier bin, muß es wohl so sein. Also was soll das Generve?«

Miss Simpson hielt die Hand hoch. »Tut mir leid, Mr. Hughes«, sagte sie. »Ich will Sie nicht nerven, und glauben Sie mir, ich will Sie auch nicht lächerlich machen. Es ist nur so, für jemanden, der so naiv ist wie ich, hört sich Ihre Geschichte ganz schön fantastisch an. Und ich muß das alles wissen, sonst würde ich nicht fragen. Ich habe keineswegs eine morbide Neugier, Mr. Hughes. Dies alles wird verlangt. Tut mir leid, falls es überflüssig erscheint.«

»Schon gut«, grinste Bob und lehnte sich auf dem Stuhl zurück. »Es regt mich nur auf, wenn mir jemand Fragen stellt und dann bei meinen Antworten ein skeptisches Gesicht macht.«

Miss Simpson lächelte über Bobs Versuch, sich zu entschuldigen. »Nun, Mr. Hughes, werden Sie jetzt versuchen, eine Art Anstellung zu finden?«

»Klar, ich werd' mir wohl was suchen müssen.«

»Schwebt Ihnen schon etwas vor, vielleicht ein Freund, der Ihnen Arbeit geben könnte, oder so etwas?«

»Nee. Ich kenne keine Menschenseele, die mir irgendwie helfen würde.«

»Hmmm, ich verstehe. Nun, zufällig habe ich eine Freundin drüben beim Arbeitsamt, und ich bin sicher, wenn ich Sie dorthin schicke, gibt sie sich Mühe, Ihnen etwas zu besorgen. Würde Ihnen das gefallen? Würden Sie einen Job annehmen, wenn sie Ihnen einen besorgt?«

»Ja, das wäre nicht schlecht.«

Danach schwiegen sie. Die Augenblicke schienen zu Minuten zu werden. Schließlich fragte Miss Simpson: »Was ist passiert, Mr. Hughes, hat Ihre Frau Sie verlassen?«

Bob richtete sich auf dem Stuhl auf und dachte eine Weile nach, dann sagte er: »Nein, so kann man das wohl nicht sagen. Eigentlich habe ich sie verlassen.«

»Ist sie auch süchtig?«

Wieder dachte Bob über die Frage nach, bevor er antwortete. »Ich weiß nicht. Vielleicht. Ich hab' sie nie gefragt.«

Miss Simpson sah Bob seltsam an. »Nun, das wäre für heute alles«, verkündete sie. »Wenn Sie morgen Ihre Dosis bekommen haben, gehen Sie bitte zum Arbeitsamt und fragen nach Mrs. Watermaker. Sie wird Sie erwarten. Ich rufe sie heute abend an und versuche, Ihnen einen Job zu besorgen. Oh, Mr. Hughes, haben Sie Kleider, die Sie zur Arbeit tragen könnten?«

Bob betrachtete seine Kleidung und dann Miss Simpson. Schließlich zuckte er die Achseln und sagte: »Ich glaube schon.«

»Ich meine, Bob, wenn wir Ihnen irgendwo einen Job auf einer Baustelle besorgen, dann können Sie kaum mit Stoffhosen und einem Sportjackett dorthin gehen.«

»Warum nicht?«

»Warum nicht? Nun ja, ich verstehe, was Sie meinen, warum nicht. Ach ja, noch etwas. Haben Sie eine Unterkunft?«

»Momentan schon. Aber ich habe nicht viel Geld, und die Miete ist in ein paar Tagen aufgebraucht, daher sollte ich den Job ziemlich schnell bekommen.«

»Hmmmm, ich verstehe. Würden Sie in ein Obdachlosenasyl gehen? Auch dabei könnte ich Ihnen helfen.«

Bob dachte kurz darüber nach, dann schüttelte er den Kopf. »Nein, ich glaube nicht, Miss Simpson. Mal sehen, ob ich es alleine schaffe.«

»Bob, wegen einer Stelle. Haben Sie sich mal überlegt, ob Sie nicht Drogenberater werden und anderen Süchtigen mit ihren Problemen helfen wollen? Selbstverständlich bräuchten Sie vorher selbst Ausbildung und Beratung, aber glauben Sie nicht, es wäre ein lohnendes Projekt, anderen mit denselben Problemen zu helfen, die Sie hatten?«

»Nein, das glaube ich nicht, Miss Simpson. Ich glaube ganz und gar nicht, daß es ein lohnendes Projekt wäre«, antwortete Bob wie aus der Pistole geschossen.

»Aber um Himmels willen, warum denn nicht?« sagte sie und sah etwas vor den Kopf gestoßen drein.

»Nun, zuerst einmal, niemand, wirklich absolut niemand, kann einem Junkie das Drücken ausreden, daher sind Ihre ganzen Beratungen reine Zeitverschwendung, und Sie hätten sie auch gleich das Klo runterspülen können. Ich meine, Sie haben einem Junkie nichts Besseres zu bieten, als er schon hat.

Was können Sie ihm denn geben? Nur hohlen Rat, der bei Ihnen funktioniert, weil Sie kein Junkie sind. Ein Junkie braucht seinen Stoff in neun von zehn Fällen schon deshalb, damit er mit sich selbst leben kann. Er braucht ihn, wie ein Diabetiker Insulin braucht. Wie wollen Sie einem Diabetiker das Insulin ausreden? Das geht nicht. Oh, Sie geraten vielleicht an einen schwachen, aber selbst wenn, wird dem armen Kerl vor Entzug wahrscheinlich hundeelend, und er stirbt, und genau dasselbe, Miss Simpson, wird Ihrem Junkie ohne Stoff auch passieren. Gut, vielleicht stirbt er nicht, aber vielleicht doch.«

»Nun, Bob, Sie scheinen ganz gut klarzukommen. Ich meine, Sie sind auf Methadon. Aber ich habe ein komisches Gefühl, was Sie anbelangt. Ich glaube, Sie werden von Drogen loskommen und sie sein lassen. Ich kann Ihnen nicht genau sagen, weshalb ich zu dieser Schlußfolgerung gelangt bin, aber ich glaube, es hat etwas mit Ihrem Verhalten zu tun, der Tatsache, daß Sie nicht lügen und uns sagen, was wir hören wollen. Sagen Sie mir, Bob, warum sind Sie hier?«

Bob lachte, dachte einen Moment nach und sagte: »Wenn ich Ihnen das sagen würde, würden Sie mir nicht glauben, Miss Simpson. Tut mir leid, aber das ist die absolute Wahrheit. Sie würden mir nicht glauben, und selbst wenn doch, würde es Sie nur verwirren, und wenn nicht, würde es Ihnen bei anderen kein bißchen weiterhelfen.«

»Hmmm, ich verstehe. Nun, Bob, erzählen Sie mir einmal, wenn Sie können, warum Sie Betäubungsmittel genommen haben.«

Bob saß da und rutschte auf dem Stuhl hin und her. Er dachte lange über die Frage nach und sah dabei zum Fenster hinaus. Schließlich drehte er sich wieder zu der Frau um und begann: »Das ist echt eine schwere Frage, Lady. Vielleicht kenne ich die Antwort, vielleicht nicht. Und selbst wenn, weiß ich nicht, ob ich die richtigen Worte dafür finden würde. Ich kann Ihnen bestenfalls einen Vergleich bieten, und ein besserer als der fällt mir nicht ein. Wenn Sie einen Drogenfreak fragen, warum er Drogen nimmt, ist das so, als würden Sie einen normalen Menschen fragen, warum er Sex mag. Ich schätze, verschiedene Menschen werden darauf verschiedene Antworten parat haben, von ›Es tut einfach gut‹ bis ›Ich kann dem Drang nicht widerstehen‹, von ›Es gehört eben zur Liebe mit dazu‹ bis zu ›Ich mache es nur, weil ich Kinder will‹. Miss Simpson, ein Drogenfreak wird Ihnen wahrscheinlich dieselben Antworten geben, ausgenommen vielleicht die letzte. Ich habe noch nie gehört, daß ein Drogenfreak gesagt hat, er drückt, um Kinder zu bekommen, aber alles andere habe ich schon gehört. Und ich habe Drogenfreaks sogar schon sagen hören, daß das gute alte Heroin besser ist als jede Frau, die sie je gehabt hatten. Nun, ich selbst habe noch nie so gutes Heroin gehabt, aber wenn Sie mir ein paar Vierer Dilaudid, vermischt mit fünf Fünfzehn-Milligramm-Tabletten Desoxyn, geben, dann würde ich einen ganzen Berg nackter Filmsternchen links liegenlassen, um sie zu bekommen.«

»Wissen Sie was, Bob«, lächelte Miss Simpson. »Ich glaube, Sie sind der erste Drogenfreak, den wir hier hatten, der sich wirklich Mühe gab, die ganze, ungeschminkte Wahrheit zu sagen. Vielleicht nicht die Wahrheit, aber so, wie Sie es sehen, und jetzt verstehe ich eines nicht, wenn Sie sich wirklich so stark zu Drogen hingezogen fühlen, warum sind Sie dann überhaupt hergekommen, um diese Entziehungskur mitzumachen? Wirklich, Bob, das ergibt doch überhaupt keinen Sinn.«

Bob stand auf und streckte sich. »Miss Simpson, ich glaube, wenn Sie lange genug hier arbeiten, werden Sie feststellen, daß das wenigste einen Sinn ergibt. Es hat noch kein Junkie gelebt, der vernünftig denken konnte. Dafür sind sie nicht gerade bekannt. Sie fühlen, Miss Simpson, alles, was mit ihrem ganzen Trip zusammenhängt, wird gefühlt, und das Feeling ist entweder gut oder schlecht. Haben Sie sich schon mal überlegt, Miss Simpson, daß es Menschen gibt, die sich ständig so beschissen fühlen, daß sie einfach etwas brauchen, damit es ihnen besser geht, und ohne dieses Etwas ist ihr ganzes Leben einfach nichts wert? Haben Sie sich überlegt, daß manche Menschen von Natur aus so leiden, so deprimiert vom Leben und ihrer Rolle darin sind, daß sie es nicht ohne ein Gegengift aushalten, das ihnen gewisse Erleichterung bringt? Und, Miss

Simpson, Sie können jahrelang auf sie einreden, und möglicherweise bringen Sie sie eine Zeitlang davon ab, aber früher oder später bekommen sie wieder was in die Finger, vielleicht nicht Stoff, vielleicht Fusel, vielleicht Leim, vielleicht Benzin, vielleicht nur einen Kopfschuß oder Gas, möglicherweise sogar Religion, jedenfalls irgend etwas, das den Druck des täglichen Lebens von ihnen nimmt. Mir ist übrigens auch klar, Miss Simpson, daß dieser Druck nur eingebildet sein kann. In neun von zehn Fällen trifft das zweifellos zu, aber deshalb ist er für denjenigen, der ihn sich einbildet, nicht weniger real.«

Dazu war nicht mehr viel hinzuzufügen, daher sagte Miss Simpson ihm, daß er gehen konnte. An diesem Nachmittag ging Bob ins Hotel zurück und blieb in der Halle, wo er auf einem alten Sofa saß und die Menschen beobachtete, die auf der Straße vorbeigingen. Da saß er etwa eine Stunde, als ein älterer Mann aus dem Fahrstuhl stapfte, durch die Halle hinkte und sich ebenfalls setzte. Bob erkannte den alten Mann und rief: »Wie geht's denn so, Tom?«

Der Mann sah auf und blinzelte über die Brille. Schließlich strahlte er. »Hi, Bob. Hab' dich gar nicht erkannt. Wie geht es dir?«

»Nicht so gut«, sagte Bob achselzuckend und grinsend. »Ich mach' grad' eine Methadonentziehungskur. Ich dachte mir, ich versuch' mal, den Drachen eine Weile aus dem Bett zu treten.«

Tom grinste ebenfalls, obwohl deutlich war, daß er Schmerzen hatte. »Tatsächlich? Herrgott, ich bin erst letzte Woche aus dem Knast entlassen worden. Ich war als erstes unten im Methadonzentrum, sobald ich draußen war, und hab' meine Nummer abgezogen, aber sie sind nicht drauf reingefallen. Die glauben wohl, ein alter Tattergreis wie ich ist keine Gefahr mehr, und die Dreckskerle rücken nichts umsonst raus. Verdammt, wenn ich das gewußt hätte, wär' ich im Gefängnis geblieben. Da oben hab' ich mehr von meinen Freunden geschenkt bekommen, als ich mir hier draußen selbst beschaffen kann.«

Bob schüttelte den Kopf über Toms Elend. »Du meinst, sie setzen dich nicht auf Methadon, Tom? Verdammt, du bist der gefürchtetste Drogenfreak der Küste gewesen. Heiliger Himmel, ich hab' immer gedacht, wenn sie es einem geben würden, dann dir. Was wirst du jetzt machen?«

»Keine Ahnung, Bob. Wahrscheinlich werden sie sowieso demnächst mal Baumwolle in meinen Arsch stopfen. Ich weiß, ich hab' nicht mehr lange. Ich würd' nur noch mal gern einen Durchmarsch machen, mir noch einen Ölbrenner besorgen, bevor ich abtrete. Scheiße, ich dachte, diese Methadonsache wäre meine Fahrkarte. Man kann sich eben auf nichts mehr verlassen. Verdammt, diesen rotznäsigen Bengeln geben sie es kübelweise, aber wahrscheinlich überlegen sie sich eben, daß diese Bengel gefährlich sind. Sie haben mich nur einmal angesehen und gesagt, komm wieder, wenn du drauf bist, alter Mann. Du brauchst drei befallene Urinproben und eine ärztliche Untersuchung, bevor du die Methadonkur machen kannst, und verdammt, ich hab' kein Geld, einen Arzt für ein Rezept zu bezahlen, selbst wenn ich einen dazu bringen würde, mir eins auszuschreiben.«

»Himmel, das ist echt schlimm, Tom. Aber ich will dir was sagen. Ich kann's grad' ziemlich gut mit einer Beraterin unten, und morgen früh werd' ich deinen Fall gleich als erstes zur Sprache bringen. Vielleicht kann ich dir helfen. Ich kann natürlich nichts versprechen, aber ich will's versuchen.«

Der alte Tom sah dankbar auf. Er leckte sich die trockenen Lippen und sagte: »Danke, Bob. Wär' wirklich schön, wenn du mir helfen könntest. Sag ihnen, ich werd' sowieso nicht mehr lang bei ihnen sein, und ich brauch' einfach was für mich am Laufen. Verdammt, ich hab' mir grad' überlegt, ob ich zum nächsten Drugstore runtergehe, die Hand in die Tasche stecke, als hätte ich 'ne Knarre, und versuche, ihnen was von ihrem Stoff abzuluchsen. Das Problem ist, ich kann nicht mehr so recht, und wahrscheinlich hätte ich elende Mühe, wieder ins Hotel zu kommen. Aber ich will dir was sagen, Bob. Wenn du uns eine Knarre, ein Transportmittel besorgst und mich fährst, dann komm' ich mit und räum' dir jeden Drugstore aus, den du willst, und falls ich nicht wieder rauskomme, mußt du nur wegfahren. Ich würde dir dafür auch keinen Vorwurf machen.«

»Tom, du bist einfach zuviel«, grinste Bob zurück. »Verdammt, wie alt bist du eigentlich? Du mußt doch mindestens neunzig sein. Verdammt, du warst schon ein alter Opa, als ich noch ein Bengel war. Bleib von den Drugstores weg, Tom. Das ist was für die Jungen, und das weißt du auch. Ich bring' dich in die Methadonkur rein, oder ich besorg' dir was. Komm mit, komm mit auf mein Zimmer. Ich will dir was zeigen.«

Sie gingen zum Fahrstuhl. Bob mußte stehenbleiben und auf den gebückten, hinkenden Tom warten. Großer Gott, dachte Bob, wenn der es überhaupt bis in einen Drugstore schafft, hat er wahrscheinlich einen Herzanfall und kippt um, ehe er wieder draußen ist.

Als sie Bobs Zimmer betreten hatten, setzte Bob Tom in den einzigen Sessel des Zimmers, ging den Flur hinunter und suchte nach seinen Sachen. Als er zurückkam, warf er dem alten Mann ein in eine Socke verpacktes Bündel zu. »Hier, knall dir die Birne damit zu. Ist nicht viel, dürfte aber ein paar Tage reichen. Ist auch ein Geschirr drin.«

Bob ging noch mal weg, um ein Glas Wasser zu holen, und als er zurückkam wartete Tom schon mit gerichteter Spritze und einer Vierer im Löffel. Seine Hände zitterten so sehr, daß er kaum alles halten konnte, Tränen rannen ihm über die Wangen und schimmerten auf der grau verfärbten Haut. »Himmel, Bob«, sagte er, »ich weiß gar nicht, wie ich dir danken soll. Ich wußte nicht mehr, was ich machen sollte. Ich lebe nur noch dafür, weißt du, und ich war fertig, fix und fertig. Ich wußte einfach nicht, wie ich mir was beschaffen soll, und weißt du, verdammt, keiner schenkt mehr Stoff her, anders als früher. Junge, ich wünschte, du hättest damals bei mir sein können. Damals waren die Apotheken echt fett. Ich kann mich noch erinnern, in den dreißiger Jahren mußte man vorsichtig sein und manchmal zweimal in einen Laden, damit man allen Stoff mitgehen lassen konnte, den sie auf Lager hatten, und ich meine guten Stoff, Güteklasse A, nicht den Mist, mit dem die Kids heutzutage herummachen. Ich hab' manchmal gedacht, ich hätte mir den Rücken verstaucht, wenn ich vollgepackt aus einem Geschäft gesprungen bin. Heutzutage scheint alles einfach immer schlechter zu werden, was, Bob?

Alles scheint sich zum Schlechteren zu verändern. Ich habe mich oft gefragt, woran das liegt.«

»Ich weiß nicht, Tom, aber ich weiß, was du meinst«, sagte Bob, grinste und schüttelte den Kopf.

Am nächsten Tag ging Bob zum Arbeitsamt zu Mrs. Watermaker, einer aufgedrehten, ewig lächelnden Dame mittleren Alters.

»Sie müssen Miss Simpsons Junge sein«, sagte sie. »Ich habe schon alles über Sie gehört. Was meinen Sie, mit was für einem Job kommen Sie klar?«

Bob zuckte die Achseln. »Keine Ahnung, um ganz ehrlich zu sein. Sagen Sie mir einfach einen, dann will ich es versuchen, so gut ich kann.«

»Haben Sie schon mal Löcher gebohrt?«

Bob sah sie fragend an. »Was meinen Sie damit?«

»Sie wissen schon, Löcher bohren, mit einem Bohrer, in einer Maschinenfabrik, wo sie verschiedene Teile für verschiedene Maschinen herstellen.«

»Ach so, *das* Bohren.« Bob lächelte. »Ja, man könnte wohl sagen, daß ich zu meiner Zeit meinen Teil Löcher gebohrt habe. Hört sich ganz so an, als wäre das genau der Job für mich. Wohin muß ich gehen?«

»Immer langsam. Vorher müssen Sie etwas Papierkram erledigen. Und wollen Sie nicht wissen, was sie bezahlen?«

»Ach ja. Was bezahlen sie denn?«

»Nun, soweit ich weiß, geben sie Ihnen am Anfang nur den Mindestlohn, aber wenn Sie sich anstrengen und Initiative zeigen, bekommen Sie bald eine Gehaltserhöhung, möglicherweise schon nach dreißig Tagen.«

Bob bedankte sich bei Mrs. Watermaker und ging gleich anschließend zu der Maschinenfabrik. Als er sie gefunden hatte, trat er ein und sah sich um. Er hatte noch nie solche Maschinen gesehen. Alles schien irgendwie schmutzig zu sein, und das Kreischen von Metall, das mit Hochgeschwindigkeitsschneidern entfernt wurde, tat ihm in den Ohren weh. Wenig später kam ein älterer Mann im Overall und fragte: »Kann ich Ihnen helfen, mein Junge?«

»Ja. Ich soll mich hier morgen früh zur Arbeit melden, und da dachte ich mir, ich seh' mich gleich mal um. Sie scheinen ja 'ne Menge Arbeit zu haben.«

Der ältere Mann lächelte. »Dann müssen Sie der neue Bohrer sein. Haben Sie diese Arbeit schon mal gemacht?«

»Nein, um die Wahrheit zu sagen«, meinte Bob, der sich überlegte, daß jeder Versuch zu lügen lächerlich wirken mußte.

Der ältere Mann betrachtete Bob sehr eingehend, dann sagte er: »Nun, auf jeden Fall sind Sie ehrlich. Und soviel ist an Ihrer Arbeit nun auch wieder nicht dran. Ich meine, irgendwie schon, irgendwie aber auch nicht. Ein guter Bohrer ist schwer zu finden. Nicht jeder kann ein Loch bohren. Klar, viele kriegen eins durch, aber das ist nicht Bohren. Man muß ein Gefühl dafür bekommen. Man muß die Grenzwerte einhalten können, seine Geschwindigkeit kennen, aber es ist nichts, was man nicht lernen könnte, wenn man den Dreh fürs Löcherbohren raus hat. Wenn Sie das haben, kriegen Sie den Rest auch ziemlich schnell mit. Wenn nicht, das merke ich gleich, dann müssen wir Sie wieder fortschicken. Aber verdammt, ich versuch's mit Ihnen. Seien Sie morgen früh um acht Uhr hier, dann werden wir weitersehen.«

Bob lächelte auch. »Danke. Ich bin morgen um acht da.«

Danach ging Bob ins Methadonzentrum zurück. Er mußte eine Stunde warten, bis er Miss Simpson sprechen konnte. Dann kam sie aus ihrem Büro und lächelte Bob zu. »Nun, ich habe gehört, Sie haben einen Job.«

Bob stand auf und lächelte ebenfalls. »Nun, nicht unbedingt. Der Mann macht morgen früh einen Probelauf mit mir, aber ich weiß nicht, ob ich damit klarkomme. Ich versuche es, verstehen Sie mich nicht falsch. Da unten sieht nur alles so seltsam und kompliziert aus. Aber eigentlich wollte ich mit Ihnen über einen Freund von mir sprechen. Er ist ziemlich alt und geht wahrscheinlich auf seinen letzten Füßen. Er ist gerade aus dem Knast gekommen und echt fertig. Er war sein Leben lang ein Drogenfreak, und ich schätze, er hat nur versucht, auf Bewährung rauszukommen, weil er die Methadonentziehungskur machen wollte, von der er schon soviel gehört hat. Keine Menschenseele kümmert sich um ihn, und der alte Bursche tut mir echt leid. Ich habe mich gefragt, ob Sie nicht irgendwo einhaken und ihn reinbringen können.«

Miss Simpson hielt abwehrend die Hände hoch. »Bob!«

Bob fuhr ungerührt mit seiner Nummer fort. »Lady, der Mann war einmal der König der Drogenfreaks hier an der Küste. Früher hat er einmal Hotels, Taxiunternehmen und Nachtklubs gehabt und war ein teuflisch guter Spieler. Er und seine Frau Sally müssen sich für über eine Million Stoff in die Arme gedrückt haben. Sie waren immer gute Menschen, Miss Simpson. Sie haben sich um alle gekümmert, die Hilfe brauchten.«

»Was ist aus seiner Frau geworden?«

»Die wurde vor ein paar Jahren auf dem Broadway von einem Auto überfahren, als sie über die Straße ging.«

»Nun, Bob, ich würde Ihrem Freund gerne helfen, wirklich, aber gleich vornweg, das steht nicht in meiner Macht. Ich arbeite ausschließlich mit Entziehungsfällen. Und selbst wenn ich meine Kompetenzen überschreiten und mich für Ihren Freund stark machen würde, es gibt bestimmte Anforderungen, Leitsätze und Vorschriften, die unsere Programme kontrollieren. Wir können den Leuten nicht einfach Methadon geben, weil sie glauben, daß es ihnen gefallen würde. Unsere Programme sind für bestimmte Typen geschaffen worden, die bereits süchtig sind und Hilfe brauchen. Außerdem kann ich nicht zulassen, daß Sie da draußen herumlaufen und Kunden aufreißen, sozusagen. Das geht einfach nicht.«

Bob seufzte. »Miss Simpson, wollen Sie, daß ich losziehe und einen Drugstore ausraube, damit ich den Stoff bekomme und er Ihren Anforderungen genügt? Der Mann ist nicht der gewöhnliche Penner aus der Gosse. Der Alte hat Klasse. Er ist alt und fertig und sieht nicht mehr besonders aus, aber Sie sollen wissen, wenn es sein muß, ziehe ich los und beschaffe dem alten Mann seinen Stoff.«

Miss Simpson sah drein, als hätte sie Schmerzen. »Bob, wenn ich Ihnen jetzt helfe, wie oft kommt so etwas dann vor? Ich meine, Sie werden doch nicht jede Woche mit einem anderen Freund ankommen, der einen Schuß braucht, oder?«

»Ich hoffe nicht, Prinzessin«, sagte Bob lächelnd. »Normalerweise lasse ich mich nicht auf so etwas ein, und ich würde es jetzt auch nicht machen, wenn der Betreffende nicht so mitleiderregend wäre. Ich meine, wenn der Mann Geld hätte, um zu einem Arzt zu gehen, abgesehen von denen von der Wohlfahrt, würden sie ihm zweifellos ein Rezept ausstellen, damit er keine Schmerzen mehr hat. Der alte Mann hat Schmerzen, und zwar nicht nur körperliche, sondern auch seelische. Er braucht echt dringend Hilfe.«

»Okay, Bob, okay, bringen Sie ihn mit. Ich rede mit ihm und helfe ihm, so gut ich kann. Aber ich kann Ihnen nichts versprechen. Unsere größte Schwierigkeit wird der Arzt sein, der ihn untersucht. Ich kenne die meisten Ärzte, die hierherkommen, und wir müssen auf jeden Fall auf einen der verständnisvolleren Typen warten, bis wir Ihren Freund durchschleusen. Dann die Urinproben. Er muß mit drei befallenen Urinproben kommen. Das überlasse ich Ihnen.«

»Was ist, wenn ich in das Glas pinkle? Würden sie den Unterschied bemerken?«

»Das weiß ich nicht, Bob. Sie müssen jemand anderen fragen, und ich will auch gar nichts davon wissen. Sie sollten besser gehen und Ihrem Freund das Händchen halten, denn wenn es wirklich so schlecht um ihn steht, wie Sie gesagt haben, braucht er Sie zweifellos.«

»Sie sind in Ordnung, Prinzessin«, grinste Bob. »Sie sind echt in Ordnung. Ich frage mich, woran es liegt, daß man die besten Menschen immer dort findet, wo man es am wenigsten erwartet.«

»Los, Bob, hauen Sie ab«, sagte Miss Simpson und sah sich um. »Ich muß arbeiten.«

Als Bob an diesem Abend im Hotel eintraf, ging er sofort zum Zimmer des alten Tom hinauf und klopfte. Dann wartete er ein paar Minuten, während Tom unter Schmerzen vom Bett aufstand und langsam zur Tür kam.

Bob trat ein und bemerkte einen schrecklichen Geruch. Es war ein durchdringender, moschusähnlicher Geruch, den er irgendwie mit Tod und Sterben in Verbindung brachte. Tom brauchte lange, bis er sich wieder aufs Bett niedergelassen hatte. Als er es sich schließlich bequem gemacht hatte, verkündete Bob: »Nun, ich glaube, es läuft alles in unserem Sinne, altes Haus. Ich habe mit meiner Bekannten drunten im Methadonzentrum gesprochen, und sie wird alles versuchen, um dir zu helfen. Wir müssen aber trotzdem drei befallene Urinproben haben und dich durch den Ärztetest bringen. Sie wird den Arzt aussuchen, und wenn es sein muß, pinkle ich für dich in die Flasche. Sieht so aus, als wäre alles geregelt. Aber es könnte trotzdem noch schiefgehen. Hängt viel davon ab, was du sagst und wie du dich da unten präsentierst. Ich werd' Miss Simpson dazu bringen, daß sie dir Anweisungen gibt, aber vorher müssen wir uns ein Transportmittel überlegen, mit dem wir dich dorthin bringen. Wie sollen wir das nur anstellen? Selbst wenn sie dich nehmen, wie willst du hinkommen und deine tägliche Dosis abholen?«

Tom grinste, obwohl er gleichzeitig fast weinte. »Herrgott, Bob, ich kann dir gar nicht sagen, wie dankbar ich für deine Hilfe bin. Und mach dir keine Gedanken, wie ich dorthin kommen soll. Ich komm' schon irgendwie hin. Wenn sie da unten meinen Stoff haben, dann komm' ich auch hin.«

Bob wünschte dem alten Tom viel Glück und ging hinaus. Auf dem Weg zu seinem Zimmer fragte er sich, was dran war, einem anderen zu helfen, daß man sich so gut dabei fühlte. Ihm fiel keine Antwort ein, daher dachte er nicht mehr darüber nach, schloß die Zimmertür auf und öffnete sie. Drinnen saß Polizist Gentry auf dem Sessel.

Bob sagte nichts und ließ nicht erkennen, ob er Gentry gesehen hatte. Er machte die Tür zu, schloß ab, zog den Mantel aus und hängte ihn in den Schrank. Schließlich fragte Gentry: »Was hast du vor, Bob, einfach so tun, als ob ich nicht da wäre?«

Bob drehte sich um und grinste den hünenhaften Polizisten an. »Ach, Sie sind's. Ich dachte erst, es wäre meine kleine Schwester.«

Gentry achtete nicht auf die Bemerkung. »Du bist nicht lange weggeblieben, Bob. Was ist passiert?«

»Nichts ist passiert«, sagte Bob achselzuckend. Er warf sich aufs Bett und verschränkte die Hände hinter dem Kopf.

»Es hat einfach nicht geklappt, deshalb bin ich zurückgekommen.«

»Wie ich gehört habe, machst du jetzt eine Methadonentziehungskur, stimmt das? Glaubst du, das wird Halamer daran hindern, dich fertigzumachen, Bob?«

»Um ehrlich zu sein, darüber habe ich gar nicht nachgedacht.«

»Nun, Bob, ich will dir was sagen, dich sozusagen warnen. Halamer ist stinksauer. Er hat sein goldenes Abzeichen verloren, weißt du, weil du diese kleine Vorstellung inszeniert hast. Er ist jetzt Verkehrspolizist im Norden. Geh da nicht hin, Bob. Geh ihm aus dem Weg, wenn du kannst. Soweit ich weiß, hat er noch keine Ahnung, daß du wieder in der Stadt bist, und ich werde es ihm sicher nicht erzählen, weil ich nicht will, daß er noch mehr Ärger bekommt. Noch was, Bob. Er hat so viele Drohungen ausgestoßen, er hat so vielen Leuten erzählt, was er alles mit dir machen wird, daß er dich jetzt fast fertigmachen muß, solltest du je zurückkommen. Entweder das, oder er verläßt selbst die Stadt, und das kann ich mir nicht so recht vorstellen.«

»Was ist mit dem Würger? Was meint er denn zu der ganzen Sache?«

»Mach dir wegen Trousinski keine Sorgen, Bob. Der ist eigentlich nicht gemein. Er macht eben seine Arbeit, so gut er kann. Versteh mich nicht falsch, er hegt keinerlei freundschaftliche Gefühle für dich. Aber er wird keine Klimmzüge machen, um dich zu erwischen. Halamer schon.«

Gentry und Bob schwiegen eine Weile. Schließlich hustete Bob und sagte: »Nun, ich weiß nicht, was ich Ihnen sagen soll. Wissen Sie, ich hab' 'nen Job. Ich fang' morgen an.«

»Ja, das habe ich gehört«, grunzte Gentry. »Was ist da draußen im Hinterland passiert, Bob? Wo ist Diane?«

Bob zuckte die Achseln. »Sie wissen ja, wie launisch Frauen sind. Sie hat 'nen anderen Macker gefunden, und dem ist sie nachgelaufen, auf und davon.«

Gentry verdaute das eine Weile, dann sagte er: »Weißt du was, Bob? Ich kenne dich und Diane praktisch, seit wir Kinder waren, und das kann ich kaum glauben.«

Gentry stand langsam vom Sessel auf. »Wir sehen uns, Bob. Ich hoffe von ganzem Herzen, daß du mit deinem Job zurechtkommst und ein besserer Mensch wirst. Aber ich habe seit Jahren mit Drogenfreaks zu tun und kann es nicht fassen. Irgendwo ist ein Haken, Bob, und der kommt früher oder später ans Licht; derweil solltest du versuchen, Halamer aus dem Weg zu gehen.«

Um acht Uhr am nächsten Morgen stand Bob vor der Maschinenfabrik. Der Mann im Overall vom Vortag empfing ihn gleich hinter der Tür und führte ihn zu einem Teil der Halle, in der nur Bohrpressen verschiedener Größen und Formen standen.

»Dies ist die Bohrabteilung, Bob«, sagte der Mann. »Übrigens, ich bin der Vorarbeiter der Firma. Ich heiße Henry Zitten, aber alle nennen mich nur Hank. Ihr unmittelbarer Abteilungsleiter wird jeden Moment hier sein. Er ist ein netter alter Kerl, der Ihnen helfen wird, wo er kann. Hören Sie auf ihn, dann kommen Sie zurecht.«

In diesem Augenblick kam ein kleiner, verschlagen dreinblickender älterer Bursche auf sie zugelaufen.

»Das ist er. Clarence, das ist Bob. Er arbeitet heute mit dir. Er hat zugegeben, daß er nicht viel von dieser Arbeit versteht, also hilf ihm.«

Clarence strahlte. »So ein Bohrer gefällt mir. Es ist viel einfacher, jemandem, der überhaupt nichts weiß, das Bohren beizubringen, als jemanden zu ändern, der es beherrscht und schlechte Angewohnheiten hat.«

Dann streckte Clarence die Hand aus. Bob zögerte einen Augenblick. In seiner Welt war ein Handschlag eine längst abgeschaffte Zeremonie. Aber schließlich streckte er sie trotzdem aus, und falls Clarence sein Zögern bemerkt hatte, ließ er sich nichts anmerken, umklammerte sie und schüttelte sie und redete, als wären sie Kriegskameraden, die sich nach vielen Jahren wiedergesehen haben.

»Willst du in dem Aufzug arbeiten?« fragte Clarence, als er wieder mit Plaudern und Händeschütteln aufgehört hatte.

Bob nickte.

»Verdammt, das ist bessere Kleidung, als ich sie in die Kirche anziehe. Was ist los, Junge? Kommst du gerade aus dem Gefängnis, oder bist du auf der Flucht?«

Und dann blinzelte Clarence und grinste noch mehr, als wollte er sagen: »Und wenn schon, keine Bange. Ich verpfeif' dich nicht.«

Bob grinste Clarence auch an. »Sie sind ein kluges altes Kerlchen, was? Ich wette, Sie haben selbst mehr als ein- oder zweimal 'nen Knast von innen gesehen.«

»Die Wette würdest du wahrscheinlich gewinnen, Junge«, lachte Clarence. »Aber lassen wir das. Wir unterhalten uns jetzt über dich. Ich bin dein direkter Vorgesetzter, und was ich zu dir sage, das gilt, also werd' bloß nicht zu vorlaut.«

Bob lachte und fügte hinzu: »Vor zehn Minuten hatte ich diesen Job noch nicht, altes Haus, und ich glaube, so leicht ich ihn bekommen habe, so schwer dürfte es mir fallen, einen anderen zu kriegen, also regen Sie sich wieder ab.«

»Nun, eins muß man dir lassen, Junge«, sagte Clarence und strahlte noch mehr, »leicht einzuschüchtern bist du nicht. Wenn du beim Bohren so gut bist wie mit dem Maul, geht alles klar.«

In der Mittagspause rief Bob ein Taxi und fuhr mit Tom zum Methadonzentrum. Er kam zu spät zur Arbeit, und Clarence wartete auf ihn. »Heiliger Himmel, Mann«, grollte er. »Dein erster Tag im neuen Job, und du machst zwei Stunden Mittagspause. Du mußt den Verstand verloren haben.«

»Tut mir leid. Ich mußte ins Hotel und einem alten Mann, der auf meiner Etage wohnt, zum Arzt gehen helfen.«

»Mann, sogar mir würde eine bessere Ausrede einfallen«, rief Clarence aus. »Du mußt die Wahrheit sagen. Hat der alte Mann niemand anderen, der ihm helfen kann?«

»Doch, möglicherweise schon, aber beim ersten Mal mußte ich mit ihm gehen und ihn vorstellen. Von jetzt an werde ich versuchen, ihm einen anderen Helfer zu besorgen.«

Clarence ging kopfschüttelnd weg. Bob arbeitete den Rest des Tages und stellte fest, daß die Arbeit Fingerspitzengefühl erforderte, aber nicht schwer war. Alles mußte so und so sein, und da er vorher noch nie so etwas gemacht hatte, fiel es ihm schwer, sich alle Ratschläge zu merken, die Clarence ihm gegeben hatte.

An diesem Abend lag Bob im Bett und war nach seinem ersten Arbeitstag reichlich erschöpft. Er wollte schlafen, war aber so aufgedreht und unruhig, daß er sich nur hin- und herwälzen konnte. Gegen elf klopfte jemand leise an die Tür. Bob stand auf und ging hin. »Wer ist da?« rief er.

»Ich bin's, Diane.«

Bob riß die Tür auf und lächelte. Diane trat zögernd ein und sah sich in dem kläglich eingerichteten Zimmer um. Sie sah schockiert aus. »Großer Gott, was ist das denn für eine Müllhalde? Und wo ist die Frau? Kannst sie ruhig vorholen.«

»Du änderst dich nie, Diane, was?« grinste Bob.

»Da hast du verdammt recht. Weshalb auch?«

Bob zuckte. »Ich hab' nur gemeint, wie gut du aussiehst. Nichts weiter.«

»Logisch. Du bist schlüpfriger als ein Aal, Bob. Dich bringt nie jemand aus dem Gleichgewicht, weil du dauernd aus dem Gleichgewicht bist, nur um auf den Füßen zu bleiben.«

»Mehr hast du nicht zu sagen?« sagte Bob lachend. »Bist du deshalb hergekommen, oder wolltest du mich nur kaputt und erledigt sehen?«

»Das solltest du besser wissen, Bob. Ich wollte dich eben sehen, basta. Wie läuft's mit dem Methadon?«

»Ach, so la la. Ich hab' auch 'nen Job. Ich wette, damit hättest du nie gerechnet.«

»Ach du Scheiße!« Der Schock stand ihr deutlich ins Gesicht geschrieben. »Wo arbeitest du denn?«

»Ach, in einer Maschinenfabrik an der Western.«

»Was machst du da?«

»Löcher bohren.«

»Löcher bohren?«

»Klar, du weißt schon, Löcher, in die Bolzen passen, und so weiter.«

»Ach ja? Und wie gefällt es dir?«

»Um ehrlich zu sein, es ist ein bißchen langweilig.«

»Es ist also tatsächlich dein Ernst. Du willst die Sache weiter durchziehen.«

»Ja, ich glaub' schon, Diane. Setz dich, zieh doch den Mantel aus und bleib eine Weile.«

»Ich kann nicht, Bob. Sie warten drunten im Auto auf mich. Ich bin nur raufgekommen, um nachzusehen, wie es dir geht. Hier«, sagte sie, kramte in ihrer Tasche und brachte ein kleines Päckchen zum Vorschein, »das ist von Rick und uns anderen. Wir haben uns gedacht, ab und zu könntest du mal eine Kostprobe brauchen.«

Bob lächelte und nahm das Päckchen. »Danke, Diane. Freut mich, daß ihr alle an mich denkt.«

»Bob?«

»Ja?«

»Was ist passiert? Warum hast du dich an jenem Tag so verändert? War ich es, hab' ich was falsch gemacht? Oder lag es nur an der Sache mit Nadine?«

»Nein, Baby«, sagte Bob, der grimmig dreinsah. »Es lag nicht an dir und im Grunde genommen auch nicht an Nadines Tod. Hauptsächlich war es, daß sie uns mit diesem dummen Hut verhext hat. Und als ich auf den Parkplatz gesehen und die vielen Bullenautos entdeckt hab', geriet ich in Panik. Ich wußte, wir waren so gut wie tot. Bis dahin war alles schiefgegangen, daß sie versucht haben, uns aus dem Zimmer zu jagen, und so weiter. Ich wußte, daß wir hopsgehen würden, und deshalb hab' ich angefangen, klein beizugeben. Ich habe gebetet wie noch nie in meinem Leben. Ich sagte: ›Gott, Teufel, Sonne, was eben da oben ist und diese verrückte, kreisende Ringelreihenwelt bewacht, bitte hab' heute Erbarmen mit uns ängstlichen Sterblichen. Bitte laß uns dieses arme Mädchen aus dem Hotelzimmer und auf die Straße und in den Boden schaffen, damit ich nicht den Rest meines Lebens für etwas im Gefängnis verbringe, worüber ich keine Kontrolle hatte. Und Gott, Sonne, Satan, wenn ihr das macht, dann werde ich mich dankbar erweisen, indem ich zur Küste zurückkehre, eine Methadonentziehungskur mache, mein Durcheinander bereinige, mir einen Job besorge und ein anständiges Leben führe.‹ Nun, wir sind durchgekommen, und ich hab's versprochen, und jetzt bin ich hier.«

Dianes Augen waren feucht. »Wirst du für immer dabei bleiben?« fragte sie.

Bob nickte. »Wahrscheinlich schon. Verdammt, wenn ein Mann einmal anfängt, klein beizugeben, ist er sowieso so gut wie tot. Wenn ein Dieb sich nicht mehr auf sein eigenes Geschick und seine Glückssträhnen verlassen kann und um fremde Hilfe beten muß, ist er im Eimer, denn wenn ein Mann sich erst einmal aufs Flehen verlegen muß, um aus einer Klemme rauszukommen, verdammt, du weißt ja, was dann passiert, als nächstes flehe ich die Polizisten an, daß sie mich aus dem Gefängnis rauslassen, wenn sie mich erwischen, und du weißt ja, was Polizisten als Gegenleistung für solche Gefälligkeiten verlangen. Sie wollen die Namen aller Freunde wissen, und kannst du dir vorstellen, daß ich herumspaziere und meine sämtlichen Freunde anschwärze, wenn ich mich aus dem Gefängnis herausgefleht habe? Und darauf wäre es hinausgelaufen, Diane, das weißt du so gut wie ich. Und dann waren wir auch noch verhext, der Hut auf dem Bett. Ein Dieb ist in vieler Hinsicht genau wie ein Spieler. Er braucht diesen Vorteil, das Glück muß ihm auf der Schulter sitzen. Weißt du, Diane, man kann der beste Spieler oder Dieb der Welt sein, wenn man kein Glück hat, ist man tot, weil es einerlei ist, wie geschickt man seine Karten spielt, man kann nicht gewinnen, wenn man nur schlechte bekommt. Und wenn man ein Dieb ist und sich nur leichte Sachen aussucht, kann auch etwas schiefgehen, wenn man kein Glück hat, und meistens geht auch etwas schief. Gegen diese Kombination konnte ich einfach nicht an, zuerst verhext, und dann bete ich auch noch um fremde Hilfe. Ich meine, kannst du dir einen Spieler vorstellen, der bei einem Spiel um höchste Einsätze sitzt, die Karten sind ausgegeben, und er hat ein gutes, vielversprechendes Blatt, ihm fehlt nur noch das Pik As, dann ist er unschlagbar. Also steigt er ein, zuerst langsam, aber bald hat er so viel gesetzt, daß er nicht mehr aussteigen kann, und schließlich hat er alles, was er hat und je bekommen wird, auf dieses Blatt gesetzt. Und dann gerät der Spieler in Panik und fängt an zu beten: ›Bitte, wer immer du bist, laß mich das Pik As ziehen und mit diesem Blatt gewinnen, wenn du das tust, rühre ich, so lange ich lebe, kein Kartenspiel mehr an. Bitte, tu mir nur diesen einen Gefallen, dann gehe ich nach Hause und arbeite und kümmere mich um Frau und Kind.‹ Dann bekommt er es, Diane, er bekommt das Pik As, und er gewinnt mit seinem Blatt, aber plötzlich wird ihm klar, daß es aus ist. Er hat alles verloren, was ihm etwas bedeutet hat, seinen Lebensstil, mit anderen Männern zu spielen, sein Geschick gegen ihres zu messen, sein Glück gegen ihres. Er hat alles verloren, denn wie könnte er es wagen, noch ein Spiel zu machen, nachdem er sein Versprechen gegeben hat und sein Gebet erhört worden ist? Es wäre unmöglich, denn als Spieler oder Dieb weiß er, daß er auf Glück angewiesen ist, aber er hat seines weggegeben und ist so gut wie tot, wenn er sich nicht an die Spielregeln hält.«

Diane setzte sich seufzend aufs Bett. »Du bist verrückt, Bob, du bist echt verrückt«, sagte sie. »Aber ich verstehe, was du meinst. Warum hast du damals nichts gesagt? Warum hast du mir nicht gesagt, was das alles sollte?«

»Das konnte ich nicht, Diane. Mir war einfach elend. Ich wußte nicht, was ich tun sollte. Ich hatte mir noch nicht alles zusammengereimt. Ich glaube nicht, daß ich es damals hätte erklären können.«

»Himmel, Bob, wenn ich gewußt hätte, was der Hintergrund ist, wäre ich mit dir gekommen. Ich dachte, du wärst böse auf mich, weil ich im Schrank gestürzt bin, und wegen der Sachen, die ich gesagt habe.«

Bob grinste, als er daran dachte, wie Diane mit Nadines Leiche im Schrank zusammengebrochen war. »Warum sagst du deinen Freunden nicht, daß du die Nacht hier verbringst, und legst dich eine Weile zu mir?«

»Das würde ich sehr gerne, Bob«, sagte Diane und senkte den Blick, »aber ich hab' jetzt einen anderen Macker. Erinnerst du dich noch an Bill Snelling? Nun, du warst nicht da, und du hattest mich verlassen, Bob. Nicht ich dich. Er ist mir über den Weg gelaufen, und du weißt ja, wie das ist, eine Frau braucht jemanden.«

Bob nickte schweigend.

Diane strahlte und sagte: »Wir arbeiten jetzt beide für Rick.

Ist das nicht scharf? Wir haben dem Bengel das Stehlen beigebracht, und jetzt bin ich in seinem Team. Die Lage kann wirklich verzwickt werden, was?«

Bob nickte.

»Himmel, Bob, ich würde gern die Nacht mit dir verbringen, wirklich. Aber ich bin jetzt Bills alte Dame, und du kennst mich ja, Bob, man kann mir viel nachsagen, aber ein Tramp bin ich nie gewesen.«

»Wir seh'n uns, Diane«, sagte Bob und brachte ein Lächeln zustande. »Schau mal wieder rein. War echt schön, dich zu sehen. Und du siehst wirklich gut aus. Ich wünschte, ich könnte mit dir gehen und dich zurückerobern.«

Dann führte Bob Diane zur Tür hinaus und winkte ihr nach, als sie den Flur entlangging. Als sie fort war, machte er die Tür langsam zu, ging zum Bett zurück, setzte sich und dachte darüber nach, was er ihr gesagt hatte. Es hörte sich alles so lächerlich an, aber Bob wußte tief in seinem Herzen, daß er recht hatte, man konnte die Polizei besiegen, man konnte die Regierung besiegen, und manchmal ist es Menschen gelungen, Armeen zu besiegen, die ihnen hundert zu eins überlegen waren, aber man kann nicht die dunklen Mächte besiegen, die unter der Oberfläche liegen, die manche Menschen Glück und andere Schicksal nennen, die Tag für Tag entscheiden, wer leben darf und wer sterben muß, wer gewinnt und wer verliert.

Am nächsten Morgen kam Bob zu spät zur Arbeit, weil er keinen Wecker und niemanden hatte, der ihn weckte. Als er die Fabrik betrat, wartete Clarence schon auf ihn. »Nun, hast du den Alten heute morgen wieder zum Arzt bringen müssen?«

»Sie glauben mir wahrscheinlich nicht, wenn ich sage, daß ich keinen Wecker habe und mir auch keinen leisten kann, oder?« sagte Bob.

»Okay, Kumpel«, antwortete Clarence. »Wenn wir heute abend Feierabend haben, kommst du mit mir, und ich kauf' dir einen Wecker, wenn du dann pünktlich kommst. Ich hoffe nur, du glaubst nicht, du könntest bei diesem Job deine alten

Knastgewohnheiten beibehalten. Du mußt dich bewegen, Mann, Löcher bohren, Einstellvorrichtungen herstellen. Wir sind eine Produktionsfirma. Du läufst den ganzen Tag hier herum, als würdest du von einem großen, tollen Weib träumen. Das hier ist eine Maschinenfabrik, Mann, keine Bühne. Ich nehme an, du hast auch nichts anderes als diese Anzüge zur Arbeit, ja?«

Bob hielt die Hände hoch und bat um Aufschub, während er sich eine Antwort überlegte.

»Du mußt mir nichts erklären. Wir fahren auch rüber zu Goodwill und kaufen dir ein paar Arbeitsanzüge. Die kosten nicht viel, und du kannst es mir zurückgeben, sobald du wieder flüssig bist.«

Bob sah überrascht drein. »Zu Goodwill?«

»Ja, zu Goodwill. Erzähl mir nicht, du bist ein amerikanischer Arbeiter und weißt nichts von den Goodwill-Geschäften. Mann, du mußt entweder ein kommunistischer Spion oder so lange im Knast eingesperrt gewesen sein, daß du oben nicht mehr von unten unterscheiden kannst.«

Bob grinste und schüttelte den Kopf, während er sich an die Arbeit machte. Clarence sah ihm nach und strahlte, als wäre Bob sein einziges Kind, das gerade Präsident der Vereinigten Staaten geworden war.

An diesem Abend nahm Clarence Bob mit in ein Geschäft und kaufte ihm einen Wecker. Sie fuhren zu Goodwill, und Bob suchte sich ein Paar Arbeitshosen, Hemden und ein Paar Halbstiefel mit verstärkten Kappen aus. Alles war aus zweiter Hand, und Bob versuchte, die Nase nicht allzusehr zu rümpfen, aber es fiel ihm schwer. Clarence bemerkte es und murmelte: »Ich weiß, man muß sich erst daran gewöhnen. Aber verdammt, alle machen es. Heutzutage kommen sogar die Reichen hierher stöbern, wo die Preise dauernd steigen. Wo bist du gewesen, Bob? Du warst überhaupt nicht im Gefängnis, oder? Ich meine, ich wollte dich damit nur ein wenig aufziehen und sehen, ob du es vertragen kannst.«

Bob lächelte über den alten Vorarbeiter und seine Sorgen und sagte: »Ich war in einer anderen Welt, Clarence. Auf einem Planeten wie diesem, aber in vieler Hinsicht so anders, daß ich nicht weiß, ob ich mich je an diesen hier gewöhnen werde oder nicht.«

Clarence sah Bob seltsam an, aber schließlich strahlte er wieder. »Du kommst schon klar, Junge. Du wirst ein verdammt guter Bohrer, und solange du zur Arbeit gehen kannst, wirst du keinen Ärger bekommen. Dazu hast du gar keine Zeit.«

Clarence fuhr Bob nach Hause. Als sie vor dem Hotel parkten, erschauerte Clarence. »Nun, du bist kein reicher Bengel, der sich aus Neugier in unserer Firma rumtreibt«, sagte er. »Die Möglichkeit hatte ich mir nämlich auch schon überlegt. Wie kannst du nur in so einer Bude leben? Mein Gott, kein Wunder, daß du keine Uhr und nichts anzuziehen hast. Die Ratten in der Bruchbude müssen so groß sein, daß sie so kleine Sachen mühelos mitgehen lassen.«

»Ach, so schlimm ist es gar nicht«, lächelte Bob. »Wenigstens geht der Fahrstuhl. Wir seh'n uns morgen, Clarence, und ich werde pünktlich sein, wenn deine Uhr funktioniert.«

Bob fuhr mit dem Fahrstuhl in seine Etage und sah sich auf dem Flur um. Als er sicher war, daß ihn niemand sehen konnte, machte er die Tür der Besenkammer auf und ging hinein. Er legte sein Bündel ab und kramte unter einem Wust Lappen in der Ecke. Wenig später hatte er das Päckchen gefunden, das Diane ihm gestern abend dagelassen hatte. Dann nahm er alles zusammen auf und ging die Treppe hinauf zum nächsten Stock, um Tom zu besuchen. Er mußte wieder warten, bis Tom zur Tür kam, und während er dastand, überlegte er müßig, ob er die Kleidungsstücke in sein Zimmer bringen sollte. Aber er beschloß zu warten, als er hörte, wie sich Tom drinnen abmühte, um zur Tür zu gelangen. Schließlich machte Tom auf und begrüßte Bob, als wäre dieser der letzte Freund auf der Welt.

»Verdammt, Bob. Morgen schließe ich die Tür gegen fünf Uhr auf, damit du nicht da draußen stehen und auf mich warten mußt, wenn du kommst.«

»Nein, Tom, schon recht so. Du schließt deine Tür ab wie immer, besonders wenn ich dir dieses Päckchen hier gegeben habe.«

Dann gab ihm Bob Dianes Geschenk. Er wußte nicht genau, was darin war, setzte aber so viel Vertrauen in Diane und sogar Rick, daß er dachte, wenn sie ihm etwas aus reiner Herzensgüte schickten, mußte es wirklich außergewöhnlich sein. Und das war es auch. Das Päckchen enthielt eine Flasche mit hundert Vierern Dilaudid und ein Fläschchen mit fünfhundert Fünfzehn-Milligramm-Desoxyntabletten.

Der alte Tom pfiff durch die Zähne. »Mein Gott, Bob, wo hast du das denn her?«

Bob zuckte die Achseln. »Oh, gestern abend waren ein paar Freunde da und haben es mir als Abschiedsgeschenk dagelassen.«

Tom pfiff noch einmal. »Himmel, was für Freunde. Ich wünschte, ich hätte solche Freunde. Weißt du, was dieses kleine Päckchen wert ist?«

»Klar, etwa zweitausend Dollar, plus minus, je nachdem, ob man es stückweise oder geschlossen verkauft. Wenn man es tablettenweise verkaufen würde, wahrscheinlich eher drei. Und du hast solche Freunde, Tom, du hast mich. Denn ich gebe dir das Päckchen. Es gehört dir, keine Fragen mehr. Schieß es, verkauf es oder schenk es weiter. Mir ist das gleich. Es gehört dir, ich hab' eben gedacht, damit würdest du deine drei befallenen Urinproben hinbekommen, das wäre erledigt, und sie würden dich ins Methadonprogramm aufnehmen.«

Der alte Tom sah Bob argwöhnisch an. »Wie kommt es, daß du das alles für mich machst? Was hast du vor, Bob?«

»Mein Gott, bist du ein mißtrauischer alter Kerl«, lachte Bob. »Ich mache es für dich, weil du ein guter Mensch bist. Solche wie dich gibt es nicht mehr viele, Tom, nicht mehr viele. Und überleg doch mal, wieviel Stoff du verschenkt hast, als es dir gutgegangen ist. Denk dran. Hast du Leuten, die in Not waren, nicht jede Menge Stoff gegeben? Verdammt, ich weiß noch, als wir zusammen im Knast waren und Sally den Laden für dich geschmissen hat. Damals hast du viel Stoff hergegeben. Ein- oder zweimal hast du sogar mir welchen gegeben.«

»Stimmt das, Bob? Weißt du, ich kann mich nicht erinnern. Ja, ich glaube, ich habe 'ne Menge Stoff hergegeben. Aber ich konnte es mir leisten. Du hast offensichtlich nicht viel, sonst würdest du nicht in diesem stinkenden Loch hier hausen.«

Bob lachte nochmals. »Scheiße, ich muß hier nicht bleiben, Tom. Ich hab' Geld, ich hab' alles, was ich will. Ich bin hier, weil ich die Gesellschaft mag. Nur zu, pfeif dir einen rein, altes Haus. Ich geh' runter und zieh' mich um, dann komm' ich wieder rauf und nehm' dich zum Essen mit, oder ich suche eine Hähnchenbude und bring' uns eine Portion.«

»Willst du den Stoff nicht versuchen?« fragte Tom. »Scheiß auf das Essen. Wir haben guten Stoff, Mann.«

Bob drehte sich um. »Ich sagte doch, er gehört dir, altes Haus. Ich hab' meinen eigenen Vorrat, und an den kommst du nicht ran, also frag lieber gar nicht erst, was darin ist.«

Damit ging Bob beschwingt den Flur entlang und die Treppe hinunter. Er legte sein Päckchen auf den Boden, schloß die Tür auf, hob die Sachen wieder auf, ging hinein und warf sie aufs Bett. Aber als er den Schrank aufmachte, um den Mantel aufzuhängen, sah er sich plötzlich einer von einer zitternden Hand gehaltenen Pistole Kaliber zweiundzwanzig gegenüber. Die Stimme hinter der Waffe befahl: »Dreh dich langsam um, und leg dich mit dem Gesicht nach unten auf den Boden.«

Bob zögerte, seine Gedanken wirbelten durcheinander und suchten nach einem Ausweg. Ihm fiel nichts ein, daher drehte er sich langsam um und gehorchte. Jetzt tauchte eine zweite Gestalt auf und wühlte in den Kleidungsstücken, die Bob aufs Bett geworfen hatte.

Er mußte sich hinter dem Bett versteckt haben, dachte Bob. Er sah aus den Augenwinkeln auf und stellte fest, daß beide Angreifer Skimasken trugen. Nun, vielleicht hatten sie nicht vor, ihn umzubringen, sonst hätten sie sich nicht die Mühe gemacht, sich zu verkleiden, überlegte Bob.

Dann kickte einer der beiden ihm gegen den Kopf.

»Wo ist es, Bob, wo ist es?«

Zuerst war das Dröhnen in Bobs Kopf so laut, daß er nicht verstand, was der Typ gesagt hatte. Als er die Frage begriffen hatte, antwortete er: »Ich weiß nicht, wovon ihr sprecht. Was wollt ihr?«

»Wir wollen deinen Stoff, Mann, wo ist der Stoff?«

Bob wand sich auf dem Boden und dachte fieberhaft nach. Er konnte sie zu dem alten Mann hochschicken, vielleicht waren sie damit zufrieden und gingen. Aber verdammt, den Stoff zu verlieren, nachdem er ihn gerade erst bekommen hatte, würde den alten Tom wahrscheinlich umbringen, ganz zu schweigen, was die beiden ihm antun konnten, um noch mehr aus ihm herauszupressen. Schließlich sagte Bob: »Mann, ich hab' keinen Stoff. Glaubst du, ich würde in diesem Rattenloch hausen, wenn ich Stoff hätte? Verdammt, ich mache eine Entziehungskur mit Methadon, weil ich die Sucht nicht mehr befriedigen konnte, und ihr kommt daher und wollt mir meinen Stoff nehmen. Mann, das ist echt ein Lachschlager.«

Dann versuchte Bob zu lachen, um seine Worte zu bekräftigen, aber es kam nicht richtig heraus. Es war mehr ein Heulen.

»Okay, Kumpel«, sagte einer der beiden. »Du willst es auf die harte Tour, und da bist du bei uns genau an der richtigen Adresse.«

Bob erkannte die Stimme. Es war David, das kleine Aas. Ein Bild nahm vor seinem geistigen Auge Gestalt an, das Zimmer, Diane, Rick, Nadine und David und er selbst, Bob, der die Rolle des Großkotz spielte und David zehn Gramm Speed herauskitzelte. Er konnte sich an jedes Wort erinnern, das in dem Zimmer gesprochen worden war und was er gedacht hatte, während sie ihm Hände und Füße zusammenbanden und einen Kissenbezug über den Kopf stülpten.

»David, du kleines Aas«, bemühte sich Bob zu sagen, »ich sage die Wahrheit. Ich will clean werden. Solltest du auch mal versuchen. Ist gut für die Seele.«

»Elender Lügner! Wo ist es, Bob, wir wissen, daß du nur eine Schau abziehst!«

Dann traten sie ihn, und so sehr er sich auch bemühte, er konnte ihren Tritten nicht ausweichen. Irgendwie besaß Bob noch die Geistesgegenwart, über die Ironie nachzudenken: Wie oft hatte er Arschlöcher wie David angelogen und seinen Reibach gemacht, und jetzt sagte er die Wahrheit und wurde dafür mit Fußtritten belohnt.

Und sie traten immer weiter auf ihn ein und fragten: »Wo ist es, Bob? Wo ist es?«

Wie im Fernsehen, dachte Bob, verdammte Fernsehbabies. Was wurde aus der Welt mit diesen Fernsehbabies, was würden die Menschen machen, wenn ihnen klarwurde, daß sie eine vollkommen neue Art kleiner Monster herangezüchtet hatten? Dabei war alles so dumm. Wer würde auf die Idee kommen, in ein altes verlaustes Hotel zu gehen, um jemanden auszurauben? Nur dumme Fernsehbabies. Da wußte Bob, daß er sterben würde. Es fiel ihm ein, und er wußte es. Er hörte auf, den Tritten auszuweichen, weil es sowieso nichts nützte. Er dachte nur immer daran, wie dumm die ganze Szene war. »Verflucht«, sagte er sich, »ich hätte auf der Straße bleiben sollen. Wie dumm von mir zu denken, daß mich der Hut nicht fertigmachen würde. Ich hätte wissen müssen, daß es dem Hut scheißegal sein würde, ob ich meinen Lebenswandel ändere.«

Schließlich ging den Angreifern die Puste aus. Sie standen da und fragten sich, ob Bob noch bei Bewußtsein war. Dann fragte David seinen Begleiter: »Was sollen wir machen? Der Arsch hat entweder nichts, oder er stirbt lieber, als uns zu verraten, wo es ist.«

»Bring den Hurensohn um. Ich wette mit dir, dann sagt uns das nächste Arschloch, das wir erwischen, ziemlich schnell, wo er es hat. Der ist zäh. Sie sind nicht alle zäh. Bring ihn um, sag' ich.«

David hob seine zweiundzwanziger Pistole und schoß Bob zweimal in den Rücken. Die kleine Waffe war nicht sehr laut, aber die alte Dame nebenan hörte sie trotzdem, weil sie mittlerweile ein Ohr an die Wand gepreßt hatte.

Als sie hörte, daß die beiden gingen, lief sie sofort zum Telefon in der Halle. Sie rief die Polizei an, sagte, daß sie im Zimmer nebenan Schüsse gehört hatte, und nannte ihnen die Adresse des Hotels.

Gentry kam gerade aus seinem Büro, als ein Polizist der Funkzentrale zu ihm gelaufen kam und verkündete: »Sie haben gerade Bob Hughes im alten Hotel Atmore abgeholt. Er ist übel zusammengeschlagen worden und hat zwei Schußverletzungen. Sie wollten doch benachrichtigt werden, sollte etwas über ihn reinkommen.«

Gentry machte die Augen zu und murmelte: »O nein. Verdammt, dieser dumme Hurensohn.«

Dann rannte Gentry aus dem Revier hinaus und die Straße entlang zu seinem Auto. Als er am Schauplatz eintraf, brachten sie Bob gerade auf einer Bahre heraus. »Keine Decke überm Gesicht, also ist er nicht tot«, dachte er. »Wie konnte Halamer, dieses Arschloch, nur so dumm sein, jemanden zusammenzuschlagen und anzuschießen und ihn dann am Leben lassen?« fragte er sich.

Gentry drängte sich zu Bob und dem Notarzt ins Heck des Krankenwagens. Ein Blick auf Bob überzeugte ihn davon, daß er nicht mehr lange zu leben hatte. Er war leichenblaß, was auf starken Blutverlust hindeutete. Nein, Bob sah überhaupt nicht gut aus.

»Wie geht es ihm?« fragte Gentry den Notarzt.

Der Notarzt sah zu Gentry auf und deutete mit dem Daumen nach unten.

Gentry kauerte sich neben Bob und fragte: »Bist du wach, Bob? Alles klar?«

Bob schlug die Augen auf, sah, wer es war, und lächelte durch den blutigen Schaum vor dem Mund.

»Wer hat dich erwischt, Bob? Dein alter Gegenspieler?«

Bob schüttelte den Kopf auf dem Kissen von einer Seite auf die andere.

Gentrys Gesichtsausdruck war erleichtert. Er entspannte sich. Nichts hätte ihn glücklicher machen können als das, was Bob andeutete.

»Wer hat dich erwischt, Bob? Was ist passiert?«

Bob keuchte heraus: »Der Hut.«

Gentry beugte sich dichter zu ihm. »Der Hut, Bob? Hast du Hut gesagt?«

Bob nickte. »Sagen Sie Diane, sie soll aufpassen. Der Hut. Sagen Sie es ihr.«

»Okay, Bob. Ich sag' Diane, sie soll wegen dem Hut aufpassen.«

Bob nickte wieder.

»Hat dich der Hut erschossen, Bob?«

»Nein, das Fernsehbaby hat mich erschossen«, sagte Bob kopfschüttelnd.

»Das Fernsehbaby hat dich erschossen, Bob, wurde aber vom Hut geschickt, ist es so?«

Bob nickte noch einmal. Als sie im Krankenhaus eintrafen, wurde dort nur noch sein Tod festgestellt.